当代中国文学书库

我给你唱首歌吧

——王国宏短篇小说集

王国宏 ◎ 著

中国文联出版社

图书在版编目（CIP）数据

我给你唱首歌吧：王国宏短篇小说集 ／ 王国宏著
. --北京：中国文联出版社，2023.4
ISBN 978－7－5190－5167－9

Ⅰ.①我… Ⅱ.①王… Ⅲ.①短篇小说—小说集—中国—当代 Ⅳ.①I247.7

中国国家版本馆 CIP 数据核字（2023）第 098251 号

著　　者　王国宏
责任编辑　周　欣
责任校对　李海慧
装帧设计　中联华文

出版发行　中国文联出版社有限公司
地　　址　北京市朝阳区农展馆南里 10 号　　　　邮编　100125
电　　话　010－85923025（发行部）　　　　85923091（总编室）
经　　销　全国新华书店等
印　　刷　三河市华东印刷有限公司

开　　本　710 毫米×1000 毫米　　1/16
印　　张　14
字　　数　222 千字
版　　次　2023 年 4 月第 1 版第 1 次印刷
定　　价　75.00 元

序

劳动者的歌唱

—— 《王国宏短篇小说集》 阅读记

　　这本书收入了作家王国宏近几年创作、发表的 17 部短篇小说，这些作品大部分与农村、打工者的生活有关。短篇小说虽然篇幅小，却最能显示作者语言叙述和小说结构方面的能力，如同百米短跑，对爆发力和速度都有很高的要求。这些风格各异、主题不同的作品充分显示作者对短篇小说这一文体有娴熟的把握，并且形成了一些独特的叙事风格和主题，如用植物、动物来指称人名，塑造了一组命运多舛、身世传奇的乡村小人物小枣、小树、油鼠叔、骡子叔等形象。有几部作品也能看出受鲁迅小说的影响，如《恐犬症》的开头"赵家的狗又看了我一眼，这是第几次，我实在记不得了。它那既凶又狠的眼神塞满了我的脑袋，胀疼"，《枣树》的开头"小枣家门前有一棵枣树，另一棵，也是枣树。一大一小，两棵"。我想从文学风格和主题内容两个层面来谈一下对这些作品的阅读感受。

　　这部小说集在语言和叙事上有三个特征，也是我读这部作品最重要的印象。首先，是语言简洁、细致，多使用短句，不拖泥带水，也没有废话。短句是中国传统白话小说的语言特点，动词少，多使用名词。五四新文化运动时期，受西方小说的影响，现代汉语形成了长句、复句的表达方式。这种西式语言的特点是，逻辑性强，思维缜密，主、谓、宾、定、状、补"一个都不少"，适合把人物关系、社会环境、心理描写等进行准确的书写，善于表现复杂的人物、铺陈剧烈的戏剧冲突，从多枝蔓、多线索中推演出一个又一个情节的高潮。而中国传统白话小说，多用短句和白描，人物、语言、动作简单明了。在中国现当代文学中，孙犁擅长用短句，汪曾祺也是这方面的行家，两位作家都以短篇小说见长。王国宏的短篇小说也带有这类文学传统的特点，不做过多的铺陈和复杂的心理描写，用简洁的语言和动作直接把人物的性格白描出来。如《驱鬼》一开始"他将一捋他那山羊胡子，又开始讲鬼故事了。龅齿露牙里面有很多，是'灰色蛋'和'山半儿'死缠着让讲的"，既点出了"驱鬼"的主题，又写出了"驱鬼"人的形象。

其次，这些作品中充满了"对话"，多使用河南农村的乡俗俚语来表现。"口语"和"对话"的使用带来三重效果，一是使得以文字为媒介的语言充满了声音感，口语本身是用文字这一无声的语言对"口头表达"的模拟，声音让语言叙述带有"吵杂"的现场感；二是与印刷、纸媒、声光化电的电子媒体充盈的现代都市不同，口语恰好也是农村人、老百姓日常生活和生产中最经常采用的交流方式；三是，"口语"是一种更通俗的表达形式，中国古典小说就经常采用"口语"，因为不需要过多内在的心理描写，而在20世纪的革命文艺和文艺大众化中如赵树理、柳青等作家也善于借助方言、俗语来"烘托"人物的状态。这部小说集之所以好读与大量使用对话、口语有关，从这些"喊"，"诡谲地笑"，"扯着嗓子唱道"，"大呼道"，"呼唤着"，"恼怒地说"等语气中可以直接表现活生生的人物性格和人与人之间的关系。

第3，篇章结构精巧、情节曲折，出乎意料又在情理之中。短篇小说的特点在于要集中，在相对有限的篇幅内完成起承转合。王国宏的小说在叙事上有悬念感，采用了两种叙事手法，一是开头引入一个有戏剧张力的场景，后面再解释和呈现这个场景的来龙去脉，如《金梅瓶》的开头"老李头儿呵呵地笑着，一旁的老伴儿'腾'地一脚，一下子把正在做美梦的他踹醒了。"这种"笑声"和"美梦"成为整部小说的"题眼"，下面娓娓道来为什么会"笑"以及如何做了一个"破钧瓷瓶"当宝贝的"美梦"。《逃娘》也是如此，开头引入小勤、黑子和我的关系，再接着展开父辈之间的纠葛；二是用多视角叙事来带来间离效果，也就是打乱叙事的时间线和变换叙事视角来制造悬念，如《我给你唱首歌吧》采用多线索叙事，每一小节由不同的主角展开，共同拼贴出黑心老板"设计"害死包工头和他的农民工兄弟，反讽的是农民工的女儿却向黑心老板感恩的故事，《有病》中不断变换叙事主体，讲述了一位中年男人在家庭系列变故中失去了所有亲人又重新出发的故事，这种技巧性的叙述制造了一种过于荒诞的曲折感。

这些短篇小说的主人公大部分是农民和打工者，从事着屠夫、劁猪匠等职业，也有工地工人、保安等劳动者。故事地点发生在豫中腹地——古桥镇，这部短篇小说集也可以说是古桥镇的故事集，时间以当代、当下故事为主，也就是实行家庭联产承包责任制以后的农村。这些小说成功地塑造了一群形象丰富、性格鲜明的人物，显示了作者对普通人、劳动者生命状态的体认和生存境遇的捕捉。

这部作品在主题上也有三个特点：一是，与小说采用传统小说的白话语言相似，人物虽然是当代人物，却更像古典小说中的人物，有些作品带有志怪、神怪小说的色彩，如《狐疑》《驱鬼》表面上是狐仙、鬼魂作怪，实际上与盗墓、偷情有关；二是，这些小说带有讽刺警示、喻世明言的色彩，老实巴交的农民受到财产、美色等诱惑，获得人生教训，如《袁大头》讽刺了挖出"袁大头"的张大套，与兄弟阋墙的故事，《公文包》讽刺了捡到公文包的环卫工人，想获得巨额酬谢，却"竹篮打水一场空"的故事，《金梅瓶》中贪财的老李头最终家破人亡，《捡钱记》中偶然得到"拾钱器"的刘水，没捡到钱却遇到更大的麻烦等，这些带有幽默、小品风格的故事呈现了小人物的可悲可叹；三是，把当代历史变迁、身世沉浮变成曲折的人生传奇，对人物命运造成影响的主要有双重因素，分别是人性弱点、偶然事件、身体缺陷等自然化原因和外部政治历史的负面干预。如《枣树》中小枣、小树与大头从童年无忌到成年后的兄妹情深，再到生命轨迹因对越自卫反击战而改变。《骡子》中不能生育的丙申叔和菊妮儿结合，后者的悲惨命运来自那个时代中其家庭地主成分的荒唐因素，《枣核》中以失去领导岗位而感慨世态炎凉的银行主任的视角，旁观了同处社会底层的一老一少，为一个保安岗位的争取，以"老崔哥"由起初的害怕担忧、惊恐失措，到同情、相怜，尽心尽力帮助抢去自己饭碗的小戴的心理转变，由衷地发出了"要饭嘴里掏枣核"的感慨。而《逃娘》中说"普通话""电影话"的小勤的悲剧，也与生父是受到迫害的艺术家有关等，这些作品或多或少受到20世纪80年代以来新时期文学的影响，将人物命运自然化或者变成遭受政治（大历史）迫害的、不自主的人，从而以微见卓，折射和反映出时代的面貌，其功力和笔法，可谓娴熟和老道，其艺术上的成就，不容小觑。

这种创作"惯性"在最后一部作品《绝情刀》中出现了一些新的变化，这部作品的篇幅超出了短篇小说的限制，有发展为长篇小说的潜力。故事从民国九年开始讲起，试图为古桥镇书写一部有厚度的历史演义，赋予古桥镇、许都城拥有悠久历史的地方以时代新意。其主体部分把民国鸳鸯蝴蝶派与古典才子佳人故事结合起来，把行侠仗义的、受现代思想影响的知识分子与破落小姐、屠夫的三角故事，放置在近代以来的大历史中，这种英雄救美、恋爱自由的五四新小说变成了一曲民国儿女的旧传奇。有趣的是，小说的"后记"用故事简介的方式为民国故事中旧儿女"安排/化身"为革命小说中的新传奇。这种历史的穿越、拼贴成为一种"变幻莫测"的历史幻灯片，引人遐想。

自五四新文化运动以来，以鲁迅为代表的现代作家开始用文学再现劳动者的身影，塑造了作为孤独者的现代知识分子与麻木、沉默的"木头人"的典型形象。五六十年代在土地革命、社会主义建设的背景下，出现了更多表现劳动者改变被动命运、主动参与社会建设的小说，形成了以乡村、革命化的农民和政治、社会改造运动为主体的《暴风骤雨》《山乡巨变》和《创业史》等作品序列。20世纪80年代以来，这种能动性的生产者、劳动者再次回到"五四"时代、回到"五四"前的传统乡土社会，变成带有圆滑狡黠、唯利是图等人性弱点的小人物，如八九十年代乡土文学笔下的农民形象。与此同时，90年代、新世纪以来，随着中国成为世界加工厂以及新一轮工业化、城市化进程的全面展开，出现了劳动者书写或书写劳动者的打工文学、底层文学和新工人文学等现象，这些作品，以文学为媒介，呈现了中国经济崛起过程中劳动者的故事，展现了劳动者在生产、生存、生活中的多重生命样态，是一种与最大多数人相关的文学类型。

本书中有四部作品《公文包》《打小工的老板》《有病》和《我给你唱首歌吧》是"劳动者文学奖"的获奖作品。我参与这个文学奖的评选工作，因作品与作者相识。"劳动者文学奖"是2018年底新工人文学小组发起的一项年度文学征集活动，期待劳动者能以文会友、结交更多文学爱好者。王国宏四次参加四次获奖，显示了其作品不仅具有较高的文学价值，而且也以劳动者为书写对象，呈现了打工者遭遇的诸多离奇的困顿。我认为王国宏是一位在文学技艺上已经非常成熟的小说家，通过短篇小说创作完成文学语言、叙事结构的锻造，以后会写成更丰富、更有历史感的劳动者故事。我也相信很多像王国宏一样从事文学创作的基层作者，凭借着对文学的热爱和对生活的热念，能够为我们这个复杂的、难以单向度赋形的时代留下令人深刻的文学画像。

写于2023年5月1日劳动节

张慧瑜（学者，北京大学文学博士，北京大学新闻与传播学院青年教授，研究员、研究生导师，新工人文学小组志愿者）

目 录
CONTENTS

1　袁大头 ……………………………………………… 1

2　狐　疑 ……………………………………………… 4

3　驱　鬼 ……………………………………………… 10

4　公文包 ……………………………………………… 16

5　金梅瓶 ……………………………………………… 22

6　恐犬症 ……………………………………………… 32

7　鼠 ………………………………………………… 35

8　枣　树 ……………………………………………… 42

9　逃　娘 ……………………………………………… 54

10　打小工的老板 …………………………………… 66

11　骡　子 …………………………………………… 89

12　六分半田 ………………………………………… 110

13　枣　核 …………………………………………… 120

14　捡钱记 …………………………………………… 135

15　我给你唱首歌吧 ………………………………… 144

16　有　病 …………………………………………… 157

17　绝情刀 …………………………………………… 185

1　袁大头

大坡袁村有个袁公庙，庙后住着张大套一家。

地名的叫法有时想想着实有意思，叫啥啥海的可能连水都难找，叫某某山的也许找块石头都作难。村名叫大坡袁，却是个小村庄，一家姓袁的都没有，都姓张。倒是邻村小坡袁，全村无一杂姓，都是姓袁的，村还大。

袁公庙内敬着袁公。哪位袁公，有何善举，不得而知。倒是庙后的张家在以前很有名气，是个大户。张家门儿里出美女，在这方圆几十里是出了名的。本地流传着一句话："看戏不看戏，看看庙后张家大闺女。"说的就是张大套的五个姑奶奶。民国时期，张大套五个姑奶奶个个如花似玉，貌若天仙。

富不过三代，到张大套这辈儿，已泯然众人矣。

张大套今年六十有七，老实巴交的农民。弟兄俩，有个兄弟叫张二套。大套住在破落了的旧宅，二套分家在村南头新建了宅基，兄弟两家非常和睦。

这几天，张大套的心里装着一件大事，难为得他不知如何是好，一连几夜都睡不着觉。扒了老宅正在建的新房也停住了。

晚上，张大套在床头坐着抽闷烟，一支接一支。老婆是个粗粗壮壮、有口无心的胖娘儿们，平时都听大套的，她躺在床上也是来回地翻腾。一会儿，噌地坐起说："大套，你倒是拿个主意啊，到底咋弄，你放个屁呀，这样也不是个法儿，你不疯也会把我逼疯。"

三天前，大套决定扒了旧宅建新房。在外打工的儿子大了，没新房对象难找。晚上，干活的人走了。大套自己要把根基再开挖一掌，赶明儿扎根脚时宽敞些。在东南角，大套挖出一个坛子来。打开一看，里面包东西的绸缎已糟完，绸缎里面有层油皮纸还没烂。剥开，里面竟是银圆！袁大头！足足一包呀！要有几百块！大套往四周看看，好在没人。他稍稍稳稳神，拿出一块来，学着电视剧里面的方法，在衣服上使劲擦擦，咬咬，挺硬！又吹一下，放在耳朵边认认真真地听听。其实他什么也不懂。大套不顾收拾铁锨，抢下衣服紧紧包上，猫着腰，回到屋里，叫起他家的胖娘儿们。

两人一夜没睡，仔细点了点，二百零六块儿，不多不少，二百零六块儿！俩人激动得不知如何是好。

……

"套，听说这可值钱了呀！"

"是，小声点，千万别说出去。明天给盖房子的工头说，停了，改好儿（日子）了，等等再盖。"

"恁祖上还真埋有财宝呀，真不愧是张大户。"

"那可不是，听说姑奶奶有一次回来，坐着八抬大轿呀！姑爷骑着高头大马！后面跟一群扛枪的。"

"这得值多少钱呀？"

"不着（知道）呀，反正值不少钱。"

"这是祖上留下来的，属老伙的，二套那儿要是知道了咋办？"胖娘儿们的一句话，让张大套大发横财的惊喜瞬间烟消云散。给亲兄弟说不说、分不分的矛盾心理笼罩在两口子心上，不停地开始折磨起他们来。

一天，二天，三天……十天，整整十天！大套揉揉通红的眼睛，终于想通了。一是没有不透风的墙，兄弟早晚都会知道，到时来要就丑气了。二是念及一母同胞的手足情分，村上就他亲弟兄俩。三是老伙的东西不能据为己有。大套决定分给二套一半。胖娘儿们要私藏六块，被大套喝住。

叫来二套和二套家里的，大套把袁大头分给了兄弟一半。二套和二套家里的感动得差一点掉泪，还是亲弟兄呀，打断骨头连着筋，一拃没有四指近呀。

三个月后，大套原定要盖的平房建成了楼房。

半年后，大套的儿子靠打工攒的钱在县城首付买了一套商品房。现在农村找对象在县城没房免谈。

就在大套儿子结婚后的第三天，二套和他家里的找他哥大套来了。二套蹲在大套家的堂屋墙角处，吭哧半天，说不出话来。二套家里的憋不住了：

"大哥，咱老宅挖出来的袁大头有整有零的就二百零六块儿？"

"啊，就二百零六块儿。"

"不是吧！"

"就是！"

"就是？"

"就是！！"

"真是？！"

"真是！！！"

……

……

后来大套家里弟兄俩打了起来，妯娌俩也撕扯在了一起。再后来，兄弟俩跪在袁公庙对袁公神像发誓赌咒，从此两家老死不相往来。

有的说："二套没给大套孩儿结婚添厢，两家为这事闹生分了。"

有的说："大套借二套钱在县城里买房一直没还钱。"

有的说："因为二套家的给大套家的胖娘儿们办过丢人。"

有的说……

……

最后，邻居福德说："恁说那都不对！我是邻居，大套、二套打架时我在隔壁听得最清楚。对恁说吧，都是因为小坡袁那个屠夫袁大头，哥儿俩吵架时还一个劲地拿袁大头赌咒，可能二套过年割他了三十斤大肉，上了大套的账，不知是二套有意的，还是袁大头记错了。就为这，哥儿俩打开了，两家再也不说话了。"

（原发表于2017年12月30日《漯河广播电视报·大槐树文学副刊》）

2 狐 疑

壹

无月无明，星星也藏了起来，四周一片漆黑。这地儿离村子有好几里远。这时应该正是子夜，干冷。

猫头鹰在远处偶尔"欧！欧！"地怪叫两声，惊出人一个激灵来。没有一丝风，倒是有阵阵的寒气逼人。

老栓止住了本来就向前挪着的脚步，他向四周慢慢地巡视了一圈，感觉到似乎有什么妖气一般，不知怎么了，老栓今晚莫名地感到阵阵的胆怯。他还从未有这样的感觉。

他从兜里摸出纸烟，火柴，想吸烟壮壮胆。擦、擦、擦，好几下也未划着，火柴把儿断了。老栓颤着手，摸出一撮子火柴来，擦——！划着了。点上，对上火，紧吸几口，着了。

他把余火举起，"噌！"一声，一闪白影从不远处蹿出，像一道白光，瞬间不见。火柴灭了，闪得眼前更黑。老栓脑门"嗡"地一下，浑身燥热。"回！回！快回！"他转身就走。越快越感觉后面有什么拽着，跑！

回到鸡场棚，"咣当"一声死死地关上门，老栓拉开灯。小屋中间炉火上烧滚的水壶正"日——！日——！"地咆叫着。

老栓长出一口气，稳稳神儿坐下。一会儿，浑身发凉。他刚才出了通身的汗。老栓后悔刚才出去时没把门后的铁火棍拿上，这个铁火棍是从他侄子那里顺来的。

仨月前，侄子转了在古桥镇上的小烩面馆，说是到许都城盘下个火锅店。那儿烧气儿，用不上。老栓帮着他拾掇完东西，看看怪好一根火棍，便顺手拿回了鸡场。拿回来也用不上，扔门后防身防贼也许会用上吧。

老栓塞了炉子下面的风门，充完开水，和衣倒下，也没关灯，睡了。

贰

恍惚中好像有人在轻轻地敲门，老栓想张口喊问："谁？"可费了很大劲儿，却发不出声。

一会儿，没了敲门声。老栓很着急，这时，他听到一个少女和一个老妪在窃窃地说话。

"他是个好人，可有人要害他，咱救他不救？"

"诶，是好人，这一冬天寒地冻，大雪将要下一腊月，多亏他给咱准备的鸡子，不然难以过冬。"

"可咱妇道人家，没啥办法呀！"

"那就这样吧，到时候多带走几只鸡子，叫他去撵咱，他一离开这地儿，不就躲过一劫了吗？"

"只有这样了。"

老栓勉强起身，拿起门后的铁火棍，开门向鸡场外撵去。两个女人一袭白衣，飘然而去，带走了他好几只鸡子。

老栓抄起铁火棍在后面撵。撵着撵着，人不见了，只见远处有两只狐狸一晃一晃，噌噌地钻入前面高庙后面的陵丘中。老栓撵上前，怎么也找不到洞口。老栓无奈只好转身回去，突然后面有人紧紧地捂住了他的嘴，一口麻袋蒙住了他，把他装了进去。

老栓拼命弹腾，嘴里哇哇拼命地喊着。老伴儿掭着饭盒用钥匙开了门，看到被子都掉到了地下，顾不得骂他不给自己开门，掬起被子吵道："几十几的人了，赖睡式还不改！"

一挨老栓的头，呀！滚烫！肯定是夜里受凉了。

老栓醒来，迷糊糊地癔症着。哦，刚才是做了个噩梦。

老伴儿说："几十几了你咋会叫睡觉弄感冒？嗯？"

"高庙后的陵丘今冬跑来两只狐狸，昨天场里又丢鸡子了，半夜里我出

5

去看看,不小心弄的!"

老伴儿一阵埋怨。老栓要把梦对老伴儿学学。老伴捂住他的嘴道:"呸呸呸!清早学梦不吉利!"老栓止住。他被老伴儿拉着去镇上刘三的诊所输"水"去了。

叁

刘三原来是古桥镇的兽医,给牲口配种最拿手。农村机械化以来,牲口少了,刘三又学习考试拿了行医资格,全科。给牲口用药惯了,下药重,手狠,可神。

"咋了?"

"感冒。"

"输水吧。"

"中。"

十个人九个都输"水"。十拿九稳,"水"到病除,真神。

诊所里人多很热闹,都是街里人,街坊邻居。老伴儿举着瓶子找地儿让老栓坐定,积极参与其中。

刘三边忙着配药,边问老栓道:"听说这几天咱镇北地高庙后陵丘那儿闹狐仙,着不着?有人看见夜里陵丘后鬼火一闪一闪的,有人说亲眼见有白狐狸在高庙里出没过,老栓,恁的养鸡场离那儿不远,真不真?"

老栓无精打采,不说话。老栓家的说:"有狐仙冇不着,反正俺场的鸡子丢了十几只,不着是啥叼去了。夜儿个俺老栓去找,冇找着……"

"八成老栓哥是被狐仙勾了魂吧,恁冇精神!"一边谁打凉问道,大伙哄笑。老栓强挤着笑笑,还是不搭腔。

刘三说:"高庙那儿紧得很,有神气儿,恁都不着后面陵丘的历史吧!"

大伙说:"刘大夫有学问,你给大伙儿说说呗!"

刘三说:"许都城是三国时魏国故都,咱北地的高庙,原为曹操所建曹氏家庙。魏明帝曹睿太和六年四月临许都,到庙内祭祀,把'曹氏家庙'改为'文帝庙',以纪念曹丕这位开国君王。"

"后来文帝庙几经修葺,殿宇规模越来越大,金炉香火愈烧愈旺,在许都成为颇负盛名的'帝庙'。另外，魏文帝作为一代帝王，'恩泽多及许民。'听说后面陵丘那儿里埋有很多宝物啊，就是那地方太紧，常闹鬼……"

大家支耳细听，老栓谙知高庙的由来，他在闭目养神，细想着昨天晚上的噩梦。都说梦里的一切和现实中是反着的，狐狸不是救我，而是来祸害我，怎样才能把两只白狐狸打死，至少也得把它们撵走，鸡子老丢不是事儿。对，回去把铁火棍磨尖……

有人问老栓："恁侄子的烩面馆咋不开了，不是生意挺好的吗？"老栓有气无力地回道："去许都城里开火锅店去了。"

人说："老栓你净胡说，在许都城根本没见着恁侄子的火锅店，找到啥挣大钱的生意了也不言一声，只顾闷声发大财。"老栓想想：也是呀，很久没有侄子的消息了，这小子不开火锅店到底弄啥哩？

肆

刘三果然医术精湛，两天的"水"输下去，老栓便彻底好了。

鸡场旁有高庙遗留的石墩。青、旧、敦实，如同地里长着一般，仅露出一小部分。应该是很久前文帝庙建筑的基座，这儿离庙还有一里多地，可见当初这个庙的规模有多宏大。

老栓拿着铁火棍来到石头旁，扎好架式，开始在石头上磨起来，嗞！嗞！嗞！拧开杯子，在铁火棍上浇点水，再磨。直到磨得尖利尖利的，用如虬的指头在尖上点点，满意地笑笑，走了。

夜晚，干冷的天飘起了雪花，不久，天地苍茫。老栓坐在炉边，打开一瓶酒。不高的樑上吊着的放熟食的竹篮里，有上次剩下的油炸花生米，伸手即端出。就着，喝起。老栓不好抿酒，咕咕咚咚喝下，一会儿即晕乎乎的了。

老栓推开门，啊！好大的雪呀。解开腰带，沥沥拉拉尿了一大泡。然后，勒紧腰带，回屋拿上铁火棍，带上门，如英雄般向陵丘走去。

白雪皑皑，视线很好。老栓一摇三晃地来到了高庙大殿的后墙，找一个颓倒的墙角蹲下，静静地狩着。与白狐的较量开始。他期待着白狐的出现，好直捣其老巢。嘿嘿！让你尝尝我尖利的铁火棍。

高庙年久失修，破败不堪。在大雪的笼罩下，远看黑窟窿咚的，像一个怪兽张着的大口般，阴森，恐惧，瘆人。

此时，莫名地又刮起了风，疾风卷着雪花，如群妖般狂舞，"日、日"地吹着。

破庙的东北角上的房顶"咔嚓"一声被风揭断，"呼隆"一声，椽子和着顶棚沉闷地砸在殿内，随后的瓦当呼拉拉纷纷地落下，"当、当、当"地落在里面，腾起来的积雪呼呼地砸在老栓身上。

老栓吓得愣怔住了，心噗噗地跳着。他手中的铁火棍攥得紧紧的，出了一手的汗，铁火棍滑溜溜的。老栓在衣服上抹抹手汗，深深地吸一口气，紧张得瑟瑟发抖起来，出了一身的通汗。老栓真有点后悔了。

又停了很久，风依然狂哮着。老栓眼盯得生痛，他忍着烟瘾，一动不动。不觉又一个时辰过去，老栓约莫着此时应该是凌晨。忽然，身后隐约传来的窃窃私语声。老栓心里一惊，难道高庙真有神鬼？

他支起耳朵，屏息细听。这声音怎么这么熟悉？哦，是侄子。这鳖子不开火锅店跑这儿做甚？

"快点！快点！把这东西都用棉布包好，轻拿轻放，每一件都价值连城啊！"一个东北腔。

"着了，着了，……多亏这儿的狐狸洞了……真是天时地利呀，今夜这么大的雪，所有痕迹全部覆盖，神不知鬼不觉，嘻嘻！"这是侄子的声音。

老栓立刻明白了，这鳖子打着出去开火锅店的幌子，勾结外贼盗掘祖宗留下的文物。

借着酒劲儿，老栓"腾"地蹿起，大呵一声"呔！——"

老栓一看，立刻为自己的冲动后悔了，墙后竟然有四个人。

这四个人也吓傻了。僵持有几秒钟，一群人向老栓扑来。老栓紧攥着铁火棍向其中一个刺去。铁火棍狠狠地刺到东北人肩膀上，东北人痛得龇牙咧嘴，他手持大棒"唔"地奋力砸到老栓头上，老栓眼前一黑，瞬即倒下。

一群人围了上去，侄子一看："啊？这是俺叔啊！快，快，抢救！"

东北人一边缠着血流不止的肩膀，一边命令道："快走，快走，不要管他，他没事。"

侄子和其他人慌乱地逃遁而去。

风软了，大雪无声地飘落着，不久，老栓即被埋到了雪里。失去家园的两只白狐在老栓身旁转着圈，凄惨地哀号一阵。不时地回望着远遁而去，消失在茫茫的雪海中。

老栓再也没有醒来。

第二天，老伴儿他们找到了老栓已经冻硬的尸体。一阵撕心裂肺地哀嚎。

刘三的诊所里，人们神乎其神地传着：老栓身上没有一点伤痕，是被高庙后陵丘的白狐仙索去了性命。

半年后，在南方发生一起因文物引起的凶杀案，死者系东北人，肩膀上有铁火棍刺得很深的伤口。

案子告破，侄子和刘三被投入了监狱。

（原发表于《文学百花苑》期刊 2018 年第四期）

3 驱 鬼

壹

他捋一捋他那山羊胡子，又开始讲鬼故事了。豁齿露牙里面有很多，是"灰色蛋"和"山半儿"死缠着让讲的。

他六十多岁，鳏夫。一人住在祖上传下来的青砖老楼屋里。院大屋高，阴森。青砖墙上有片片的白醭，像鬼脸，瘆人。

有几只鸽子常年住在老楼屋的阁楼顶上。咕咕，咕咕，叫着，和他做伴。

他说，它们可是仙女，看，圆眼，羽洁，漂亮吧。每到晚上，就会变成仙女钻入他的被窝，第二天鸡叫前，又化回原形。讲到这儿，他眼光明亮，仿佛昨天夜里刚和鸽子仙女一起睡过一样。

"灰色蛋""山半儿"一直追问是不是真的。他捋捋山羊胡子闭着眼小声说："真！可真！今儿个半夜里恁俩偷偷来看看，我给恁留门儿，千万不要对任何人说。"

白鸽子扑扑棱棱地落在了院墙上，咕咕，咕咕地朝他们叫着。"灰色蛋"和"山半儿"转过头去，仔细看着白鸽。之后，两人又对视着用目光交流：真是？真是。

"啪啪"两人头上被打了两巴掌，两人激灵一下，吓了一大跳。胡大爷收住手笑笑说："快滚蛋回家吧！"

"灰色蛋"娘又扯着嗓子在叫街喊他："半儿——！半儿——！快回来！"

"灰色蛋"和"山半儿"分手各自回家前两人说好了，夜里一块儿偷偷来看看鸽子仙女。

放一天的羊，跟着羊群疯一天后，睡得死死的，没有一次能半夜里起来。

"灰色蛋"倒是半夜起来过一次，那是睡得太死，急毛火燎地找到个茅房就尿，结果被打老燫的哥哥一脚蹬到炕地下，挨了一顿苦打。是想起了这事，可门外黑窟窿咚，说不定那些故事里的饿死鬼在外面正等着吃他哩。不敢。

他不仅有一绺山羊胡子，也姓胡，叫胡大爷，是"灰色蛋"和"山半儿"的邻居。胡大爷是他俩偷偷给他献殷勤，为听故事只当着他的面叫的。"山半儿"娘和"灰色蛋"娘只要听说去了他那儿，两人的屁股准肿。

"给你说多少回了，不要去'胡大仙'那儿，斜性，长不长记性？嗯！"

"啪啪啪"破鞋狠狠地打在屁股上，不肿才怪。

"灰色蛋""山半儿"和"胡大仙"三家都住在古桥镇破败的兴国寺旁。"灰色蛋"是因为他家头羊的生殖器肥大而且是灰色的，所以小伙伴们都叫他"灰色蛋"；"山半儿"是因为他家的母山羊尾巴断了一截儿，都叫他"山半儿"。

"灰色蛋"和"山半儿"是同一年出生的。同是他们出生的那年冬天，他俩的爹驾驶一辆架子车，一起跟生产队社员上山拉煤，掉到山沟儿里，都摔死了。

他俩爹出门上山前，胡大仙说过不吉利的话，应了。"灰色蛋"和"山半儿"娘他们从此后都躲着胡大仙，说有邪气。

贰

"灰色蛋"和"山半儿"在石梁河滩放羊，胡大爷也在。他俩又缠着他讲鬼故事。胡大爷摁摁烟袋锅，"灰色蛋"连忙从胡大爷手中夺过火柴给他点上。胡大爷咳咳咳几声，讲了。

"两人走着走着，太阳落山了。此时，天色已晚；此地，前不见村，后不着店。阴风莫名刮起，远处低矮的灌木林子恍惚地晃动，呼呼地怪叫着。'小胆'颤颤地拉住'胆肥'的手问：'咋弄啊。''胆肥'紧紧肩上的包袱，

说：'走！'

"又走了一个时辰，两人精疲力竭，阴风怒吼，天黑沉沉的，快要下雨了。刚好，前面有一个破庙，'胆肥'对'小胆'说：'咱就歇息在破庙里吧。'

"这是个小庙，庙正当堂放了一口漆黑的棺材，后面供桌上放着供香和供品。一旁点着个绿豆灯，灯头儿可小。

"'小胆'抖着手紧紧拉住'胆肥'说：'咱还是走吧走吧。''胆肥'说：'莫怕，我天不怕地不怕，一个小庙还能吓着我？你睡墙角处，我睡你外面挡住你。'

"'小胆'心想，反正有'胆肥'在。壮壮胆，把包袱卸下，铺开被子，睡觉。

"他们躺下没睡多久，就听到棺材盖'嘎嘎吱吱'地响起来。绿豆灯忽大忽小，一会儿几近熄灭，一会儿蹿出老高。'小胆'吓得瑟瑟发抖，他想推醒'胆肥'一起快跑吧，可'胆肥'胆还真肥，他躺在外面一动不动。'小胆'想：既然有'胆肥'在外面挡着，他真是胆大，纹丝不动，那我也闭上眼只管睡吧。

"第二天天一亮，'小胆'睁开眼，看看自己身上什么也没少。'小胆'心想：'胆肥'真了不起呀！他想推醒'胆肥'一起赶路，'胆肥'已经硬筋了。

"其实，'胆肥'夜里看'小胆'不动，认为'小胆'可能已经吓死了，而自己强壮着的'肥胆'也吓破了。呵，呵，胆小的没吓死，胆大的倒吓死了……"

"灰色蛋"和"山半儿"仰着脸。这时天还是下午，太阳老高哩，俩人吓得不敢说话了。他们的羊群在石梁河滩上吃草，头羊昂着头向他们看看，没走远。"灰色蛋"看看它们，心说，它们也听见了，吓得不敢胡跑了。

大爷将一捋一捋山羊胡儿，闭着眼，说，完了。"山半儿"转个身就尿尿，尿水抖着，尿也呲不远了。"咱回家吧！"他说。

胡大仙睁开了眼冷冷地笑笑说："滚蛋吧胆小鬼，还别说，恁家还真有鬼，赶明儿我给恁驱鬼，就怕是恁娘不愿哩。这鬼还真得我才能驱哩，我就是那个'胆肥'"。嘿嘿嘿。

胡大仙边说，边用他如虬的粗指，在他锋利的铲子刃上轻轻地刮试着，寒光闪闪。

"灰色蛋"说："真么？他家的鬼在哪儿？咋驱？"

叁

别说，"山半儿"家还真有"鬼"。他刚过门半年的花嫂子这几天一到夜里就瑟瑟发抖着嚎哭，边哭边喊："鬼！鬼！鬼！"

"山半儿"哥外出游远乡扎杨木椅子挣钱去了。他会这门手艺，跟他死去的爹爹学的。"山半儿"娘只好自己壮着胆，含一满口酒，"噗！"地喷向花嫂子，说："打鬼！打鬼！攉搅得盆罐乱叮当！打死你！"

折腾一夜，第二天，花嫂子鼻青脸肿的。问她昨夜的事，她说："不知道啊，咋了？"可一到晚上，"鬼"又来了。

如此这般，已经十多天了。一家人折腾得实在没招儿了。这天，"灰色蛋"娘和"山半儿"娘商量："咋弄啊！"

"灰色蛋"跟他娘也来到了"山半儿"家。他们两人咕嗫着是不是把胡大爷说的话给她们说说。

花嫂子在院子里一个劲儿地洗衣服。呲！呲！呲！搓着，又使棒槌邦！邦！邦！捶着。"灰色蛋"想到了胡大爷说的鸽子仙女，直直地看着。一会儿，花嫂子也直直地愣怔着，呆呆地看着盆子里面的泡沫。

"山半儿"顺着他的目光看去。"腾"地一脚，把"灰色蛋"踩趴下了。"往哪儿看哩？"又气乎乎地踩着"灰色蛋"。

"呀！呀！呀！起脚，别踩烂了！""灰色蛋"呲牙咧嘴地喊着："我只是想看看花嫂子身上的鬼在哪儿哩！"

"山半儿"起脚，往屋里跑去。"灰色蛋"跟着跑去。"山半儿"把胡大爷说的他着咱家有鬼，还能驱鬼的事儿给她们说了。

"滚，再听胡大仙的话我打断你的腿！""山半儿"娘骂道。

"灰色蛋"跑过来也附和着。俩人一脸神秘、尊崇、虔诚、认真。

"灰色蛋"他娘说："他婶子，保不齐胡大仙真能驱鬼，你看他家阴森森的，他也神叨叨的，以毒攻毒，可是中。"

"中?"

"我看中。"

胡大仙真的被请来给"山半儿"家驱鬼了。

他捋捋山羊胡子,闭着眼说:"这两天'山半儿'娘你们放出风儿去,就说你要去咱们镇兴国寺的师尊,开封府的相国寺里烧香,请神驱鬼,当天回不来了。午时动身出发,去到许都城转一圈,明儿一早回来。

花媳妇的房间门插栓插紧,但不要插死。咱三家儿的羊都不要上圈,放到恁一家的院子里。咱三家儿院子前头通向兴国寺路上的旧马车挪走,我在恁家驱鬼时好让鬼往寺殿里跑……"

"这能中?"

"听我哩就中。"胡大仙猛地瞪大眼,干脆地说。

肆

第二天,"山半儿"娘一切照胡大仙说的办。午时动身出发。"山半儿"不想去,他想夜里睡到"灰色蛋"家看驱鬼,被他娘悠了几破鞋,哭着走了。

"灰色蛋"很兴奋,他决定一夜不睡,看看鬼到底啥样,胡大爷那锋利的铲子真能把鬼铲除?

夜里,"灰色蛋"不脱衣裳坐在床上,一直熬到天快亮,鬼真的来了。披头散发,青面獠牙,眼睛发着蓝光,舌头有一尺长,腿细如麻杆。门后有根芝麻杆儿,伸着脖子瞪着眼儿。鬼从门后蹿出来,没去"山半儿"家,而是向他扑来,他吓得哇哇大哭。

醒来是个梦,看看他娘不在床上,他急忙站起来向外跑去。

"鬼"终于被胡大仙铲死了。在兴国寺的大殿里,满地都是血。"鬼"脸上带了一张蓝布做的面具,眼睛用白胶布粘得细长,嘴粘得大而瘆人。

人们揭开"鬼"的面具,原来是镇上的队长赵大赖。

胡大仙也躺在血泊中,两人都没了气息。他手中锋利的铲子攥得紧紧的,几个人都掰不下来。

从此,"山半儿"家再也不闹鬼了。"山半儿"哥也不再游乡扎杨木椅子了，花嫂子再也不哭嚓了。

　　九个月后，花嫂子生下了一个儿子。人们背地里说："这个鬼儿子长得咋恁像赵大赖？"

　　"灰色蛋"和"山半儿"常逗鬼儿子玩，给他讲鬼故事，吓得他哇哇直哭。"山半儿"哥拿起棍子把他俩撵走，抱起儿子说："我里亲孩儿莫哭，他们是吓你哩，冇鬼，冇鬼，哪儿有鬼呀！"

　　一旁洗衣裳的花嫂子住了手，泪流满面。

　　（原发表于《文学百花苑》文学期刊 2018 年第九期）

4　公文包

一

老孙名叫孙水德，和老伴来到这个城市当街道环卫工已经两年了。

老孙的家离城并不算远，也就三十里地。两个儿子在南方打工。家里拢共四亩半地，早三年前就流转给了村里的能人了。

种了半辈子的地，如今老两口都已六十出头了，又无一技之长，托人在离家不算远的城里找了份环卫工的工作。

老孙是个红脸汉，胖胖壮壮的，常常脖里系条看不出本色的毛巾。拿着个大大的塑料杯子，杯里泡上少半杯粗茶叶。口渴时咕咕咚咚饮牛般喝得只剩茶叶，再加水。兜里塞着个唱碟机，地摊上讨价还价花八十五元买的。干一路，唱一路。他最爱听刘忠和的豫剧，尤其爱《十五贯》，时不时学着哼唱几嗓子。刘忠和苍劲而又略带嘶哑的声音，似乎唱出了老孙生活的拮据、窘迫和无奈！

老伴是个干瘦、能干、有心劲儿的妇人。

晚上，老伴俩躺在床上虑拢虑拢家务事：流转费一年四千，老两口每月每人各一千五，加上两个儿子的打工收入，这样算来每年收入还真不少！但一说到蟒龙一般的俩儿子，老伴就会唉地长叹一声。都到结婚年龄了，可没人说媒啊，农村男孩儿多闺女少，娶媳妇不仅要在市里有房，还得有车，大的今年都二十七了呀！

每逢说到这儿，老孙头就会扯开嗓子：

啊！

一个住在无锡地，

一个住在淮安城，

二人相隔路途远，

他两个怎结这私情，

啊！……

老伴噔、噔几脚，老孙灭腔了。"唉！不想了，睡觉。说不定哪天发了横财，城里房子就买下了。"

老伴说："做梦吧！"翻身给老孙个屁股。

睡去。

他们总感觉是生活在这个城里的城外人。

二

太阳照样升起，日子周而复始。

第二天天不亮，老两口又早早地起床了。两人要把那条长长的街道打扫完毕。

扫到一半时，老孙隐约听到老伴在马路对面小声喊他："德——德——德，你赖种聋啦！"

老孙听到了。"啊！"他大嗓门回一声，把老伴吓一跳。老伴打手势让他不要声张。老孙会意，放下手中扫帚，悄悄地走近老伴问："弄啥？"

老伴从怀里露出半个公文包。

"哪儿弄哩？"

"路边花池里拾哩。"

"拾哩？"

"嗯。"

俩人四周看看，没人。悄悄地，小心翼翼地打开公文包：机票、火车票、一盒名片、身份证、银行卡、钢笔、几份厚厚的合同书……没钱。

老孙有点失望。对老伴说："唏！我当啥宝贝哩，神神叨叨哩，没啥用，等路长上班了缴给她算球，干活儿。"

老孙转身要走，被老伴一把拉住。

"你傻呀，这公文包看着像老板的东西。你想，这东西对咱说没用，对老板们来说可比钱还主贵。"

"是呀，里面有名片，看看。"

从夹里拿出一张来，名片金灿灿的。上面写着：河南首山新纪元房地产开发有限公司，董事长，张纪汝，电话号，手机号。

乖乖，大老板呀，是家省城的公司，好像听说过。

再看，有土建工程合同，有土地手续等等。呀嗨，这东西还真重要呀。两人相互看看，又环视一下，四周依然静悄悄的。

"缴给路长，人家董事长会盛咱里情？咱不说叫人家感谢咱，最起码得觉着咱实诚吧。恁大个房地产公司哩，赶明儿让大厾（大儿子）在他公司给他开个车，那工资会发得少了？给老板开小车，工资又高，工作又体面，离家又近，说不定媳妇就娶下了……"老伴边说，边露出一副很有功的神情来。

老孙搔搔头，对老伴说："中！我咋没想到呀，还真是！先收好，下班回去咱给人家打电话，就说咱拾住他的包了，保管得妥妥里，他要忙了咱给他送去……"

主意拿定，老两口急速麻利地分头干活，早早地清扫完了。

三

下早班回家，老伴要去做饭，被老孙喊住。

"今儿个清早吃油条喝胡辣汤。优质的，大碗。"

对坐吃饭，两人各自笑着。

老孙埋头一边喝着香香辣辣的胡辣汤一边想着：接到他打的电话，张老板亲自来找他拿包，握住他的手一个劲儿地表示感谢。说你不着（知道）呀，这东西对公司有多重要，价值那可不只十个亿呀，真是太感谢你了，好人呀。并回过头对司机说，可要好好向老两口学习然后从包里拿出五万，不，是十万，也不，是五十万元，非要塞给他。他按住张老板的手，推搓着，说啥都不要。张老板说，你嫌少？好吧，我把在本市开发的房子送给你一套。老孙急忙说，小套就中，小套就中……

想到这儿，老孙笑了。胡辣汤一下从嘴里喷出来，差点没喷到老伴碗里。

老伴怪嗔道："你咋弄里，傻笑啥？"

老孙诡谲地笑笑："不给你说。"

其实，老伴也同样在往下想像着，不过她想的是：大孬在省城给张老总开车，年薪几十万，说媒的都把家门都踢破了。俺大孬谁都不娶，在城里找了个公务员，省政府的……

老孙吃完饭站起来催促老伴："快点，快九点了，人家老板都上班了。"

老伴扒拉了几口，还剩下小半碗，也不像往日那么可惜地要吃净了。站起身，抹抹嘴，紧紧地跟在老孙身后走了。

四

回到住处，老伴在身后死死地闩上了门，急忙上前拦住正往外掏手机的老孙："别慌呀 咱商量好再打呀。"

老孙说："我着（知道）。"

两人坐下仔仔细细地商量了又商量。商量好了，老孙开始拿起桌子上的手机，又被老伴按住手："你记住，咱是做好事哩，千万不能要人家的礼物，更不能接人家的钱。哦！"

老孙惴惴地说："着（知道）了，着（知道）了。还有啥？"

"木了，木了，打吧。"老伴示意他。

老孙又稳了稳神，仔细地，翘着手指头，用力地拨着手机上的数字。输完，用眼睛把手机和名片上的号码对着校了一遍，嘴里又念着再对了对。没错，然后重重地按下了通话键。咳，咳，清了清嗓子，把手机紧紧地贴在耳朵上，小心仔细地听着电话的拨号声。

少许，里面传来"你所拨打的号码已停机……sorry！……"。

嗯，董事长的手机怎么会随随便便停机？

"咋了？"老伴伸长了脖子，问道："不通？"

"停机。"老孙不耐烦地说。

"再打。"老伴着急了，仰着脸催促。

"正打呢"老孙又仔仔细细拨了一遍。

依然"……sorry……"

嗯？老孙伸拿着手机直了胳膊调整手机屏与自己老花眼的最佳距离，艮着头眯着眼瞧着手机。回过头和老伴儿对视一下，不知下一步该咋办。

"打他公司的座机啊！"老伴儿一拍大腿猛地炸呼一下，老孙一癔症，笑了。

"对呀！"他冲老伴儿笑笑。老孙赞赏的笑脸让老伴很是得意。老孙拿起名片，又一个数一个数认认真真地对照着拨打起坐机来。

"通了？"

"通了。"

老伴长舒一口气。

电话那头传来一个女性的普通话声音。应该是女秘书？老孙臆猜。

"您好！这里是新纪元房地产开发有限公司，请问您找哪位？"

"哦！那个张纪汝，他在不在？"老孙仰着脸，满脸堆着笑问道。

"您是哪位？"

"我，噢，我是那个，嗯，我是他亲戚。"老孙猛地被问懵了，想好的词全忘记了，随便找个借口接着问："叫张纪汝接电话吧，我，我找他有可重要的事，啊。"老孙仰着笑脸急盼着对方把张老板叫到电话跟前。

没想到对方冷冷地说："我给你叫不来了。"

"咋了？"

"你是他亲戚你会不知道？"

"真不着（知道）咋了？"

"董事长都死一个月了。"

嘀！嘀！嘀！的盲音声一下子击破了老两口的白日梦，粉碎粉碎的。

俩人像是要去作贼，刚准备去做就被人抓住了一样，心里面咚咚锵锵乱响一团。

好久，老伴安慰老孙也是安慰自己道："奶奶那腿，学雷锋做个好事也木人盛情，可拿猪头寻不到庙门了，缴给路长去，好歹也会受个表扬，哼，走。"

老孙这红脸汉脸更红了。扯开嗓子唱道：

啊——！二人相隔路途远，

他两个怎结这私情，

啊——！啊——！啊——！……

……

（原发表于《魏都》杂志 2018 年第一期；获 2022 年《新工人文学》第
五届"劳动者文学"优秀作品奖）

5　金梅瓶

一

老李头儿呵呵地笑着，一旁的老伴儿"腾"地一脚，一下子把正在做美梦的他踹醒了。

老李头儿不顾老伴儿没嘴没脸地骂着，只管"噌"地起身，摸搜着摁开灯，披上棉袄，连棉裤都顾不得穿，趿拉着拖鞋躬着腰急急地打开柜子。看看里三层外三层包着的物件还在，长长地舒了口气，又轻轻地锁好柜子门，瑟瑟地拱到被窝里。

春寒料峭，深夜更冷。凉身子挨到老伴儿，冰得她一激灵，老伴儿骂道："你神经病呀！那东西你都看三遍了……"

这一折腾，睡意全无。老伴儿叹口气道："唉，冇钱愁，眼照着这宝贝能换成钱了，更愁，仨儿子眼下还冇人说，将来一变钱，看谁是瓢苤儿？……那老王家在风水还是在遗传？祖辈儿是大户，可如今咋会还是恁有？我遍想想不通……"

引起俩人睡不安、直上愁的事由，原于他们家那个看着不起眼的盛盐的钧瓷瓶。

古桥镇的老李头儿六十多岁，脑子灵活，善投机钻营，心眼多。他大名顺德，绰号李"ruang"。这个字还真写不来。二十世纪七十年代，靠着自己的小聪明在大队混得不错，弄了个会计主任当着。

一次和大队书记发旺一起进城出差，晚上住"红旗旅社"，工作人员见他们是农民，很不屑。这让自认为也是"干部"的书记很不爽。

为了替书记和自己出口气，登记时工作人员问及姓名，顺德故意木讷地说："我叫李 ruang"。把个自认为是城里人、有优越感能、识文断字的工作人员难为得抓耳挠腮，只好陪着笑问道："嗯，哎，这，这，'ruang'咋写呀？"

顺德嘲弄道："你'哎'谁哩哎？哎？俺是农民，不识字，不着。"李"ruang"的绰号自此落下。

早清明，晚十一。今年清明节前，和自己同龄的、已经搬到省城的老邻居王慈本，陪着自己在马来西亚侨居的八十多岁的叔父王祖仁回老家古桥镇修坟祭祖。老王家有人有钱，加上老华侨这次也回来了，县、镇相关领导陪着。衣锦还乡，气派风光，好生让人羡慕。

事毕，王慈本陪同叔父逐户向老邻居登门拜访。虽然老李头儿曾不止一次地批斗过自己的发小王慈本，但人家不记前嫌，仍然带着礼物登门看望他。毕竟是老邻居，何况李父以前曾是王家的大板儿呢。

坐聊中，老李头儿能说会道，言语当中表达了对以往的歉意和眼下的奉承、恭维。王慈本摆摆手，笑笑，以前不快根本没记在心头。

闲聊时，老华侨王祖仁无意间眼光扫过老李头儿家桌子上的一只破钧瓷瓶，又踅回目光，揉揉眼，愣愣地看了起来。一会儿，他陡然激动起来。他脸上泛出难以抑制的兴奋神态，目光也陡然明亮起来。他快步走上前去，左看看，右瞧瞧，又用手托起来瓶子，举起来仔仔细细地端详了很久。之后，又不自觉地点点头，好像是自我确认无疑后，又肃然地问起老李头儿瓶子的来历来。这个被岁月浸润得黑中泛红的钧瓷瓶原是王家的物件，解放后"土改"时，老李爹除分得王家的牲口屋外，又顺回了本来是一对的瓶子中的一只，拿回盛盐用。他们一家从来没觉得这是个什么宝贝东西，爹爹好像临老也不曾说过这瓶子有什么主贵的地方。当然，老李头儿看到王祖仁如此神态，下意识地感觉到这个瓶子的不凡。他心想，保不齐这物件真是个宝贝？可能连自己的父亲恐怕也不知道。他灵机一动，呵呵呵地笑笑，隐着激动的心情，不紧不慢地回答说，这瓶子是当年人民政府分给他爹的。说罢，急忙站起身挤到桌子旁边，伸出双手托住王祖仁还没放手的瓶子。两双手四个胳膊把个瓶子缠得密密匝匝。王祖仁只好不舍地小心地放手。老李头儿看到王祖仁如此呵护这个看起来不起眼的瓶子，更坚定了它是非同寻常的物件，也轻轻地把瓶子往桌子正中央稳稳地放了下去，又用手摁了摁，生怕它掉下来似的。

老李头干笑着礼让王祖仁落座，自己也随后坐了下来。客套的同时，看到王祖仁对这个瓶子如此的神态，老李头儿立刻明白了，这瓶子肯定不是一般的瓶子，莫非是古董？他趁趁摸摸地试探着套叔侄俩的话。

王祖仁也不藏着掖着，回到座位上，笑笑，漫不经心道："这是王家祖传的钧瓷瓶，原本一对，一只我当年带走了，没想到这只流落到这儿。"

王老先生接着说："梅瓶是中国传统经典的名瓷器型，梅瓶是一种口小、颈短、丰肩、瘦底、圈足的瓶型，因其口小的只能插一枝梅花而得名，故称'梅瓶'。

"梅瓶是各大窑系都制作的一种器型，造型优美程度可以说是无与伦比，所以梅瓶的造型算是中国瓷器第一造型。

"梅瓶也称为'颈瓶'，最早出现在唐代，其造型姿态优美、线条流畅，如同俏佳人一样美丽。梅瓶最早做为酒具使用，也可用来观赏。

"近代许之衡在《饮流斋说瓷》一书中详细地描述了梅瓶的形制、特征及名称由来：'梅瓶口细而颈短，肩极宽博，至胫稍狭，抵于足微丰，口径之小仅与梅之瘦骨相称，故名梅瓶。'

"梅瓶在宋代以后颇为流行，特别是明清时期，梅瓶的观赏价值越来越高，清代梅瓶多为传世作品，观赏和艺术价值都很高。

"朝代不同，梅瓶的审美也不同，如宋代梅瓶挺拔高雅，元代梅瓶粗犷豪放，明代梅瓶雄健稳重，清代梅瓶奇巧秀美等，都体现了当朝的文化艺术特色。

"梅瓶做为第一瓶型，特别是在宋代各大名窑争锋的时期，钧瓷梅瓶也是不可缺少烧制器型，钧瓷梅瓶有别于其他梅瓶，钧瓷梅瓶以优美的窑变而深受欢迎。

"钧瓷在宋代时期是皇家御用瓷器，故所有的珍品都被收入宫中，民间流落极少，当时的钧瓷工艺因不计成本，已经达到了时代的顶峰……"

讲了"梅瓶"的历史典故和审美寓意，王老先生又接着说："此瓶，也非古董，只是一般的"梅瓶"，与那精品钧瓷相比，真不值得一提，主要是民国时期与俺家有生意往来的禹县客户朋友赠送的，礼轻情重。生意讲友谊和诚信，祖上很重视与禹县客户之间的友情。况且，祖上当初以使用低端粗糙的器具寓意"富贵不淫，贫贱不移，威武不屈"的家训来警示后人。瓶能插梅，寓意做人要秉持慧中如梅的品格；瓶，坚硬且易碎，警示家人不但要有坚硬风骨，还要小心谨慎处世……"

最后，王祖仁试探性地和老李头儿商量，既然现如今这一只瓶子在李家，他愿出十万元回购，希望老李头儿考虑考虑，能成人之美，让两瓶成对。其实，王祖仁没有对老李头儿他们说完的话是，当年老老李在他家当大板儿，有一年他和老老李主仆二人一起到禹州贩药材，回来的途中遇到了土匪，为了保住价值五千大洋的货物和他这个小少爷的命，老老李险些被土匪打死。王祖仁今天愿出十万元回购这只瓶子，其实也是补当年对老李头儿父亲老老李的愧欠和情义……

一听此言，老李头儿眼珠一转，没立即回复，说是和孩子们议议再说。王祖仁只好笑笑说："好吧，考虑好了尽快给个答复。"

送走老王家叔侄二人，老李头儿坐不住了。给儿子议议是瞎话，老李头儿还生怕儿子们知道了。他想，要是普通的瓶子，你就是再财大气粗、再当"警示教具"也不会出十万元买呀！说不定是个无价之宝的古董哩。这钧瓷瓶肯定不一般，得找修懂行人瞧瞧。老伴儿说："可，咱找谁来鉴定呀？"

聪明无比的老李头儿不屑地撇撇嘴说："你就甭管了。"

社会关系学中有关"五人法则"在中国无论何时何地都适用。老李头儿先想到了张三，后又李四，后又王五，后又赵六……果不其然，通过这些人终于找到了一群老李头儿认为靠谱的古董鉴定专家。

老李头儿迫不及待地抱着"梅瓶"，小心呵护着呈到了这些行家面前，让认真地给其鉴定鉴定。大家你传给我我传给你，时而摇头时而晃脑，又交头接耳嘀咕一番。这种情景让老李头满怀信心地笃定，它的价值难以估量，数字太大可能难坏了行家。在李老头儿急不可耐一再自信地追问下，最终，一个行家不好意思地给老李头儿说出了他们鉴定的结果：能给一千元你就赶紧卖给他！它就是个粗糙的陶瓶。年代是老点，但说不上古董。李老头如当头挨了闷棍一样，一屁股瘫到了地下。

更让老李头泄气的是，听说一个破瓶能卖十万元，引爆了家庭纷争。尽管老李头儿一再说找人看过，不值啥钱，但儿子们怎么肯信？为此在老李头儿这儿议了几次。

话不投机，加上分家时、人情世故等方面上的矛盾积累，最终爷几个打将起来。一不小心，把"梅瓶"瓶口碰掉了一块，爷儿几个住了手。打架时还给老李头帮捶儿的老伴儿顿时哭天怆地，老李头儿看到已经成豁口的瓶子，气得嘴歪眼斜，半边脸麻木麻木的，头霍霍地疼。

好好的瓶子瓶嘴儿被碰掉了一块，成了豁口瓶，看来老王家不会再出十万元钱了。一家人个个垂头丧气，又相互埋怨指责起来。老李头儿强忍着低着头沉默不语。心想，自己与人共事向来"够本亏（只要收回成本就已经算是吃亏了）"没成想自己一家人却乱了阵脚，弄得一地鸡毛，看来外敌好御，家人难捆啊！又看看蹴蹲在屋子里愁眉不展的一家人，想，自己毕竟是一家之主，主意还得自己拿，不中，无论如何也要把损失降到最低，至少也得落个人情。他清清嗓子开口发言了："唉！事儿已经弄到这儿了，那就找个拾掇瓷器的好好粘粘，既然老王家收回当'警示教具'，豁个口子也不影响啥。钱，看着让老王家给吧，不中了就做个人情，白送。"

电话联系王慈本，把情况支支吾吾、吞吞吐吐地说了。让老李头儿没想到的是，王祖仁说："都是老邻居哩，考虑到你家经济条件确实困难，十万元照付。"

老李头儿感激涕零，头，好像也不疼了。

半年后，好不容易平息了爷几个分钱的纷争后，老李头静下心来认真思索起老王家为啥愿意出那么高的价钱买回一个本来就是他们自己家的破瓶子。他苦思冥想，始终找不到自己让自己信服的理由。心想，这老王家钱多得没地儿使了？一个破瓶就给十万？他摇摇头，真想不通。

一直让老李头儿纠结的"瓶子"终于在偶然与老王家的远房亲戚闲聊中知道了答案：瓶子的确很普通，关键是那厚厚的瓶底，祖上烧制时藏在其中的三斤黄金值钱！王祖仁在马来西亚就是靠它作本钱，才成了当今的亿万富豪。

老李头儿"ruang"地一声，昏迷不醒。

二

老伴儿先打 120，又呼天唤地，风风火火喊来仨儿子，最后，老李头儿被呼啸而来的救护车送到医院，一阵手忙脚乱地抢救后，老李头儿总算保住了性命。

出院回家，老李头儿留下了后遗症：左手六，右手七，左肩高，右肩低，左腿画圈儿，右腿踢……老伴儿有时不耐烦地用轮椅推着他，让他出去锻炼锻炼。累了，他坐下沉思，用含糊不清的话对老伴儿说："我算想明白了，老王家之所以至今仍门庭光耀，祖上是大户。慈本的二爷王林河是秀才，办学开私塾，辈儿辈儿都是读书人呀，尽是读书多的劲儿呀！就是这'金梅瓶'要不回来，我死不瞑目啊！"

最后，老伴儿叫来仨儿子，听老李头儿开家庭会，宣布重大决定。

老李头儿口齿不清地说着，老伴儿揣摩着翻译。基本意思是：王祖仁回购"梅瓶"的十万元，咱爷儿四个再兑出来，给王慈本送去。瓶子，咱不卖了。

啥?！一听说到嘴里面的肉再吐出来，仨儿子"腾"地一下，一头火星子，红头胀脸地要给老李头儿置气。再一听老李头儿说，那瓶底里面原来老王家祖上烧制时藏在里面有三斤黄金，十万元卖给老王家，亏大发啦！仨儿子闻听此言，一个个惊得目瞪口呆，唉声叹气地相互抱怨着不该那么轻易把瓶子出手。既懊恼又气愤之下，又都不约而同地指责起李老头儿来，骂他目光短浅，不该被那十万元晃了眼。老李头儿也是既恼又羞。恼的是老王家假仁假义，拿什么瓶子只是"警示教具"来糊弄他；羞的是自己精明一世，却又掉到人家的兜儿哩。一阵杂吵过后，仨儿子一个个又变得义愤填膺起来："这老王家也真不厚道，这不是蒙骗人吗?！"骂过老王家后，恶气还是撒不出来，一个个只想扑上去把老李头给剋了，又都怒不可遏地呵斥老李头儿道："既然当初卖给老王家是你的主意，说啥你这个老没成色的当爹的也要找老王家再赎回。"

最终，老李头儿颤颤巍巍地翻找电话本，找到后，吭哧吭哧地给人家打去了电话。王慈本听明白了老李头儿的意思，又把老李头儿一家人的意思转达给了叔父王祖仁。虽然老王家极不情愿，但经过反复考虑，最终，答应退回原来就是自家祖上传下来的瓶子。

放下电话，老李头儿一家长舒一口气。一阵杂吵之后，一个个又莫名地变得理直气壮起来："哼！咱家的东西，想卖卖，不想卖不卖！"老李头儿和老伴儿也像是又长回了胆，随着高声地说："就是！我的瓶子，我做主。"

王慈本回古桥镇办事时，顺便把"金梅瓶"捎了回来。同时也叫上了镇上司法所公证人员和一些镇干部。

老李头儿一家满脸堆笑，一个劲儿地给王慈本赔不是。老伴儿说："离开这瓶子，恁李哥光想活不成。本儿弟呀，对不住了……"

王慈本笑笑说："没什么，既然当初人民政府把这瓶子分给了李叔，那就是恁的了。只是恁答应卖给俺了，且已经成交了，又反悔，不太好……既然想反悔，也行，今天有司法所的同志和咱们镇上的干部在场，咱就在他们的见证下交割吧……"

老李头儿的大儿子把十万元钱递到王慈本手上，让他数一数。王慈本说："既然是从银行刚取出来的，就不用数了。嗯，瓶子交给恁，仔细看看，是不是原来那只瓶？瓶口破碎的地方粘过，有记号……"

弟兄仨仔仔细细看后，点点头，又小心地递到老李头儿眼前，让他过目。老李头儿眯着眼睛上上下下、左左右右、认认真真地看了几遍，又颤抖着手小心仔细地摸了摸瓶的子豁口处，不错，是那只"金梅瓶"。

最后，在大家的见证下，完成交割。

送走王慈本，仨儿子便迫不及待地要把瓶子打碎，猴急着要取出里面的金子。"咣当"！老大把瓶子摔得粉碎。瓶子底部还真有一大块很结实的大疙瘩。又找来锤子，当！当！两下剔除掉裹在上面的瓷体，发现里面果然有一块黑沉黑沉的金属。一家人那个高兴呀，欢天喜地。三斤黄金呀！这下真发大财了。不过看着不是黄色的金子呀，难道是乌金？

找到黄金买主，一家人恭恭敬敬地把买主请到家来。买主坐定，老大把包得里三层外三层的"金子"小心翼翼地呈了上来，请买主过目。买主也满心欢喜，连忙接过来。看着黑乎乎的一块金属，眉毛拧成了疙瘩。满腹狐疑。少许，他拿出小刀要比划，惊得爷儿四个提心吊胆的。老李头儿想阻止，边呜呜喇喇地嚷叫着，边要从轮椅上站起。买主回头怔一下。老大儿子瞪老李头儿一眼，不耐烦地把他撴下，说："坐哪儿等着吧。"买主又用仪器操作一番，最后，把脸转过来，足有半分钟。爷儿几个不明就里，屏着气息瞪大了眼球随着他来回转，期待买主递个好价。只见买主把东西往地下一摔，艮着脸气乎乎地大骂道："恁是闲得吧！拿一块铅来忽悠我哩？滚蛋！尽耽误我哩北京时间。"说罢，带上随行携带的家伙儿气愤愤地走了。

爷儿几个傻在了那儿。李老头儿"ruang"地大叫一声昏死过去，这次再也没有醒来。

三

老伴儿一边大呼"顺德"的名字，一边大哭着指使儿子们手忙脚乱地把他送往医院。医生掰开眼睛瞧瞧，摇摇头说："不中了！"

本来把这个原本就是老王家当"警示教具"的"金梅瓶"，人家又以不菲的价格回购，也算是物归原主，白得十万元钱。可经李"ruang"一听旁话，说是瓶底老王家祖上烧制时藏有三斤黄金，后悔不及的一家人商量后，又厚着脸皮反悔不卖了。这倒好，到手的十万元钱又吐出来，弟兄仨那个气呀！非想着等他醒这么早好好给父亲李"ruang"置气不中哩，结果，李"ruang"再也醒不过来，一命呜呼了。仨儿子一个个又缩了回去，不肯露面了。

在老李头儿的灵柩旁，老伴儿呼天抢地，握着脚脖扯着嗓子嚎啕道："呕——呕！呕——我哩老头呀，你走了可叫我咋活呀！呀！呀！"

她这样哭嚎是有自己的担心的，老李头儿是死了，到手的十万元又被老李头儿折腾跑了，不死，三个儿子之间和他老两口之间定会发生一场恶战来。三个不孝的儿子谁会来赡养自己？越想越伤心，越伤心越哭得响，死去活来的。

老支书发旺前来吊唁，嘀嘀嗒嗒的响器声中，一鞠躬，再鞠躬，三鞠躬，孝子磕头——！

老发旺拉住了磕头的儿子，又进屋与要李老伴儿说说话，其实是安慰一下她罢了。

见到老支书，李老伴儿哭得那个起劲儿呀，老发旺劝住了她，叹口气道："'ruang'走得不值呀！人有旦夕祸福，都是命呀！他婶子，你也别太过伤心，保重自己的身体。"

李老伴儿一把鼻涕一把泪地把自己的处境向老支书哭诉，老发旺很清楚，仨儿子的确一个没一个。不由得叹息并安慰她道："事已至此，也没法儿。村委会治丧委员会也只能拿出五百元钱来。恁有仨儿子，想找镇上办低保，恐怕也说不过去。"

李老伴儿哭得更加厉害。最后，老发旺无奈地摇摇头出去了。

这几天，王慈本代表叔叔王祖仁，回镇上找镇领导准备在古桥镇投资公益项目，听说老李头儿因"金梅瓶"殒命，作为老邻居，前来吊唁。他感觉有自家"瓶子"的因素在里面，多少有些疚歉，所以，封了五千元的礼来。

吊唁完毕，他进去安慰老李伴儿。老李伴儿见到王慈本，心情很是复杂，哭得也是别别扭扭。不管怎样，都是自家贪心不足，与人家老王家无关呀！

王慈本代表自己家人和叔父向老李头儿的去世表示深切慰问和歉意，希望李老伴儿自己保重。李老伴儿一边呕呕呕地干嚎，一边又像祥林嫂一样一遍一遍地吼叫道："往后我可咋活啊！"时不时地翻出眼来看看他人的反应，从而对自己的哭丧程度好做出相应地调整。

闻听此言，再看看她那种别扭的表现，王慈本竟然憋不住微微地笑了笑。他一笑，李老伴儿止住了，她抹了一下脸，愣愣地看着王慈本。

王慈本说："老嫂子恁甭担心，叔父让我回来就是找镇政府准备在咱古桥镇投资养老公益项目的，养老院选址就在咱这兴国寺旁边，离恁家三步远，咱都是老邻居，何况恁公公李叔之前还是俺家的大板儿，对俺家也有过贡献。到时来这里养老免费。"

一听如此天大的好事儿来了，自己再也不用担心不孝儿子的赡养问题和自己的养老问题，李老伴儿这次更是喜极而泣，呕吼大叫。

半月后，县、镇政府和村领导陪同王祖仁一起在兴国寺旁边举行了养老基地奠基仪式，县政府领导和王祖仁发表了让人振奋的讲话："养老基地经营管理理念，保本微利，让古桥镇的老年群众老有所养，老有所依，打造民间养老品牌，解决人口逐渐老龄化面临的社会问题……"

养老院命名为"金梅颐养院"，也有老王家"金梅"品质传家的祖训和处世方面的考虑，更有有关"金梅瓶"的考虑。

一年后，李老伴儿住进了养老院，心里乐开了花。电视台新闻栏目来采访养老院的老人们，李老伴儿以自己的亲身体会，面对镜头那个好话说得真是中听。

人们散去，归于寂落的李老伴儿小声嘟囔着："无利不早起，老王家干这既有名又有利的事谁知道又打的啥鬼主意？哼哼。"

（本文获 2020 年北京陶瓷艺术馆、禹州市钧瓷文化旅游试验区办公室、禹州市钧瓷文化产业协会、钧瓷网联合举办的有奖征文活动二等奖，首奖空缺。后发于 2022 年《参花》第 12 期头题）

6　恐犬症

赵家的狗又看了我一眼，这是第几次，我实在记不得了。它那既凶又狠的眼神塞满了我的脑袋，胀疼。

早上，我回来得很晚。小区还没醒来，路灯无精打采地强撑着眼，和我一样，加了一夜的班。同事孙兄找了个挣钱的活儿——为宋老先生编写一篇"非虚构"，酬劳不菲。看在钱的面子上，"非虚构"被我俩"非一般虚构"得伟光正且高大上。孙兄一本正经地念给老爷子听时，感动得他稀里哗啦的，涎水也扯着黏丝垂落下来。我一阵阵恶心，但，钱到手后我还是挺开心。

我把电动车停好，上来的时候，单元门前围了几个人。他们看着赵观的脸，一个劲儿地夸狗。老唐老何还有准备送学生的娜娜等几个人。

他们挡住了单元门，我只好待着，我弯下腰装做系鞋带。狗龇着牙"唔唔"地发出瘆人低吼，是冲我的，它嗅到了我的存在，想要攻击。他们几个有点惊恐，不自觉地退了退，娜娜咯咯地笑笑，一加电门，跑了。赵观高声佯呵着，狗抬头看看，笑了笑。赵观骂一句："狗东西！"拉开车门，狗蹭地冲了上去。车走了，狗从车窗里，还是狠狠地看了看我。人们开始散去。

好机会，趁机再做做他们的工作，好统一战线，一致对狗。老何和我对面，看我迎了上去，他踢着腿转身晨练去了；老唐倒是背对着我，一回头正和我对脸。我说："唐叔，狗的事儿咱还得合计合计。"

老唐笑开的脸收住了，故意把手遮在耳朵上，侧着脸打岔道："啥？密希密希？逗我玩呢，密希啥？"

我哭笑不得，大声说："合计合计！"

"啥？客气客气？不要客气！"

"喊，至于吗！我说唐叔，地下是你掉了一百块钱吧！"

"哪呢？哪呢？"老唐一边摸兜儿，一边低着头提溜着目光搜寻着，随后，愣了愣抬起头，用食指指着我："呵，你介（这），呵呵，你介（这）人。呵呵呵。"

我是对它很忿恨，更忿恨赵观。给狗配套房，让人与狗为邻，吠声嚣张彻夜不绝，还差点咬伤娜娜的女儿夏天。我私下曾找他们议论过，他们怒而不言，只摇头叹气。娜娜顾左右与旁人搭话，费尽口舌，没任何效果。终了，老唐老何齐声说："小王，这个重任就交给你了！你年轻有为。"老何还拍了拍我的肩。然后，一个个起身走了。

好吧，看我的。

我预想了几个方案。我先试了第一个：对视，从气势上先镇住它。它没有一丝的怯怕，还"唔——唔——"地低吼着，之后"汪汪汪"地狂吠起来。保姆抻抻绳，得意地笑了。下毒？不行；直接打死？也不行；君子坦荡荡，打狗得看主人面，得找赵观说道说道。当我把想法告诉老婆时，她从阳台上拿出一根晒衣绳，说："先把我勒死了再去。"

娘的，到底是个什么狗东西！

上楼回家，好好的心情被这个狗东西弄坏了。我把钱扔到茶几上，坐在沙发上揉着脑门生闷气。

正在数那些钱的老婆乜我一眼，又重数了起来。数完后搂着我的脖子和声细语地晃着说："和一条狗较啥劲，没劲。"看来这回她也是看在了我看在了钱的面子上挣了钱的面子的。看在钱的面子上挣了钱的我也有了底气，我噌地站起吼道："它不是看我一眼了！明天就搬回去，我还躲不起吗？"老婆冷笑了笑："哼！老小区也被赵观圈下，就要拆迁了。"

我惊在了那儿。

赵家的狗终于死了。

它疯了，咬伤几个路人后，又冲到了街上，被一条常在那一带觅食的流浪犬扑上去厮缠着咬死的。很可惜，流浪犬也死了。

我高兴坏了，一进办公室，我正要给孙兄分享好消息，却见他拿着几张稿纸兴奋地给我炫耀道："喂，太好了！太好了！你看看，夏天同学的这篇《我的动物朋友》太棒了，我看这次作文大赛准拿第一名。"

夏天是娜娜的女儿。

我快速地浏览了一下：……赵家的狗是她的动物朋友，是只超级好狗。一天，她出去打酱油，几个保安手持家伙正在抓捕一只疯狗。那疯狗冲出来，扑向了她。她吓呆了，酱油瓶打碎了，洒了一滩"血"。在这千钧一发之时，赵家的狗从身后勇猛地冲上去，撕咬起疯狗，最终，疯狗被咬死了。夏天得救了……

应该说，算是一篇好作文。

可我知道，事实恰恰相反呀。一个孩子居然这样枉顾事实颠倒黑白生编硬造。

我强忍着愤怒，尽量让情绪平和下来，对孙兄说："喊！简直是胡扯！"

孙兄和我唇枪舌剑争论起来。面红耳赤，互不相让。孙兄吼着，从报刊夹上取下一张报纸，展在我桌面上，又"叭"地拍了一下："看吧，今天的报纸。"

醒目的标题赫然在目：《赵家犬舍命斗疯狗，危难际救下小女孩》。

我腾地一下火了，失控地撕碎报纸，颠倒黑白，颠倒黑白！那条冤死的流浪犬啊。这到底是怎么了？啊?!

等了一会儿，孙兄拍了拍发呆的我，说了一句："咱们不是也替赵家很得意地'虚构'过?"

"那老爷子姓宋啊?"我疑惑地追问。

"嘿嘿，兄弟，赵观是宋老爷子的私生子，"他俯在我耳边又低声补了句，"都一样，差不多。"说完他哈哈地笑着出去了。

我如同遭了雷一样，傻了。

好歹熬到了下班，我失神地往家走去。小区里围了很多人，赵观他们准备给狗开追悼会呢。老唐老何忙前忙后的，娜娜带着夏天，好像胸前还戴着白花，恍惚中还看到了我老婆的影子。

我落荒而逃，跑回家里，却听到楼下又传来一阵阵犬吠……

（原发表于 2021 年 8 月《原野》文学期刊）

7　鼠

壹

古桥镇有个瓜庄。瓜庄还有个油鼠叔。

油鼠叔，啊呸！叫油鼠才对，尊称为"叔"，太抬举他了。他应该是"属鼠的"就不错了。他的存在，对俺村来说，就是个耻辱。对他老婆和孩子来说，就是个灾难。可即便是叫他油鼠，也绕不开"叔"字。

一个夏天，下了半个夏天的雨，这年应该是一龙治水。雨水特别多。放眼田野，一片茫茫，从未有过的水泊如白茫茫的湖水一般，改变了原来是村庄的模样，雨水氤氲中让人恍惚如到了另一个陌生又熟悉的世界。这是原来的家乡吗？

古桥镇是"小白瓜"之乡。以瓜庄尤为出名。农民每家都种"小白瓜"，是主要的经济作物。"小白瓜"白花花地都在田野里漂着，怪可惜人的。趟水下地摘一个，身上抹抹咬下一口，"叭！"准吐，泡坏了。

瓜庵，在每家瓜田地头的高地上支着，一半是为了看瓜，一半是为了纳凉，白天休息，夜晚睡觉。具备"家"的基本功用。瓜已经基本坏掉，瓜庵，也多半废弃。但，油鼠的瓜庵是个例外，那是他夜晚做活儿"打节儿"时的一个据点。

油鼠是他的绰号，人如其名，灰色脸，鼠头鼠脑，贼眉鼠眼。"兔子不吃窝边草"那是对有"道德"的鼠贼来说的，对油鼠依然是例外。村里谁家的东西，大至成捆的现金、金银、手饰，小至扎包、扫帚、牛笼嘴，只要一丢，十有八九就是油鼠干的。只要做活儿，决不空手而归，那怕是锅碗瓢勺儿，也要顺手牵羊。

人家气汹汹找到油鼠家，也不多说，到屋面翻箱倒柜，找到了，打他一顿便罢。找不到，摁到地上恼怒地审：

"说，藏哪儿了，不说打死你。"

"嘿嘿，真不是我干的，真的。"

打！招了。在大门后面的小菜窖里。

人家骂骂咧咧地走了。油鼠从地上爬起，拍拍身上的土，搔搔头，靠着树蹲在地上，抽上纸烟，嘿嘿地笑笑。他似乎很乐此不疲这种"猫鼠游戏"。三天不干，手痒。

他家里的是一个憨厚的娘儿们，带着他的两个孩子，辛苦做活儿。从未见她与任何人说过话，倒是时常见她匆匆忙忙地，背着哭闹着的孩子往田里走着，边走边自言自语地说着，间或四顾一下偷偷地笑笑。看到她笑的人也会笑笑："哼哼，傻婆娘。"

她是四川人，是油鼠一半儿花钱一半儿连榷带捣地骗来的。来时本不太傻，是被油鼠彻底气傻了的。油鼠贼性不改，在村里没人待见，他就可劲儿地回去打老婆，在外面失去的尊严在家里娘儿们面前找回来，可劲儿地打她。

我呸油鼠，是因为他偷了我最心爱的玩具——大华小刀，明明见他儿子大孬玩着，却死不承认。那是我连哭带闹外加挨了父亲一顿饱打，妈妈才舍得给我买的。我可恼他，就是他偷的。更让我可恼的是，他家的瓜地和俺家的头顶头，别人可以不用看瓜，俺得看着，主要就是防他。

时年油鼠四十来岁。他属鼠，名油，也确实很"油"。都叫他油鼠。那是一九九零年。

贰

油鼠家里的又带上孩子跑了，在大雨中。油鼠也不找她，他知道她跑不远，准是二十里外他师兄那儿去了。有时油鼠来了兴致，就提上一瓶酒过去，每次都能在师兄那找回来。

有时是师兄把她给送回来。师兄茛着脸，把他媳妇送回后开始给油鼠算账。

师兄用他那拇指和中指比划着查钱说:"在我那住了八天,一天伙食费按十块,八十元,来回盘缠花去两块,路上吃饭六块,共计八十八块。拿钱来。"

咋不用食指呢?自己剁掉了。

油鼠诡谲地嘿嘿笑笑回道:"占了便宜还卖乖,今儿黑我检查一下,看少些啥有,再说,嘿嘿。"

师兄怒骂:"拿自己破女人来侮辱我!坏我名声!""嘿嘿!说笑了,说笑了,不要生气啊哥哥呦"。油鼠杀鸡炒菜,打酒赔罪。师出同门,师兄师弟,大吃二喝,东倒西歪。临走油鼠还要奉上银子,师兄才悻悻而归。家里娘儿们看看醉睡过去油鼠,好了疮疤忘了疼,和两个孩子一起,你拽我撕地争食剩下的鸡架子。

师兄叫油鼠"鼠胆"。十年前,师兄家在二十里外的许都城西五郎庙,城东和城西两帮江湖火拼,约好三月十五日在离城十里远的古桥镇老古茬会上比试比试,论个高低,比个雄雌。不比偷技,是要动刀子。双方各出十人。双方互挑,一对一,单打独斗,过半为胜。

当晚,古桥镇兴国寺前的戏台上,夜戏唱得正热闹,越调《收姜维》,申凤梅把武侯诸葛亮演活了:

一支将令往下传……
这书信你牢牢带在身上,
……
攻破城立刻就把姜母去访,
一定要保护他阖府安康。
见姜母叫书信把好言多讲,
你就说山人我敬慕非常。
把姜母请回营安然无恙,
那姜维无后顾,老将军!
他才放心来降。
……

戏场上引来一阵阵叫好声。"苦曲子浪越调",但申凤梅的越调戏是个例外,别开生面,成一代宗师。人们沉浸在越调那委婉而又铿锵的唱腔中,类比着自己如戏的人生。

而兴国寺后废弃的大殿里。事中,身手最好且被寄于厚望的油鼠没去,少一人,十对九,师兄他们这帮输了。最终,城东帮胜。城东帮领头"大头"轻蔑地,把刀子扔到师兄面前。师兄羞愧难耐,手起刀落,把自己食指剁掉,答应让出地盘。

待油鼠赶到,同门师弟一群人扑上去把他踩倒在地,群殴。油鼠抱着头蜷起身,大呼道:"容我说话啊师兄!"

师兄呵住众人,恼怒地说:"一个'鼠胆'小儿,背信弃义,不从江湖号令,有啥可说!"

"俺娘快不中了,背俺娘送到医院即刻赶,还是晚了。"油鼠声嘶力竭道。

众人默然不语。住脚让开。师兄道:"明儿个去医院看看咱婶再说。"其实也是调查油鼠所言是否实情。

第二天,油鼠娘归西。师兄和油鼠披麻戴孝,为油鼠娘办丧事。江湖不光讲义,更讲孝。

油鼠哭得流泪巴塔,跪在母亲灵柩前哀嚎道:"娘啊!都怨恁孩儿啊!是恁孩儿让你气过去了呀,以后恁孩儿改了啊,啊,啊!"

他们原谅了油鼠,却落下了"鼠胆儿",油鼠不服地认下。从此油鼠他们退出江湖。只是油鼠憋不住手痒,时常在村里偷鸡摸狗,与大伙儿玩"猫鼠游戏"。

油鼠家的房子也露雨,他索性住到瓜庵里不回去了。害得我如临大敌。

叁

天住雨了,随之而来的是毒辣的日头和闷闷的湿热。田地里青蛙唱得正欢。求情,交配。高岗上很快就被太阳晒干,呈现出黄白的颜色。较浅的水坑里,露了底,裂起出片片泥瓦片来。

油鼠哼着莫名其妙的小曲儿一摇三晃地回来了,手里拿把镰刀。看到我后，他冲我笑笑，以博取我对他的好感，开腔道："乖侄子，赶明儿我教你几手绝技，哈哈，想学不？"

我厌烦地把头扭向一边，不答理他。他自言自语道："正是有我在，咱瓜庄才不招贼。江湖上谁不知道我是瓜庄的……"

一会儿鼾声如雷，他躺在竹床上睡着了。想想他说的话也是，除了他和村里人玩"猫鼠游戏"，村民的东西失而复得外，还真没有真正丢过东西。他的偷盗有时，更像是对别人保管不当的一种善意提示。

我急急地趟着水向田里走去，去捉一只吱吱从"蚂蚁俏"嘴里侥幸脱口飞落到草丛中的"蚂唧拗"。满地的黄水使我记不清机井的准确位置，一下子滑落到里面，恐惧地向下沉去。我不会游泳，惊恐地乱扑腾，饱饱地喝了几口水。油鼠飞快地跑来，将我拔起，拉到高地。我惊魂未定，吓坏了。他一旁坏笑，说木事儿木事儿。此刻他终于承认"大孬"（他儿子）拿的"大华"小刀是他偷我的，不就是一把小刀吗，赶明儿还我。

小刀我不要了，我根本没有听他再说些啥，一直在后怕刚才那一瞬间的恐惧。

"来看，来看，田鼠！田鼠！"油鼠惊异地大叫，多半是为逗我，让我转过神来。我随他看去。

油鼠正在用手里的镰刀唬它。果然，一只田鼠在瓜庵旁边的水里来回地游着，一会儿上岸，一会儿又游入水中，但，它的目的地似乎就是瓜庵。它急急地想回到瓜庵上，转一圈，转一圈，急头怪脑的。田鼠多是昼伏夜出，大白天地在外面转悠，少见。而百无聊赖的油鼠也找到了乐子，只要田鼠一靠近瓜庵，他就用镰刀把它驱走，暂时还不致死于它。

我近身去看，阳光下，田鼠的模样看得清楚，连它的表情也非常直观。它是只母鼠，从它腹后红赤赤的乳头可以看出。它表情紧张而又非常着急回去的样子，吱吱吱地与油鼠在做着无畏的斗争，一点也没有畏惧的样子，反而有些英雄般地悲壮，明知斗不过却还徒劳地反抗着。

鼠，贼头贼脑，昼伏夜出，见人即蹿，胆子应该是很小的，不是说"胆小如鼠"吗？呵！这只鼠有意思，不仅白天行动，还敢于与油鼠争斗，真是异于常鼠。我猜想，肯定是在田地的鼠窝被水淹了，才在瓜庵上某处新筑的窝，而它极有可能出去找食物去了，才会在这样的情况下回来，没想到会有油鼠我俩个人在，而油鼠正好有了乐子，戏耍于它，要慢慢地玩死它。

看油鼠去撵它，田鼠游入水中，希望能把油鼠引开，然后再偷偷地转回。一只成年的田鼠，其智商应相当于儿童的智商，可这点小聪明对于油鼠来说，太低级了。不过，我还是为它的聪明感到惊叹。

见油鼠只守在瓜庵周围守株待兔，田鼠绝望了，它只能硬闯了。它奋不顾身地向瓜庵上冲去。我也忘却了刚才落水的恐惧，注意力转移到了油鼠斗田鼠上来。心想，这只笨鼠怎么如此急着回到鼠窝？这不正好暴露了老巢？哦，看来，窝里必定有其愿舍身保护的什么？

随着油鼠用镰刀连撬带挖地把瓜庵顶上的泥脊檩里的鼠窝扒开，真相一下子让我俩震撼了：里面有几只毛绒绒赤红赤红的子鼠！子鼠们拱围着母鼠正贪婪地吃奶，而母鼠也毫无畏惧地露出尖牙吱吱地颤抖着、怒叫着，要誓死与油鼠一战！虽然这不过是螳臂挡车！但，一个穷途末路的母亲，一只无更多能力和办法的田鼠似乎也没有更多的其他选择来拯救自己和孩子！唯有用自己的生命来玉石俱焚、誓死一搏！唯有与孩子共存亡，来面对"灾难"和"不幸"！

油鼠洋洋得意笑笑，他举镰刀要对其一网打尽。

"油鼠叔！放过它们吧。"我不知怎么了，突然竟喊他"叔"来求他。油鼠住了手，慢慢地回过头，眼光充满了对他尊重的认同和满足。

那一天，这个村子里没人当他人看的油鼠和我谈了很多很多。其中，他竟孩子般地哭了。并抽泣着说，赶明儿即去师兄那儿把老婆孩子接回。我也莫名地很感动，为田鼠？为油鼠？

肆

日落西山时，远处急慌慌地走来一个人。是油鼠的师兄。

"油！弟妹和孩子回来没有？"师兄见面后慌问道。

"啥？你说啥？他们从你那走了？"油鼠抓起师兄的衣领怒吼。

"别慌，别慌，应该和城东帮'大头'他们有关，据说他们现在与拐卖妇女儿童有染！"

"走。"

"走。新仇旧恨一起算。"

两个人愤愤地走了。

一月，俩月，……直到瓜罢庵塌，油鼠再也没有回来。

半年后，据电视新闻报道，许都市破获一起建国以来最大的拐卖妇女儿童案件，首犯绰号"大头"的落入法网。提供重大线索并与犯罪分子勇于斗争的油鼠，被"大头"杀害。

师兄收留了他的老婆孩子。

从此，俺瓜庄有东西丢，再也无法找回。

8 枣 树

壹

小枣家门前有一棵枣树，另一棵，也是枣树。一大一小，两棵。最小的枣树也很大，一搂抱不得。树龄多少，不得而知。小枣的奶奶说，她奶奶也不知道有多少年了。

小枣是个小女孩，原先叫小"早"，生她时不足月，早产儿。刚出生时，重男轻女的父亲看到是一个如小猫一般奄奄一息的早产女孩儿，很不高兴，用个竹篮撺上准备扔到枣树前面的大坑里去。被奶奶撒着小脚撵上，喝住，拐棍狠狠敲在小枣爹头上，大骂他一顿，小早算是捡了条命。

奶奶心疼地说："头生丫头，人马多稠……"

小枣爹身板强壮，一身蛮劲，脾气倔犟得很。但很孝顺，奶奶说的从来不敢拗，听话得很。

那年古桥镇三月十五老庙会，会大人多，好不热闹。社戏，镇上花大价钱写的许都地区越调剧团毛爱莲的戏。唱腔好，戏装也好。毛爱莲是当红花旦，越调"婉约派"奠基人，那唱腔一甩，能把你骨头唱酥了。

小枣爹借了驴子，要套上车，准备带小枣奶奶、小枣妈和半岁多的小枣去看戏。大灰驴借回来先栓在枣树上，认生，驴犟驴犟的，咋拉它都不上套，比小枣爹还犟。

小枣爹抡起扎鞭便抽，打急了，大灰驴尥蹶子狠狠地踢了小枣爹一下，正好踢在下身。疼得小枣爹呲牙咧嘴。豆大的汗往下滴。小枣妈让他去看看医生，他犟着不去。后来，蛋蛋还真坏了。生完小枣后，再也生不出娃来。小枣成了爹爹唯一的骨肉。

小枣爹受伤了，夜戏是看不成了，一家人早早地睡下了。可就在这一夜，小枣又多出了个弟弟。

同是这一夜，那棵大枣树上吊死了一个年轻漂亮的女人，穿一身小生戏衣。第二天，大家伙儿把她从枣树上卸下来，看到如此年轻的她就死于非命，扼腕叹息。大家伙儿用薄席卷上，埋入古桥镇东后的公墓里。

第三天夜里，饰演兰文生的青年演员章瑞之，趴在年轻女子坟头痛哭一场，然后，纵身跃入一旁湍急的青溟河，殉情而亡。

一曲现实版的梁祝，在古桥镇枣树家门前的枣树林上演，又悲怆落幕，留下疑雾重重的悲情，在古桥镇成为动人的传说。

后来，小枣和弟弟懂事后问奶奶，弟弟怎么只比她小一个月呀。奶奶笑笑回答："'早'生贵子，诺，那颗老枣树生的恁弟弟。枣神保佑，咱家有后哟！"

贰

小枣的弟弟叫小树。他姐弟俩合起来就是"枣树"。奶奶没了门牙的嘴一噙一噙地说，名字起得好，好！好！像枣树如铁一样结结实实。

小枣可能由于早产的原因，没有弟弟胖壮，黄毛丫头，柴瘦，单薄。倒是弟弟胖胖壮壮，像水泡豆一样，很虎视，讨人喜欢。姐弟俩反了，弟弟更像哥哥，姐姐却像妹妹。在外面，也一直如此。慢慢地，只大弟弟一个月的姐姐，和弟弟一样，心理上完全认同了这种兄妹关系，也是依兄妹样处着。从来都是"小枣""小树"地喊着，从不带姐弟的称呼。

这一年腊月十七打春。春在年里，春来得早。春暖花开，万象更新。

太阳照得暖暖的，在田里，小枣和小树跟在爹爹后做活儿。爹爹是个勤劳的人，人勤地不懒，农田在他手里那就是艺术作品，畦堰规整；畦棱的土垄整齐；畦陌曲弯弧度顺畅；畦径细而泛白；畦沟不深不浅刚好。别人是种田，而他是在做画。

爹爹很卖劲儿，汗水浸透了他的内衣，厚外衣就脱下在田头放着，和水壶、茶碗在一起。

小树在爹爹后面攞个竹篮跟着施肥。爹爹向前走一步，随身扬起手中的锄头，锄一下，小树顺手撒一把草木灰。整个流程配合流畅，很合拍。

累了，歇歇吧。差不多的时候，爹爹就会停下来，拿出烟袋锅，坐在锄把上，点火，抽上。小树放下篮子去喝水，草木灰把脸上画得像戏里的"老包"一样。小枣哈哈大笑，小树看不到，也跟着傻笑，小枣笑得更欢了。

近晌，小枣先拿着篮子回去了，在柔软的田埂上留了一串脚印。小树踩着她的脚印，五个小小的趾头，脚掌平平的，脚跟细细的，脚弓部分缺了一块。小树身上有一种从来没有过的感觉，他觉得心里痒痒的。这一串美丽的脚印像是印了他的心上。

爹爹还是个劁猪匠。农闲时，骑上破自行车，车把上用铁丝绑一撮山羊毛，游乡。到村上，瓮声瓮气地喊道："劁猪啦！"

有人唤声："老师儿"（"师"字后面一定要带上卷舌的儿音的，要与教学的先生区别开来，这里的"老师儿"要表达的是手艺师傅的意思），爹爹就会伸出脚止住晃晃悠悠的自行车，回头爽朗地回道："来了。"爹爹人随活儿，价钱往往会做出让步，谈好后，就开始做活儿。

说来奇怪，猪一见劁猪匠操起那把奇形怪状的刀，就声嘶力竭地大叫，作宁死不屈状。爹爹麻利地将刀对准捏起的卵子，轻轻一划，伴随凄惨的哀嚎。爹爹做活儿从不删繁就简，而是像进行艺术创作一般。艮着脸，极严肃，认认真真，一丝不苟。一气呵成后，会看着自己的杰作，满意地笑笑，很灿烂。

整个过程最多五分钟。也许是让弹蹬抗争、拼命嚎叫的小猪破坏了情绪，爹爹总是累得额头出汗，腿微微发抖。当他一抬脚，小猪立即站直身子，夺命逃向远方……劁好后，爹爹在猪的伤口处涂上一把黑黑的柴草灰，或用猪毛把切口贴住。那个切口其实很容易愈合，既不必消毒，也不缝线。而它们老实两天后，就又欢实起来，仿佛那东西是多余的，摘掉是理所当然一样。

那些猪卵子，有爹爹顺手拿了去，积少成多，成为一碗大补的下酒菜。有的被主人要了去，放砂锅里熬熟，给男人吃，说是吃啥补啥的。馋嘴的小孩子闻到香气，却只能干瞪着眼，咕咚咕咚地咽着自己泉涌的口水，急得圆圈转。

　　自从驴踢坏了爹爹的下身，爹爹再也就不干这一行了。他有时会靠着枣树蹲在地上呆上好长时间，然后长长地叹上一声气。他多半是想劁猪与自己的因果关系。

　　也是打从这儿不好使之后，小枣妈和他爹爹吵嘴的次数也就多了。小枣妈叫花玲，水灵灵的。奶奶只在一边叹气。小枣爷"抓壮丁"走了，直到全国解放也没有回来。守了几十年寡的奶奶懂得媳妇跟儿子置什么气。她理解她。

叁

　　春种秋收，春华秋实。这一年是个丰收年。而小枣家的两颗树，更是果实累累，把个树枝压得弯弯的：红的，又大又红，而且透着亮；青的，正在慢慢地变红；丽的，红里带青，如华丽的彩绘……颗颗大枣胀红了脸，不是羞涩，而是饱满地骄傲着。它们拥挤着，在向主人表达着丰收的喜悦。秋风吹过，欢快地、调皮地摇晃着，像考了满分的小学生，等待着家长的夸奖。

　　一整个夏天，小枣爹都在枣树上睡觉。不是为了看枣，而是为了纳凉和避蚊。爹爹在粗大的树岔上放置了一张竹床，四条腿绑在粗壮的树枝上，很结实。

　　小枣和小树争吵着要跟爹爹一起在上面睡，被奶奶呵住。奶奶是怕床小，光从上面掉下来。为此，小枣哭闹了很久，最后，被奶奶许诺秋后大枣换了钱给她添一双新鞋算罢。当然，小树也要，不过，他要的不是鞋，而是在镇上供销社里恋恋不舍地瞄了无数次的万花筒。

　　白天，大人下地时，小姐弟俩得以爬上"看枣"。看枣只是个理由，多半是为了玩。不过，还真有人偷，不是大人，是小孩。为首的正是大头。

　　大头在小伙伴跟前有很多可以卖弄的：玩具手枪、洋火炮、钢套（轴承）、还有万花筒等等。因为他爹是村支书，他叔在洛阳轴承厂工作，他有这样的条件，所以，他靠这些资源顺理成章地成了说一不二的孩子王。大头大名叫海成，头大，所以外号叫大头。

　　万花筒小枣只看过一次，可当大头不准小树看之后，小枣也就再也不看了。那怕是大头求她，也不看。扭上头，偏偏地拉上小树走了。

大头在后面气愤地红着脸，结巴着喊："小枣！我光叫你看，小树不能看。他、他、他是个野种，是、是、是戏子生的，光看脏……"

小树哇地大哭。小枣回过头去，冲到大头跟前，挖他一脸五爪血醭鳞，呸上一口，拉着小树就跑了。

回到家里，小树问奶奶，奶奶气愤得直哆嗦，拄上拐棍就去找大头爹骂娘。半晌后回来，搂上小树擦擦泪，说："别听人家瞎说……"然后，自己背过脸去流泪了。

唯一能让小枣和小树号令小伙伴儿的时候，就是大枣挂满枣树枝头时。为了能吃上又大又甜的"石磙枣"（她家的枣又大又甜，都称之为石磙枣），小伙伴儿都对小树言听计从。小枣很是得意。

也有偷枣的。偷枣的人，是大头他们。

那天，小枣和小树在竹床上玩累睡着了，大头他们几个鬼鬼祟祟地伸头向小枣家院子看看，没人，拿起事先准备的竹竿敲起来。一竿子下去，枣呼啦啦地掉了一地，小伙伴儿扑上去疯抢。惊醒了竹床上的小枣和小树，俩人大呼"偷枣啦！"急忙下去撵他们。

小伙伴儿没想到树上还有人，便疯跑。有人摔倒在地，大枣滚了一地，也不顾得捡。

不是小枣他俩不让偷，是没长熟。熟了，爹爹会给他俩分几兜，给小伙伴儿们送去。听着小朋友家里大人说着感谢的话，看着小朋友贪婪地吃起他俩送去的大枣，也是他俩最荣耀和自豪的时刻，仿佛做了无比高尚的事，心里美美的，姐弟俩拉着手高高兴兴回了。

大头头大体胖，跑起来一崴一崴的，不快。小树撵上大头，用力一推，大头重重地摔倒在地上，摔了个鼻青脸肿、灰头土脸。从来没受过委屈的大头恼了，他从地上爬起来，不顾满脸的灰土，冲上去和小树撕打在一起。

两个人一缠一骨碌，虽然小树胖壮，可毕竟大头比他多吃两年饭。一会儿工夫，大头占了上风，骑在小树身上，喘着粗气抡起拳头捶起小树来。扑里扑唪，一顿饱揍。看到小树吃亏，小枣上前拽住大头的手臂，用牙狠咬下去，疼得大头呲牙咧嘴。大头用脚用力向她踹去，一下把她踹个仰趴叉。

"住手！"正打得不可开交时，一个声音呵住了大头。大家回头一看，只见一个大人来到他们面前。是大头的叔叔出差路过古桥镇，顺道回老家看看，正好遇上了大头和孩子们打架。

大头叔穿一身劳动布工作服，理个小平头，三十来岁，很是精神。

他拉开了骑在小树身上的大头，扶起小树，又拉起小枣。小枣不依不饶，上前去撕挖大头，被大头叔劝住。

"我打他，我打他，哟！谁家的小妮恁烈呀。"他边劝小枣，边去象征性地打大头。大头见叔叔胳膊肘向外撇，边哭边骂："他、他、他是戏子生、生、生的，叔叔为啥不和我一、一、一头呀！"

闻听此言，大头叔真的生气了，"啪啪啪"地真打了起来，打得大头哇哇地大哭了起来。大头挣脱身，满腹委屈地向家跑去。

大头叔一边安慰小枣和小树，一边拉着他们向小枣家走去。他要替大头向小枣的家长道歉。

来到小枣家，爹爹拉奶奶去镇上医院抓药去了，不在家，只有小枣的妈妈花玲在。进了院子，大头叔多年不曾回过老家，只听说花玲水灵漂亮，今天一见，真让他怔住了，竟忘记了要说什么了。

小枣和小树扑向妈妈委屈地哭了起来。大头叔才恍过神来，向花玲好一阵子道歉。都是一个村的，小孩子打架根本不算个事儿，大头叔竟然连家都来不急回，就先照顾小枣和小树，这让花玲不好意思起来。花玲给大头叔让座，大头叔坐下了。大头叔从兜里掏出糖块来，哄住了小枣和小树出去玩后，俩人聊了很久很久。直到小枣爹和奶奶回来，花玲红着脸，大头叔才尴尬地回了。

小枣爹一言不发，连送送的话都没说，蹲在门口低下头抽起纸烟来。花玲回到里屋，蒙上被子佯睡了。知道大头叔死了家里的，她的心再也不能平静了。

原计划在老家一过就回的大头叔足足在家停了半个月，几乎每天都要到小枣家的枣树旁坐坐。十六天后，才动身出发。

两个月后，小枣和小树的妈妈莫名其妙地离家出走了。奶奶也于妈妈出走后的三个月后离世。从此，他们家的天塌了。奶奶临了，交待小枣爹，一定要照顾好小枣和小树，如果媳妇回来，千万要原谅她。

那个大雪纷飞的冬天，慈祥的老奶奶满怀对小枣和小树以及爹爹的无限牵挂，永远地长眠了。爹爹明明知道妈妈跟谁跑了，却不去找她。从此借酒浇愁，时常烂醉，他彻底颓废。而只有七岁的姐弟俩一夜长大了，他俩倒成了这个家的最后希望。

肆

十年后。

女大十八变，小枣一改年少时的单薄和柴瘦，出落成了圆润漂亮的大姑娘，成了方圆十几里无人能及的大美女。身材修长，粗衣褴衫穿在她身上，却能透出一种纯朴的气质，引得其他少女们争相效仿；脸蛋儿红润，如自家的大枣；一说话，声音比枣还甜，生生能甜倒人……

小树，高高大大，眉清目秀，更是一表人才。他阳光又阳刚，让多少小媳妇、大姑娘背地里直夸他。小树走过，后面小媳妇叽叽喳喳的夸赞声，让他脸红了，如大枣一般。姐弟俩拉着手从街上走过，就有一路不停的夸赞声。不像姐弟，倒像情侣，他们成了村里的一道风景。而这一切无关乎她依然贫穷的家庭。

妙龄的小枣，她的开朗、率性、大方以及美貌迷倒了众多钟情的少年，羡慕了成群怀春的少女。每年的三月十五古苲庙会，兴国寺前的社戏唱得再好，而看戏的观众似乎都是冲着小枣去的，她走到哪里，哪里便是现实中最精彩的剧情在演绎。而小树，俨然就是最贴心、最忠实护花使者。

众多的拜倒于她的人中，以大头犹甚。她曼妙的倩影，不知多少次出现在大头的梦境里。大头满脑子都是小枣的倩影，遇上机会能和她在一起，他眉飞色舞，极尽展现自己之能势；没有机会，创造机会也要和小枣在一起。

长大成人后，儿时的打闹，反倒成了目前友谊的黏合剂。那些糗事，被反复提起，一再调侃，哈哈大笑。

大头家条件好，庙会上，他叫上小枣和小树来他家喝酒。年少轻狂，酒量无底。第一次喝酒的小树不胜酒力，三杯即倒。小枣要扶他回家，怎奈小树人高马大，背他不动。大头拉住小枣，让她招呼其他女同学，他安排其他同学把小树抬了回去。

也就是这一夜，醉眼朦胧的大头，实在把持不住心中燃烧的欲火，在女同学还没离场的情况下，竟抱走毫无防备的小枣，放倒在床，一阵狂吻。嘴里不住地呼唤着："小枣！小枣！今生我、我、我要定你、你、了……"

小枣奋力挣脱，"啪！"狠狠地抽大头了一计耳光。羞怒地向家跑去。留下被打醒的大头，痛苦地坐在地上，抱着头"唔唔唔"地后悔惭愧地大哭起来。

大头爹知道了事情的原由，抡起皮带抽起他来。已是后悔万分的大头倔强地喊道："打吧，打吧，好好地惩罚我吧！这辈子非小枣不娶！"大头娘拉住爹，大头爹长叹一声，喘着粗气抽起纸烟来。大头娘一边嘟囔着："依咱的条件，她找都找不来，娶了她是看得起她了，埋汰了……"

大头爹怒骂道："你懂个啥?! 能娶上小枣，算是咱的造化！"说罢，站起身，提上礼物，大步流星地向小枣家走去。

小枣跑回家里，蒙头大哭。小树一边烂醉如泥。小枣爹急急地问小枣，小枣断断续续地抽泣着向爹爹哭诉了刚才的一切。

小枣爹气愤异常，一言不发，冲向里屋，找出已经生锈的劁猪刀，在门槛石上"嚯嚯嚯"地匕着。他要把欺负小枣的大头给劁了。

这时，大头爹走进了院子。小枣爹住了手，大头爹让上烟，也不接。大头爹连忙赔不是，又自我解嘲地做出一幅大大咧咧的样子，拉上小枣爹进了堂屋。边走边说："兄弟啊，抬手不打笑脸人，何况我这可是串会来了"。小枣爹甩开他的手，忍了忍气，同他进了屋。

大头爹尴尬地笑着说："兄弟啊，你看这逆子喝多了干出这事来，实在对不起啊……不过大头也确实是对小枣一片真心，曾多次催着让来提亲，只是我还没腾出手来找媒人，结果，你看这鳖子喝多了犯浑来了。

"好在也没造成什么严重后果，吓着小枣了，我，我亲自来道歉，请小枣看在我这老脸上原谅一步。……今天，我正式上门提亲……希望大头当兵前，把他俩的婚事定下。

"……还有，今年咱村只有一个参军名额，这两天我再去镇上再活动活动，争取弄俩名额，让小树也参军。如果实在争取不到，那也得让小树当兵走，大头我给安排到洛阳轴承厂先当临时工……"

一提大头的叔叔，小枣爹更是愤怒不已。他始终认为，是大头叔拐走了自己的妻子小枣的妈妈。恨，从心底里；疼，也从心底里。他的脸黑成了紫色。

小枣爹抖着手，拿起礼物就要向外扔。这时，小枣从里屋冲了出来，一把抓住爹爹的手，冲大头爹说："我答应，但必须让小树当兵走。"

大头爹紧绷的神经放松了，他长舒一口气，稳稳神笑笑说："好！好！好！一定，一定！都是一家人，好说，好说。"

小枣清楚地知道，大头爹说出这话的分量，要想改变家人的命运，这是重要的也几乎是唯一的机会。为了小树，为了这个家，她愿意牺牲自己的一切，哪怕是自己的婚姻和幸福。

第二天，知道事情真相的小树抱着小枣失声痛哭。在他心里，让小枣嫁给别人，等于摘去了他的心。他冲小枣怒吼道："你在胡说八道，这不是真的，我不答应！不答应！"

小枣虽已是泪流满面，但她平静而平淡地说："我愿意，我愿意。"

那一年，小树和大头都穿上了绿军装。站在卡车上，他们在敲锣打鼓欢送的人群中寻着自己的亲人。小树向小枣和爹，大头向自己定过婚的小枣挥着手，汽车发动了。

伍

一九七九年，西南边陲自卫反击战打响。同在一个连的小树和大头，已经建立起了深厚兄弟和战友情。三年后，他们的部队，也向西南开拔。

出发前，队伍进行了列队。连长是个山东大汉，站长队列前，像座山一样。脸膛黑红，声如洪钟。他那如喷火的眼扫向人群，大声地吼道："同志们！是英雄是狗熊，战场上见分晓！……是狗熊不是对不起我，是丢你们亲人爱人的脸。"他站在高地上，指向北方，说，"看看吧，祖国在召唤，亲人在期盼，期盼着我们打胜仗，盼着英雄凯旋而归！"

"请党放心，我们一定牢牢守住战地，誓与阵地共存亡。"在连长的带领下，他们发出了铮铮誓言。吼声如雷，地动山摇。置身其中，那种昂扬的斗志使人热血沸腾。

太阳直直地烘烤着大地，队伍上方升腾出来的热浪使阳光流水般晃闪着。每个战士的斗志像海洋般激荡着，汹涌澎湃。手握钢枪，昂首挺立，双手攥得湿漉漉。大头和小树用目光进行着交流。他们暗暗鼓励着对方：我的好兄弟，战场上见。

战场的残酷和艰苦还是远远超过原来的想象。他们守卫的"一四二"高地位于松毛岭地区黄罗方向最前沿，是险要的警戒阵地，控制那个地区的一个要点。三面临敌，天天遭敌炮击。而他们如钢刀般插在了那里。

七月的丛林，异常湿热。白天毒辣的太阳像是炼钢的高炉悬在头顶上，炙烤得头皮疼。夜晚，成群的蚊子不停地向人袭来，拍下去，满手是血。他们白天轮流蹲"猫耳洞"，夜晚防偷袭。每天只能吃两餐，饮水要到一公里处的河沟去背。这些对他们来说都不算什么，最让他们牵肠挂肚的是家中的亲人和眼前的弟兄。小树每天都会在"猫耳洞"上刻一道，已经是第五十四道了。在这五十四天里，他们打退了敌军几十次进攻。小树和大头每天都相互牵挂着对方。每次战斗结束，能看到对方的身影，就会会心地笑笑，向对方竖起大拇指来：我的好兄弟，好样的。

连长调整了防御部署，兄弟两人离得最近。这让他俩高兴得不得了。临时休整间隙，两个人拿出同一张小枣的照片，看了又看。躺在壕沟里，大头深情地对小树说："小树，你知道我有多爱你小枣姐吗？我知道，我配不上她，但我敢说，这世上，没有任何人能比得上我对她忠心和疼爱的。这样给你说吧，如果你姐要我的心，我会毫不犹豫地给她挖出来……对不起，小树，如果我牺牲了，请你照顾好她。小时候，我打过你，欺、欺负过她，那都是太小不、不、不懂事……"

小树很久才说话："大头哥，我希望咱们从战场回去的话，这辈子你要好好善待小枣，我，唉！"他住了嘴，眼泪流了下来，然后说，"这世上只有我懂小枣的心。"

七月十二日凌晨四点五十分，敌军以一个加强连的兵力，从东、南、西三个方向偷袭一四二号高地。连长沉着果断，压低了声音命令道"进入阵地，准备战斗！"当敌人离他们只有十多米时，他大吼一声，打！成束的手榴弹一齐砸向敌群，枪炮疯了似地向敌人倾泻下去……这一次战斗，是目前最激烈的一次。敌人连着几次发动着疯狂的进攻，整整持续了十几个小时，直到下午，才停了下来。

喘息间，大头用目光寻找着小树。当两人目光交织在一起时，揪着的心才放了下来。"日!"一发流弹炮呼啸着向他们袭来,大头猛地扑向小树。"轰!"炮弹在他们身边炸响。很久,小树才苏醒过来。他疯了似地大叫着去挖血肉模糊的大头,大声呼唤着大头的名字。而大头再也没醒来。他手里仍紧紧地攥着小枣的照片。

大头就这样牺牲了,战斗就在之后结束了。离连长接到撤退命令仅仅只有十分钟。

一年后,荣立一等功的小树转业回到了许都市。

那年的清明节,他和小枣陪着大头的家人在本县烈士陵园为大头献上了鲜花,并标准地向"一级战斗英雄"大头敬了个军礼。当小枣去拉他时,只见他已是泪流满面。他哽咽着说:"兄弟,你未婚妻和你的战友来看你来了。"

他回过头拥抱着小枣说:"姐姐,这世上最爱你的人是海成哥啊。"

两个人抱头痛哭。

一年后,小枣爹不行了。临终,他告诉了小树的全部身世:小树啊!你亲妈是许都城物资局的文艺干事,她深爱着你的亲生父亲章瑞之。他是许都市的越调演员,是有名的生角。他们已经私订终身。他就是民国时许都城有名的民族资本家章启钊的幺子。战斗打响后,章启钊受吕将军委托护送将军夫人方莲君及儿女向后方转移,不幸的是他在途中死于敌机轰炸。吕将军最后也战死许都……

一直不知道父亲牺牲于许都保卫战的章瑞之,只听说父亲与国民党新编二十九军有联系,思父心切的他脑子一热竟然向海外写信打听父亲的消息了……后来,章瑞之被隔离审查。当你母亲带着你来古桥镇找你父亲时,听人讹传说他犯的是投敌叛国罪,只怕是今生再难想见。早已被流言蜚语和父母责骂压得喘不过气来了的你母亲,彻底地崩溃了。她失常了。最后,她留下遗书,绝望地在咱家门前的枣树上寻了短见。第三天,得知消息的你生父逃出来,在你母亲坟前痛哭不已,最后投河殉情……

"你们如果见到你们花玲妈妈,就告诉她,我原谅她了。"

最后,小枣爹使尽浑身力气,把小枣的手交到小树手中,用最后一口气说:"你,你,你们结婚吧,孩,孩子们。"

所有的一切使小树一下子懵了。海成哥牺牲时的情景又浮现在他的眼前。

爱情是自私的。如果说上战场前他对小枣的爱全部转化成了对海成哥的不满甚至是憎恨的话，而当海成哥牺牲前交待他的话所表达出的复杂的一切，却让他彻底转化成了对她的敬。这是对英雄的妻子的崇敬。是庄严神圣的，不容亵渎的。这种神圣感早已把当初的私念清扫得一无所有。如今，在爹爹临终的安排下，又怎能不让他震惊和为难？他不知道如何是好。看着爹爹那渴望的眼神，他脑袋"嗡"地一下。聪慧的小枣扯扯小树的衣角，示意他就算是骗，也要让爹爹安心地走好。她拉上他流着泪说："爹爹，我们答应您。"

爹爹的手一下子放下，头倒向了一边，眼睛慢慢地闭上了。

他俩趴在爹爹身上，放声大哭……

小树无论如何也无法回到从前，他一直对小枣相敬如宾。这种折磨让他寝食难安。他甚至有几次痛苦地要向小枣提出离婚。而同样饱受如此折磨的小枣一直默默地忍受煎熬。但，她没有灰心，她一直在等待着小树回归。直到有一次老连长来看他们，才打开心结。酒后的老连长拍着伏在自己肩上痛哭流涕的小树说："我的兄弟啊！海成的牺牲不正是为了让你们好好地活着吗？你这样对得起他吗。"

连长的话使小树像触电般愣在那里，许久，他转身拥抱着早已是泪流满面的小枣，抽泣不止。

三十年后。

如今，她们幸福地生活在许都城，儿孙满堂。每年的清明节前，他们都会带上孩子们，为"一级战斗英雄"海成，为奶奶，为爹爹，为小树的亲生父母扫墓祭奠，凭吊先人，缅怀为国捐躯的英雄和平凡而又伟大的亲人。

老家门前的那两棵老枣树，如今依然枝繁叶茂，生机勃勃。

（原发表于《厦门文学》2019年第2期"小说港"头题）

9 逃 娘

一

小勤是班长，不仅学习好，长得也漂亮。我和黑子是小勤的邻居。我俩也跟着骄傲、自豪。嘿嘿，我俩虽是赖学生，可有好邻居呀。在别人不服气的揶揄中更加趾高气扬，夸张地挺直了胸膛，摆着身子，跨着大大的步子，那种得意劲儿能把人气得翻白眼儿，在他们的怒视下，故意大笑着走开，哈哈哈哈。

黑子黑瘦，像六队大灰驴的"驴剩子"一样黑。只要去牲口屋听丙立大爷讲鬼故事，看到大灰驴，我就背着脸笑。黑子明白我笑啥哩，就生气说："不给你玩了。"

"别气呀，我就你一个'打过招呼'的，走，不看了，嘿嘿。"俩人扯着手蹦蹦跳跳地走了。

我叫啥？猜对了，不是自夸，我长得白胖，小名"夯儿"，大伙都叫我"白夯"，和黑子一样，玄得很。真是夯。我们玩啥都能玩得花样翻新，兴致勃勃——堵张家的烟囱，骑王家的猪，揭李家的房顶，"药"赵家的兔等等。过后自然是鸡犬不宁，一地鸡毛。大人们除了骂一通"下次逮着恁小心打断腿"之类的狠话外却又拿我俩没办法，能侥幸地从大人们腋下逃脱，还不忘冲他们做些鬼脸，哈哈。气死他。

我俩在一块儿，一白一黑，一胖一瘦，一高一矮，很搞笑。小伙伴们都叫我俩"黑白丑"。久了，大人们也跟着这么叫："喂！黑白丑，叫恁俩哩！过来……"

"黑白丑"是一味草药，后来才知道书名叫牵牛子，也叫喇叭花。反正"黑白丑"不中听，我俩很生气。

我和黑子起初意志坚强，梗着头，就不搭腔。伴着招呼声，"瓜板儿"切开了红瓤大西瓜，再叫。哎呀呀，诱惑力太大了，谁受得了？我俩相互看看，饿狼般冲了上去，自投罗网。

绰号就这样认下了。

"打过招呼"是有讲究的。和小伙伴怄气了，要和好，先得"打个招呼"。这都是跟兴国寺前的广场上，放的电影里面学的台词，"诶！同志哥，打个招呼……"也学着握个手，和好如初。啥电影？忘了，反正是教育我们这些祖国的花朵成为共产主义接班人的。

我和黑子被老师罚站，在教室外面，想起了电影的场景，黑子艮着脸，一脸正经。我逗他，他不搭腔。我说："想啥哩？"黑子说："想一个大问题。"我说："说说。"他说："头儿，整天跟着你，我也学坏了，看来咱俩是成不了共产主义接班人了。"我噗嗤笑起，踢他一脚，两人大笑。

教室里的老师更生气了："不思悔改，再站一堂。"我俩强嗫住嘴，想笑不敢再笑，肚子憋得难受，一拱一拱的。

老师是本村的王国赢，论辈分我叫他叔哩，黑子叫他爷哩。也就是说，我是黑子的叔字辈儿。他辈小，吃亏。我佯作大人状骂他鳖子，他嘿嘿笑笑说："你是在骂你自己。"想想也是，我倒吃亏了。

小勤向王老师求情，轻声软语，大眼睛水灵灵忽闪忽闪地巴望着，一下子即把国赢叔的心望软了，说："进来吧！下次逮着你俩，小心我挨打啊！"

反应敏捷的小勤噗嗤笑起，同学们愣过神儿，也跟着哄笑起来，王老师癔症过来，改口道："不对！是小心我打恁。"嘿嘿嘿。他自己也笑了。

罚站是因为我俩把王老师的椅子腿掫断，又抿上泥，王老师往上一坐，摔了个仰趴叉。气坏了。

那年，我们仨都是七岁，都住古桥镇兴国寺旁边。那一年是一九七七年。

二

小勤学名单力勤，两年前，她走入了我和黑子的生活中。

在我四岁时的那年夏天，早上，我睁开迷糊的眼，光着肚儿去找黑子。农村，小孩子夏天里是很少穿衣服的。我正要对黑子发号施令，黑子先说话了，走！听说炳德爷从郑州领回了个"大洋马"，看看去。

啥样的"大洋马"？走走！

炳德叔三十岁了，个子矮，长得可丑，都叫他丑德。他善良，勤奋，为人好，心眼实。但他家成分高，在家没讨到老婆，外出了。呀，弄回来个"大洋马"？这得去看看。

院里面已经围了很多人，德叔一边给大伙让烟一边喜喜地笑着，黑红的脸膛散着光彩。人们恭喜着德叔，说德叔真有后福。当然，"啧啧"的语气里夹杂着丝丝的羡慕妒意。德叔只是笑，绷不住嘴地笑。

原来德婶就是"大洋马"呀。

德婶可真漂亮，跟电影里的人一样一样的。城里人就是和乡下人不一样，同样的粗布衣穿在她身上咋就那么好看哩。棍条条的，洋气。

德婶二十多岁，别人恭维德叔时，她只是微微地笑笑，低下头，并不多说话。但场面上的话还是说得很得体的，她配合着德叔少有的每句话，每个眼神，每个微笑，似乎都有种难以名状的魅力，把在场的气氛熏燎得热烈而激奋，她营造出的浓浓的甜美气氛让大家很陶醉。平素常老说粗话的老爷儿们，也都客气了起来。队长甚至把"恁""俺"这些土话拽成了"你们""我们"，当然，这有限的几个词也是开会时跟公社书记学的。让我俩没想到的是，她身后还怯怯地藏着一个小女孩儿。

她杏眼水灵灵的，脸蛋红扑扑的，扎两个羊角辫，真漂亮。应该就是德婶的女儿嘞，看到我俩，她捂着脸嘻嘻地笑起。

这时，我俩才意识到赤身裸体是那么丢脸，才陡然有了羞愧感。我和黑子下意识地相互对视一下，各自飞快地向家跑去。

我到家翻箱倒柜，找出一件哥哥四个兜的厚上衣和一个裤衩。奶奶责骂着问这是弄啥哩？随后拉住急着往外蹿的我，找出来给我换了我自己的衣服。

再回到德叔家，我咧着嘴不好意思地朝小勤笑笑，小勤拉住了我的手，我和她算是"打过招呼"了。让我更惊奇的是，她说的是电影里面的人说的"普通话"，真洋气。

小勤哈哈大笑，我回头一看，黑子穿一件过年时才穿的厚罩衣，慌慌忙忙的，满头大汗，不好意思地朝我俩傻笑着。我也忍不住笑了，故意绷着脸呵斥他，好在小勤面前表现出"头儿"的雄威来："回家再换一件去。"黑子不情愿地回了。

小勤不仅"电影话"说得好，还会唱歌跳舞，和电影里面的一模一样。我和黑子那个高兴呀。

问德叔，小勤多大了？德叔摸着我的头说，论辈分你俩同辈儿，你比她大半岁，她叫你哥哥哩。

黑子也要让小勤叫他哥哥。德叔嗔着脸吵黑子道："嗨！不中不中，乱辈儿了，你叫她姑姑哩！以后恁俩可得护着小勤！别斗架，更不能让坏孩子欺负她。记好了，玩去吧。"

黑子很不情愿叫她小姑，他也想当哥哥。小勤不好意思地嗤嗤直笑，城里的小朋友也许不会这样叫的。

天上掉下个林妹妹，而且小勤不仅是我俩的邻居，还是我妹妹，黑子的小姑。从此，我们的生活阳光灿烂，她被我俩"霸占"着，别说别人欺负她了，根本不让她和其他小伙伴玩。

我们常在兴国寺里捉迷藏。也"演"电影。我演"洪长青"，小勤演"琼花"，黑子只能演"南霸天"。羡慕得常与我们争地盘的其他小伙伴向我们求情讲和。条件是十几个玻璃弹子，外带演"南霸天"和路人甲。弹子我全给了小勤。黑子高兴得不得了，他终于可以演好人了。

我们就这样疯玩着。为殷勤小勤，我们干了很多让黑子爷吹胡髭瞪眼的事儿。

黑子爷年龄大，慈眉善目，德高望重，看管着镇上的菜园子。

菜园子里有黑子爷精心培育的洋葱种，独独的一根葱杆，上细下粗的葱头上，长着构桃一样的种子球，外面一层白花。我们把葱种掰断，扎在用柳条编成的花环上，给小勤戴上，真漂亮。

葱杆形如喇叭，我们就做成唢呐，嘀嘀嗒！嘀嘀嗒！地表演起吹响器来。为谁吹？嗯，黑子他爷年龄大，就为他吹吧。黑子起初不愿意，说：“爷爷没死，吹啥吹?”我说：“做假的。”黑子不情愿地愿了。一吹起来，他比我还带劲儿。边吹边装着哭道：“我死去哩爷爷呀，啊——！”

小勤乐得哈哈哈地笑着。黑子爷逮住了我们。最终，黑子的屁股肿得比我的高，两天没敢下床。

小勤给我用热水塌屁股，轻轻地问：“疼不?”我咬着牙说：“不疼，不疼。”小勤心疼地吹吹。我心里真就不疼了。

三

我家有个大狸猫，我们玩过家家时，把蒲席铺在兴国寺大殿里的供案上当床，我和小勤当父母。黑子呢，他当大儿子，狸猫当小宝宝。可狸猫不听话，老跑。那就只好让黑子当宝宝了。

黑子噘着嘴，嘟囔着说：“哪有这么大的宝宝啊。”我说：“你是侄儿，正好，不当就不和你玩了。”黑子就愿了。

黑子很有情绪，一会儿哭哩，一会儿又尿床哩，我和小勤手忙脚乱的。小勤嗔怪道，这宝宝能不能安静会儿让大人省省心呀。黑子立马变乖了。

黑子爷路过这里，见我们在供案上玩，恼怒地吵骂道：“这里是神圣之地，恁是干啥哩！”捡起地上的土坷垃甩向我们。黑子爷“扔”过来的土坷垃不是真砸向我们，是吓唬的，而且不是“掷”的，是“甩”的。黑子爷年纪大，胳膊肘不灵活，估计举手有难度，只好垂着手臂来回甩着把坷垃顺势甩出去。我们好奇地反复学着他的动作，学着，笑着，说黑子爷真信球，要是举起臂向我们投，岂不是能投得更远？等我们长大后才明白了是怎么回事，可长者已逝矣。

我和黑子摸摸屁股，吓得不敢言语。小勤在我们的歪带下也学了一身霸气，她学着电影里的英雄人物昂头挺胸强道：“干什么的？干革命的!”

我们拉着她就跑，边跑边喊道：“老先生，管得宽，屁股眼里叼根烟。嘻嘻嘻，哈哈哈……”

黑子爷吹着胡髭干瞪眼。

这回我和黑子的屁股比上次肿得还高。

一次，镇南村的坏孩子欺负了小勤，骂小勤是"带犊儿"。小勤不明白是啥意思，黑子对她耳语道："就是随娘改嫁带过来的。"小勤哇地哭了，可伤心。

我冲上去为小勤报仇。结果，被那个大孩子打掉了门牙，流血了。

大孩子吓跑了，小勤把我领到了她家，哽噎着给德叔和她妈学了话。德叔气冲冲地寻人家去了。估计那货的屁股也得肿。

小勤妈为我擦擦嘴说："没事的，是该换牙了，不打着它也会掉的。"

她回过头忍不住抱着小勤痛哭了起来。很伤心。我和黑子也跟着莫名地哭了起来。我安慰她说："婶儿呀，别哭了，我的牙会长出来的……"

小勤妈怔了怔，也把我搂到怀里，说："好孩子，婶儿不是哭牙哩。我感觉幸福极了。"

日子就这样快乐地过着，直到来了个画像的。

那个画像的是在一个下午来到我们镇上的。他是我和黑子第一次见到的如此不一般的人。他穿一身西装，很旧，却很干净。头发长长的，皮肤白皙，眼睛大大的，鼻子高高的，手指细长。背着画夹和包袱，很像电影里面的外国人，也和小勤一样说"电影话"，好听。

"小朋友，你们好呀，请问你们这儿是不是古桥镇？"他走近我们，看着我们愣愣地看着他，他笑笑客气地问我们。

"是的，是的，叔叔，你从哪里来？又要找什么人？"小勤大方地和他对话。

叔叔一听小勤的"电影话"说得这么好，惊奇地蹲下拉着她的手说："小朋友，你叫什么名字呀？你的普通话说得真好。……嗯，我呀，叫单卿臣，来自郑州，是画画的。看看你们这里有没有人画像。"

大人们都下地干活儿去了，只有黑子爷在镇边上的菜园子里，也许他要画像，前些时黑子爹还说带爷爷去许都城里照张大照片呢。我们带他去找黑子爷爷去了。

叔叔说黑子爷爷是第一个画像的，不收钱，黑子爷同意了。黑子爷准备准备，坐在椅子上，一动不动。叔叔很认真地画着，我们在后面仔细地看着。呀！他手中的画笔如有神一般，黑子爷爷简直是被搬到了画纸里面。我们都惊奇和崇拜得不得了。

很快，便围了很多人，大家赞叹不已，都想让他画像。此时，天色已晚。黑子爷很满意，捋着胡髭夸了我们。我们很高兴，总算办了件好事。

在大伙儿的撺掇下，叔叔决定留下来几天，晚上就住在兴国寺内。饭，轮着管。

晚饭后，小勤俺仨缠着叔叔，很认真地说要让他收我们当徒弟。叔叔笑笑，答应了。然后，他支开我和黑子，说要单独问小勤一些事。我和黑子假装出去，帖着门板从门逢里仔细看着。

只见他拉着小勤的手，激动得几乎要哭了。他动情地说："孩子，你实话告诉我，你妈妈是不是叫审苇?"

小勤很诧异，瞪大眼睛懵惑地小声问道："叔叔，你怎么知道我妈妈的名字?"我和黑子也相互看看，呀，这个叔叔真神呀，他连小勤妈叫啥咋都知道! 往下接着看。

只见叔叔激动得几乎失态地说："太好了，终于找到……不，猜到了。来，来，来，孩子，让我看看，你脖子后面是不是有一个黑痣。"

小勤疑惑地低扭着头，看到她脖子后果然有一颗黑痣，叔叔竟然激动得一把把她揽在怀里，禁不住哽咽起来。小勤不解地问叔叔怎么了，她也跟着哭起来了，我和黑子勇敢地擅自冲了进去。

叔叔说："没事，没事，出来久了，想家了，失态了。"他为小勤擦擦泪水说，"别哭，别哭，叔叔刚才吓到你了吧，孩子。"

见我俩进来，小勤不再哭了。叔叔拿起纸笔，抖着手，噌噌地画了张自己的速画像，画完，又在背面写了几行曲曲弯弯的"拼音"来，写完，又默念着改了改，交对小勤说："送给你了，回家一定要交给妈妈，让她看看我画得好不好。"

我和黑子也闹着要，叔叔想了想，说，这样也好。我俩嚷嚷着，也要他给在背面画上"拼音"。叔叔笑了笑，说："是英文。"天色不早了，我们约好，明天再来，和小勤一起回家了。

四

第二天，我仨早早地来找叔叔。叔叔看到我们，迫不急待地问小勤，画交给妈妈了吗？妈妈说我画得好不好？

小勤噘着小嘴不高兴地说，妈妈趁爸爸不在时，偷偷地流眼泪了。

叔叔怅惘地不说话，少许，他抚摸着小勤的头，叹口气，低声道："对不起，我画得不好，吓着你妈妈了。"

"我才不信叔叔的话，我妈说，画得真好。"

叔叔一直忙着画画。这当中，他只管画，一句话也不说。我们问他怎么了。他恍然地回过神来，说没事。

大人们一边呵斥着我们，说不要影响画匠干活儿。

叔叔不和我们说话，我们感到很难过。怕他改变主意，不收我们当徒弟了。我们顽皮地给画像的大人做个鬼脸，又撅着屁股对着大人晃晃。在大人的骂声中，跑了。

等叔叔忙完后，我们又围了过来。看看四周没人，叔叔笑笑对我们说："对不起呀孩子们，我在工作，没顾得上你们……嗯，你们好好上学，将来考上省城的美院，我就当你们的教授……另外，特别感谢你俩照顾小勤这么好，给她那么多欢乐。"

我和黑子很纳闷，小勤是我妹妹，黑子的小姑，还感谢啥？用不着感谢。

小勤和叔叔很有缘分，叔叔对她亲得让我俩心里有点酸酸的。说他偏心。叔叔笑笑说："她是女孩子呀，应当格外亲的。"想想也是。

小勤和叔叔亲如父女。小勤对叔叔缠膝绕胫，撒娇使嗔，叔叔反而高兴得不得了。他给她说些悄悄话，不让我俩听道。我俩跟在她后面，想让她给我们学学话，她只笑，就是不学。我和黑子心里可不得劲儿了。

下午，不得劲儿的心情，被今晚镇上要放电影的消息一扫而光。要演电影了！要演电影了！大人和小孩都在传着这激动人心的事儿。

我仨高兴得蹦蹦跳跳的，把好消息告诉了叔叔。叔叔笑笑，并没有像我们想象中的兴奋，而是陷入了沉思。多少让我们失望。

让我们有点不高兴的是，电影不在兴国寺前放，新任的大队书记为了显摆，要在他家门口放。他家在桥南，有点远，我们很不愉快。

天还没黑，我和黑子就搬着凳子，去露天电影场记下了最好的位置，再回来喊小勤，要她和我们一起去。

小勤正在和德叔怄气，德叔不让她和我俩小屁孩一起，离家太远，他不放心，要由他带着她去。最终，我和黑子也拗不过偏德叔，只好悻悻地走了。

更让我和黑子失望的是，电影不是打仗片，而是欧欧啊啊的歌剧片《东方红》。看了很久，也没一个打仗镜头，真没劲。

黑子打起了瞌睡。我也无精打采了。一想，不如找小勤玩，我对黑子一说，黑子立刻来了精神。她呢？得找。

我俩像《地道战》里面的民兵，在人场里钻来钻去。人很多，不好找。算了。这电影应该让叔叔看。大人爱看，也看得懂。我和黑子去兴国寺找叔叔去了。

我俩来到大殿，却不见叔叔。我和黑子有点失望。电影不看了，回去睡觉。

夜黑，无人，一垛一垛包谷秆，怎么看都像心怀鬼胎，我俩害怕得不敢出声，胆怯地慢慢走着。一点点绕过长长的院墙，要转弯时，听到有人小声说话。我和黑子吓得一激灵，止住了，仔细认真地听着。啊！竟然是小勤妈和画家叔叔在大殿后墙拐角处坐着，而我们也知道了关于小勤的一切身世。

五

从他们的谈话中我俩得知：单卿臣，也就是小勤的生身父亲，原来是省城美术学院的教授，他是一个才华横溢的青年画家。他主攻人物画，不到三十岁，已经是誉满全国。他以《塞外组画》轰动中外艺术界，成为颠覆教化模式，并向欧洲溯源发轫，被公认为具有划时代意义的经典之作。他的画风具有一种优雅而朴素睿智且率真的气质，洋溢着独特的魅力。

审苇，也就是小勤的妈妈，是美术学院的图书管理员。每逢他上课，她都会想方设法去旁听，找个显眼的位置坐下，一往情深、含情脉脉地看着他。他们爱情的升级，是从她勇敢地做他的人体模特开始的。

一对情投意合的恋人，在动乱的岁月里，享受着甜蜜的爱情。幸福的日子总是那么短暂，他因父亲的"案件"也牵连了进去，警车呼啸而去时，他紧抓着铁窗竭力地向她喊道——我是清白的，等我！可是，直到她生下小勤，他也没有回来。

此后的她心爱的人杳无音信，天天又活在屈辱和折磨之中，多少次，她想到了自杀，以死来结束这屈辱的一切，可抚摸着肚子里的孩子，一个还没来到这个世上的小生命，他是无辜的啊。正当走头无路时，遇到了在学院做木工的德叔。德叔收留了她。德叔答应，会好好照顾她们母女，直到教授回来。几年后，看不到一丝希望的她带着小勤，随德叔回到了我们古桥镇。

我俩听得懵懵懂懂的，以上这些，都是长大后才拼接串连弄明白的，当时我和黑子似懂非懂。

声音断断续续，婶子哽哽咽咽，单卿臣悲切长叹。

我和黑子你看看我，我看看你，不知所措。最终，我俩不是神童，更不会干出超过我们那个年龄要做的事。抱着第二天向小勤汇报汇报的心理，我俩悄悄地溜回了家，睡觉去了。

第二天，太阳照常升起，天空依然晴朗。可这一天，对于我、黑子、特别是小勤来说，生活中的阳光却不再灿烂——小勤妈妈和画家叔叔一起远逃了。找不到妈妈的小勤哭得天昏地暗。不住哄劝她的德叔，也一个劲儿地抹眼泪。左邻右舍都围到了小屋，大家唉声叹气的。娘还会逃掉，这让我觉着太不可思议了，我拱到我娘怀里，抱得紧紧的，娘也紧紧地抱着我。

小勤由高亢到嘶哑的哭声，编成了一层厚厚的网，紧紧地勒着我们，它是如此地压抑让人难以喘息。我和黑子跑了过去，木木地相视着，也哇地大哭了起来。这哭声，一直在我童年记忆中回响，从此，我知道了什么叫做悲伤……此后，小勤和德叔相依为命……不对，还有我这个比亲哥还亲的哥哥，和她的黑子侄儿。

六

三十年后。

又是一个周末，黑子打来了电话。我问他啥事儿，他磨磨唧唧地说想回趟老家。黑子依然讷于言辞，不过这并不影响他事业上小有成就，干得好比说得好还是好。我和黑子真没有成为共产主义接班人，倒是成为了社会上的普通人。我大学毕业，从事金融工作。黑子，开了厂子，当了老板。小勤远在欧洲。我们依然保持着联系，呵护着友情。我仨一直是很好的朋友，也是一生的朋友。

德叔的小院儿依然干净整洁。我和黑子站在院子里，往夕影像幕幕重现，我仨仿佛依然在嬉笑着追打着，恍如昨天。德叔驼着腰手里端着碟子从灶间走向堂屋，边走边笑着招呼我俩。围炉小酌，温暖而温馨。三杯下肚，德叔脸上的皱纹被酒滋润得黑红舒展。德叔抹一把嘴，目光柔柔地看着我俩，饱含着幸福和满足。

话题又转到了儿时的回忆。

德叔向门外看看，德婶还在灶房里忙着，他端着酒杯，又感叹起来。……其实，放电影的那一夜不只是我和黑子听到了小勤妈和生父单卿臣的谈话，德叔把睡熟了的小勤交给身边的黑子娘，也悄悄地摸到了兴国寺的残垣处，他趴在地上，听到了她们的全部谈话，直到两人消失在茫茫的黑夜里，才抹了泪，悄悄地爬起身，来到两人坐过的地方，蹲下身，捂着脸，闷声大哭……

原本等安顿好后，单卿臣再回古桥镇找德叔谈谈，把小勤给接回去。可他们这一去，生活却发生了重大变故：单卿臣因病而逝，后来，她无奈地嫁给了院校的副院长。迫于现状，失去爱人和爱情的她麻木地和五十多岁的副院长生活在了一起。……从激情燃烧、轰轰烈烈到死心塌地、息心哀叹，她对生活绝望了。

小勤十二岁时，在审苇的苦苦哀求下，冷酷的副院长才答应把小勤接回来。

送走小勤后德叔大病一场。

可小勤无法融入那个家庭，一个月后，最终，在她以绝食为要挟的哭闹下又被送回了古桥镇，德叔喜极而泣。她又快乐地和我们生活在一起。

长大后，她考上了中央美术学院，后来又去了欧洲某国。她，依然独身。她把母亲和德叔也接了过去。可德叔过不惯那边的生活，半年后又回到了故乡古桥镇。

一年后，小勤妈也回到了善良的德叔身边，他们在古桥镇安度晚年……

"德，端饭了。"德婶走出灶房喊道，依然是棍条条的，洋气。德叔要起身，被我和黑子摁下。我俩饮了杯中的酒，齐齐地站起身，向灶房走去。

（原发表于 2021 年第二期《渭城文化》）

10　打小工的老板

一

夜已经很晚，路灯也不怎么亮。小强居住的这个小区，都是"小产权"，院子里的灯好像也不怎么正大光明，做贼般大气儿不敢喘，小心翼翼，昏昏幽幽。小强扎进去，懵懵的，也像他一样，是那种喝大的感觉。破旧的电动车一扭一扭，拐到楼洞里，随便往楼道一扔，摇摇晃晃地向五楼爬去。

破电动车是"三枪"牌的，小强硬说它是"三心"牌。那次一家三口骑着电动车上街，把电动车欺负得够呛。儿子小泽熙扭过头好奇地问："爸，啥是'三心'牌?"小强想到后面还有坐着的老婆，又重新定义了名词解释："呃。就是用着顺心，骑着顺溜；放到哪儿都放心，不怕偷；看着么，多少有点烦心。"儿子听得哈哈直笑，老婆在后面可劲捶他，电动车歪歪扭扭，他扶正了把，诡谲地笑笑："说的是电动车啊，看，它都抗议了。"

自从有过一次稀里糊涂地摸错门的经历后，他再不会了，更不会上错床。唯一一次摸错门，不得已定了终身改变了命运，吃了大亏，所以吃这一堑后，记得很牢。上错床不仅要胆肥，钱包也还得肥，小强的钱包和他的身板一样瘦，所以不会。也不是不会，小强是觉得他瘦瘦的钱包比自己还可怜，不想看它更瘦。

喝多了会走路拐弯尿尿画圈，而小强只要骑上电动车就感觉人车合一，虽然别人看着他歪歪扭扭都提心吊胆，可他一次也没有因酒后骑车摔倒，倒是地奔儿时会摔跤，邪了。他说他的电动车是宝驴，能保驾护航。

电动车没了后视镜，泥瓦也豁豁子子；大灯的外罩烂了好几块，就用透明胶带粘上，胶带边缝上的尘土痕在灯罩显示出条条子子，像头部受伤的人缠着的纱布；后备箱早没了盖子，像屁股后面载了个盆子；后轮右侧用铁丝挂着个木板，木板上工整得很丑地写着几个字，"水电安装抹灰批墙，电话1343743＊＊61"。这是小强的广告牌，已经换了好几个了。

这个牌子是用顶好的实木板做的，是给一家别墅抹灰时从废弃的装修材料中找到的。发现它时，小强用破手套擦去上面的灰尘，看看挺不错的一块板子，就拿了回来。

儿子笑着从书包里掏出彩笔说："爸爸，要不我给你写招牌吧！"小强说："去去去，你那小学生的字还不把我的招牌写砸了，招牌砸了你和你妈就等着吃风喝沫吧，写作业去！"儿子做个鬼脸说："你那字也好不到哪去。"

从厨房出来的爱人小红笑笑，说："还是请对面的赵老师写吧。"小强瞪一眼小红，不屑地撇撇嘴说："少在我面前提她。"小红张张嘴，小强以为小红要给自己打嘴仗，放下木板憋着气鼓着肚瞪着眼珠子想应战。结果小红却木着脸甩出两个字："吃饭！"不犟嘴是理亏或底气不足，理亏啥呢？小强隐约预感到了什么，没再问。他也不想甚至不敢问，自己闭上眼也许别人真的也没看见，掩耳盗铃没什么不好。

儿子并没有觉察到刚才屋子里凝集了乌黑浓重的云层，险些形成电闪雷鸣狂风暴雨，他的心情依然晴好，一蹦一跳地跑向餐桌。看着小强的牌子，手指点着一顿一停地念道："水、抹、电、灰，安、批、装、墙，""爸，啥是水抹电灰？"两口子愣怔过来，都憋不住噗嗤地笑了。贫贱夫妻百事哀，但在儿子小泽熙面前，两口子的欢乐是一致的。

其实，原来的小强可不是干这行的，那可是正儿八经国有企业的职工，小两口都在这个厂里上班，双职工，想想都让人眼热，"祖上也是阔过的"。小强在维修班，小红在九车间，维修班是九车间的维修班。小强个子不高，却很精神，俩小眼里透着机灵，很"猴"的样子，其实人很实诚。小红高高大大，白，胖胖壮壮，比小强个子还猛，从来不会小声说话，也不会秀谧。心直口快，有啥说啥。

车间里男少女多，阴盛阳衰。小伙子们成了姑娘们戏谑的对象，她们有时围在一起对张三李四指指点点，评头品足，小伙子们远远看着，她们如同一捆即将要点燃的炮仗，继而哄然爆炸出一阵朗笑来。小伙们莫名地笑笑，不知又在说谁哩。每个人都想着是在议论自己，从姑娘们散开来的目光中寻找着证据，各个怀揣着份甜蜜，老老实实地干活去了。而小红的目光老是照在小强身上，这让小强不敢多看自己心仪的姑娘，对她不悦，甚至有点恼得慌。

结婚后有时小强会愣愣地看着小红，心想：当初结婚前自己设想了很多模样的妻子，无论如何也没有想到会把小红给娶了。小红奶着孩子，抬头发现小强的目光不对，问："看啥看，想啥呢？"小强收回目光，微微笑笑回道："没啥，我就是想着，命运无常，有些事你做梦也不会想到啊！"小红回道："这是哲学家想的事儿，哲学家差不多都是神经病，你不会也发神经了吧。"

和小红结婚，按小强的说法纯属上当受骗。那次厂里几个人聚会，喝多了酒小红自告奋勇地送他，第二天醒来小强懵了，这是哪儿？自己怎么在小红的床上睡着？喝多了酒摸错了门上错了床，理亏，小强酒劲儿还拿着头，懵懵的他来不及纳闷和细想，更不敢叫醒正在身旁酣睡的小红详问，便蹑手蹑脚地下了床穿了鞋，屏着气小心翼翼地打开屋门，出了门飞也似地逃了回去。

逃到家还没喘过来气儿，小红她爹随后便咋咋呼呼怒冲冲地到自己家里，吹胡髭瞪眼兴师问罪。一路走来，一路吆喝，唯恐全家属院的人不着似的，父亲一个劲儿陪着笑脸上茶让烟。小红爸在保卫科上班，人高马大，满脸横肉，瞪着个眼珠子，挺着个大肚子，说话粗声粗气老是像吵架。小强常想：这形象不去演个土匪呀汉奸呀什么的，亏了。也不知是咋回事，小强一见他就怵。想想他也从未把自己和别人怎么样，既没打过谁，也没做过啥恶事，但小强就是怕他。这还不算，更让小强害怕的是她爸爸旁边还站着小红黑着脸的哥哥——黑子，像别人欠了他刀头钱似的。她哥从肉联厂下岗后在西街菜市场支肉架子，黑塔般站到摊位前，膀大腰圆，比卖的肉还膘肥。他右手中的割肉刀和左手中的砍斧时不时"嚓嚓"地鐾鐾，猛地吆喝一嗓子："呃！现宰的肉来啦，一级的好猪肉！"小强不光是害怕他手里那明晃晃的杀猪刀，小时候小强挨过他的饱揍，让小强有一朝被蛇咬过的隐疼。

楼道里和楼下围了一群看热闹的人，躲在里屋的小强从阳台上看看，又从门缝里瞧瞧，扑通一下坐在床上蔫了，不知所措。

就在这时小红撞开门口的人群风风火火地闯了进来，理直气壮地说："中国是负责任的大国，负责任大国的公民小强是负责任的大丈夫。我俩好，是自由恋爱，中华人民共和国婚姻法上写着呢，恋爱自由，婚姻自由！"说罢，进卧室把小强拎出来，说："你对咱爸和大家伙儿说说是不是，婚期咱俩已经商量好了，十月一。"后来小强问小红："你还会看日子？"小红噗嗤笑了说："中华人民共和国那么大一个国家都在这一天成立了，多好的好儿啊，随好儿！"

小强万万没想到剧情会是这样发展的，他心里非常清楚剧作者是小红父女俩，而这时自己好像也没法反转剧情，只好机械而无奈地抬起头，绽开皮笑肉不笑的笑脸，把这编排好的剧本真真假假地演下去，好尽快收场。他推开小红拧着衣领的手，故作镇静地咳咳两下，连说是是是，是是是。

一番话，满座目瞪口呆。小红爸愣怔了片刻，笑嘻嘻地说："嘻！干涉你们的自由还犯了大法了，我改，我改，不，我支持，我支持！她公公，你也不会干涉小强他俩的婚姻自由干那犯法的事吧！"

"那是，那是。"小强爸苦笑着应承。

婚后小红事事处处由着小强，自己不舍得买衣服，给小强买从不含糊，家务也很少让他做，这时候的小强才真切地感受到，强扭的瓜也不全是不甜，找一个爱自己的人要比找一个自己爱的人幸福得多。

成了亲戚，小强觉着老岳父也不怎么可怕，有时来到家里，盘着腿坐在餐桌前的藤椅上，让小强陪着自己抿两口。酒后吐真言，直夸他设计得来的女婿好，看着他说胡话的样子，小强觉得倒有点可爱。以前没成亲戚时的想法陡然又蹿了出来，问爸："你咋没想着去当个演员？"小红爸止住了，瞪着眼看小强了几秒，又憋不住笑地转过脸去对小红和外孙咂叭着嘴说："哈哈哈，中嘛？"小强嘻嘻嘻地笑着搉掇着说中中中，儿子小泽熙哈哈大笑，说："姥爷演坏蛋都不带化妆的。"一旁的小红怕小强知道父女俩的"阴谋"，只在乎设计不设计的问题，拧着死不承认，怪罪爸喝多了酒胡说八道。岳父呵呵笑笑："多了，多了，是多了。"其实酒才刚喝了两杯。

大舅哥黑子更是豪气，自己开公司时，二话不说，先送来五万。带着油渍的牛皮袋子往桌子上一撂，一股儿猪油的腥味，说："够不够，不够还有。

先用着，随用随送。"爱情虽死，婚姻长存。爱情就是婚姻这棵树上短暂地开出的花，花萎了，树还在。

好日子总是结束得好快，而记忆里它存在的时间却又最长，不好过的时候，尽想着它的好了。十几年前的二千零几年，厂子破产了。好像当时让这些企业破产就像当下鼓励人们万一成功了去"万众创业"一般，呼啦啦很多企业或倒闭或改制或破产，衰败得红红火火，热火朝天。

与比企业倒闭还让人兴奋的就数厂子里的姐妹们。她们满怀着打烂旧体制的兴奋心情，把旧工作服、饭盒等用不上的物品破坏性地处理着，满地狼藉，根本没意识到摔碎的是自己的饭碗，到社会上尝遍挣钱的不易，生活的艰辛，才更加怀念有班上的日子。

开散伙会那天，小强偷偷地猫着腰溜出会场，先去厕所强挤出几滴尿来，边系腰带边走出厕所，看看四下没人，闪身从后窗蹿进材料室，麻溜。按照事先自己想好的步骤急速麻利快地开始了，搬子钳子压线钳前剪钱钳螺丝刀手持打磨机，胶布普通的防水的，等等，这些工具他使顺手了。塞进工具包扔到了窗外，又蹿出去把工具包塞入下水道，藏好了。反身又钻回屋内木螺丝膨胀螺栓等小东小西能装兜里就装兜里。

门被人轻轻地推开了，班长扭着头向外左顾右盼地走过来时，小强捂着自己掖着的裤裆猛地吃了一惊，班长觉着后面没人转过了身，猛抬头也一愣怔，随后，两人会意地笑了。"吓我一跳，嘿嘿！谁不说谁，谁拿谁得，哈哈！"不谋而合，一狼一狈，两人相互遮掩着，离开了。后来两人一起接活儿干，班长还一直念叨那把已经弄丢了的液压钳，可惜了，那把钳子质量真好。班长姓胡，叫子宏，胡子宏。大伙儿都叫他"红胡子"，胡子倒是不怎么红，有点黄。

小强摸出钥匙，捣了几下才插入锁孔。进屋发现卧室门关着，壁灯还亮着，小红和孩子已经睡下。他脱去工作服，换了鞋，先上卫生间。当他如释重负地从里面出来，小红正惺忪着睡眼坐在餐桌前等着他，一条腿蜷在椅子上，抱着膝盖，瘪症着脸。小强不等小红开口，先避重就轻地呲着牙解释说："老厂里的几个工友，你认识的，干了点小活儿，五个人才喝了两瓶……"

　　小红打住他，说："管你和谁喝哩，说你不听，喝不喝酒的事儿甭给我说，反正喝酒甭上床。我要说的是儿子的补习班费三千六百元，恁娘半年老年公寓费一万二，咱俩的社保、医保费近两万，天然气、电费、物业管理费差不多八千小区催着缴哩，借俺表姐的十万元人家又要哩，还有俺哥的十万，恁叔的五万，那个谁的……"

　　"没钱！"小强急眼了，"明儿个你把我卖了吧！"

　　"卖你谁要，谁买你弄啥？当爹？有拾钱的拾东西的，没有拾骂的，有买小孩当儿子的，买女人当老婆的，没听说有买个大老爷们当爹的。买起猪打起圈，娶起老婆管起饭，事不大上不了国务院，自己看着办！"小红站直身，扯扯披着的睡衣，回卧室去了。回头交待："不准上床。"随后关上门"咔咔嚓嚓"地反锁住了。

　　小强本想给她好好理论她霍撒家里那二十万元的事，可一提这事小红就拿自己开公司失败的事堵他。看她回卧室去了，怕吵醒儿子，嘴张了张，还是算了。"事儿不大上不了国务院"呵呵，小强苦笑一下，心想：还学会合辙押韵耍贫嘴了，都是跟那赵老师学的，为这事儿俩人不知吵斗过多少次了。想想心里都窝囊。小强索性到厨房从厨柜里摸出老早喝剩下的半瓶"二锅头"，揭去瓶口缠着的塑料薄膜，嘴对嘴一口气吹完，眦牙咧嘴地叭砸叭砸嘴，"哈"地舒一口气，又咕咚咕咚地喝了满大杯水，发了会儿呆，摇摇晃晃地走到客厅，栽倒到沙发上，云里雾里飘起来，舒服。

二

　　这一觉睡得得劲儿，连做梦的工夫都没有。醒来后小强环顾了一下，小红已经送孩子上学早走了。小强起身，头还有点晕。草草地刷过牙，用右手撩着抹了把脸，左手昨天干活时，右手持着的壁纸刀把左手拇指划破了。昨天没觉着怎么疼，过了一夜，现在才感觉嚯嚯地疼。小强心疼地吹吹左手，即可怜自己的左手，也可怜自己。

　　厂子散了后，自己开始揽活搞水电安装，开始那两三年还算可以，后来想着弄个大的，招兵买马开公司，没成想把自己玩死了，欠了一屁股的债。小强把目前自己的窘境归纳总结为三点：搁错了伙计，找错了项目，遇上了赖种。

家庭的窘境小强归纳总结为：除了上述三条外，还有就是娶了自己不该娶的老婆。他埋怨小红鬼迷心窍地跟着张老师搞什么卵投资，把自己的后备家底折腾得底朝天，把自己翻盘的本钱都给弄没了，想再起来，难了。你给她置气，她又拿开公司的事堵你。别人换车换房换老婆，哼，要是自己有了钱，先换的就是老婆。又想起老岳父那想打人的模样，再想想小红本意也是好的，只不过实诚人上了奸滑人的当，让人可恼的是到现在还执迷不悟。换老婆的事仅仅是想想罢了，自从先结婚后恋爱后，小强还真暗自庆幸找对了老婆。何况还有聪明可爱的儿子。

头天喝了酒第二天早上不想吃饭，小强进到厨房，掀开锅盖看看，小红给他留了饭菜。小强没胃口，收拾收拾东西，匆匆地下楼去了。

小强推出"宝驴"刚走出楼道门，手机响了，他趔着身子抵着楼道门，一手扶着车把，一手摸出手机看都没看就接通了。小强开头一听想挂机，以为又是骗子打来的，再往下听说是"会算账"代理注册记账公司的小张。小强知道，以前打来过几次电话，一再询问公司财务是怎么安排的，想联系这方面的代理业务。

小强曾苦笑着说："我那公司虽说零申报，但好歹也养了几年了，汇源果汁的朱新礼老总不是说过，养公司就要当猪卖嘛，你看谁想要，我卖它，多少钱？看着给，只要不倒找就行。"

这次小张来电把他吓一跳，公司税务系统已经被拉黑，如果不及时处理，作为法人的他将被拉入失信黑名单，不但限制乘坐飞机高铁等高端消费，有可能影响到将来子女当兵高考等等。"不信您去行政服务大厅问问，需要我帮您注销的话费用给您打折。"

小强有点堵，心烦："好吧，抽空去问一下。"小张让他问后想注销的话联系他。小强心更烦，他知道小张那礼貌成套的话术是想挣他的代理费，故意危言耸听，挂断电话，忿忿地一闪身，楼道门"哐当"一下重重地自动关上。当初'红胡子'这个王八蛋非让我当法人，看来他早知道公司完了，这屁股不好擦！他根本没打算和我一起往好处弄呀，奶奶的。

小强又看看短信，不是卖房的就是卖车的卖保险的，要不就是骗子的。在小强看来卖房卖车卖保险和骗子的手法都差不多，时刻提高警惕防火防盗防短信诈骗。

小强重重地啐口唾沫，险些啐到转身经过准备给他打招呼的赵老师身上。赵老师婀娜着腰肢有节奏的步伐一下乱了，她一惊一跳，到口的问话改了，一边撩起自己的风衣看是不是"中弹"了，一边连略带埋怨地翘着舌头说："哟喝，小强这是咋了？跟谁闹别扭？这火气大的憋不住往外蹿啊！"

小强心正烦，赵老师更让他心烦，赵老师捏腔拿调的语气让他起一身的鸡皮疙瘩，他脸也不扭，骑上"宝驴"，倏地跑了。赵老师检查完转过身抬头一看，小强早已没了踪迹。小强烦她是因为老婆小红和原来厂里的几个姐妹中了她的魔，在市中心的写字楼上租了个工作室，搞什么直销事业。

赵老师叫赵小薇，原厂里子弟学校的老师，她爱人是厂人事处的处长。长相漂亮，戴副眼镜，更显得有学问有气质。厂子倒了以后，去私立学校当老师。从散了的厂子再回来受约束的单位，不仅没有实现财务自由，连人身自由都要受工作纪律的约束。口才好，形象佳，气质雅的赵老师跟朋友到郑州听了几节直销课，回来后迅疾辞了工作，打了鸡血般地组织小红她们几个，像自己找到了救国救民的真理一样，陈词激昂地宣布给大家找到了一条人帮人，人拉人，共同发展的道路，要解救姐妹们于水生火热之中，带领大家轻轻松松再就业，和大家一起实现财务自由。她的热情就像一团火，点燃了渴望成就辉煌事业的姐妹们，赵老师激情四射的分享很有感染力，姐妹们各自盘算着，就算最不济的业绩，都已经不错了，万一做得好，岂不是更好？迫不急待地让赵老师直接分享怎么做吧。赵老师扶扶眼镜，稳了稳因亢奋而失色的花容，胸有成竹地伸出三个手指，又一个一个次序地蜷回说："很简单，一句话七个字，简单容易照着做，把复杂的事情简单做，把简单的事情重复做，你就会成就自己，成就他人，成就团队。"

第一个加入的就是小红，回去后的小红兴奋地对小强分享她的感悟，小强刚听两句就不耐烦地说："传销！"说她不仅没心没肺，更没脑子。小红急赤白脸地说："有牌照的，合法的！我说不过你，是因为我的级别还不够，还需要努力学习，改天让赵老师来给你分享分享。"小强摇着头做了个"丁"字手势打住："骗子都有逼真的道具，比真的更像真的，你瞎折腾就中了，耍给我洗脑！"小红气得不行，说："这和那不一样。"

她也在这个小区住，据说是挣了大钱准备搬走了，这里是过渡房。小强不待见她是因为他认为她挣到的能在高档小区买房的钱其中有二十万是他的。

这个小区与厂子的家属院一路之隔，房子建得大，关键还便宜，在别处买二居室的在这里能买三居室，就一点不好，小产权。只要能有个窝，谁还会在乎大小产权？同样是百元大钞，谁管它是新钱还是破钞票？购买力是一样一样的，小强常这样想，心里明朗了许多，真有点占了大便宜的感觉。

老家属院里面的年轻人走的走搬的搬，老一辈死的死，进养老院的进养老院，走的来的，去的留的，住户成分越来越杂，成了大杂院。工友们各自挣扎在不同的地方，知道其他人的消息越来越少。这其中有给人看车的，有给人看大门当保安的，有去澡堂子搓背的，有挣了钱当大老板的，有投了亲戚又安排了好工作的。也有一部分人开始组织原厂人员，兑钱找律师、上访、告状，要求省直管部门重新安排工作，理由是原来让解散回家签订的是转岗协议，既是转岗，这么多年了，为啥还不通知我们到新的岗位？我们可随时候着为实现共产主义去奋斗呢。而原厂长却因使厂子改制成功荣升到省局当副局长了，知道这个消息的人们更坐不住了，群情激奋，忿忿难平。

小强认为他们是一群睡醒了的人试图叫醒那些装睡着的人，无论如何，也是叫不醒的，还是去忙自己的生计吧。

小强见到过一个工友，在西北大操场，那人逮着公共健身器跟自己死磕，弄得满头大汗吭吭哧哧也不肯罢休。小强上前打招呼，那人愣愣地瞪着他，接着发出瘆人的狂笑来，小强吓一大跳，在知情人的哄笑中，没趣地走开了。后来才知道，下岗后的这个人老婆跟人跑了，神经了。

另一个叫大花儿的女工友，无论春夏秋冬，穿都一身破烂不堪的健美衣，在公园门口跳一种莫名其妙的自创舞，从不知疲倦，从早到晚。三伏天嘴里也是那句歌词，"北风那个吹，雪花那个飘"。后来一问才知道，疯了。疯了的原因和她跳的舞一样莫名其妙。

三

小强来到工地，这个建筑工地是新开始不久的，水电安装需要工人，小强和原来的几个工友开始只是来"打跑儿"的，干了指定的活儿就完事儿，工钱一天一结，每天两百八十元。随着大伙儿来时小强连这儿的负责人是谁都不知道，他也不想知道，每天一结束只找领工的查钱就是了。

小强的工作是把负一至二层的消防和水电预埋件和顶板线盒的预埋件按图纸放置到位，预埋前先按要求制成尺寸不一的木匣子，再把不同的匣子固定到不同的位置，然后与混凝土浇筑工结合好，打灰时留意着，一旦放错了位置或者打灰不小心给移位了，再收拾可就费劲儿了。当然，为了不至于出现这种情况，一般水电工都会给打灰工上烟，套近乎。小强与打灰工很熟悉，已经是老朋友了，所以他很放心。昨天在一起喝酒，小强还特意叫上打灰班班长。

今天的活儿不多，就是把消防给水管和强排给对接好。小强戴了安全帽提上工具包下去干活儿。工地上塔吊在缓缓地运转，砌割机嚓嚓地怪叫着，拆模板的木工在敲打着与混凝土粘在一起的模板，叮叮当当。他按先后工序处理，把不同消防管径的钢管防腐处理好弄到位，开始干活儿。得心应手，熟练老道。

地下室光线比较暗，从阳光普照的外面猛一进来像瞬间掉入了黑夜，片刻实现阴阳交替转换，不过适应一会儿就不会有强烈的反映，反而觉着亮度很好。

刘总？刘总！小强听到有人在喊人，他扭过脸看看，一个胳膊窝里面夹着一卷图纸的小伙子龇着白牙正冲他笑。

"是叫我吗？"逆光向他走过来的这个人他看不清楚，小强疑惑地问。

"我，小朱，你不认识我了？"小强仔细看看，想起来了，几年前干文化路路灯线路的活儿小朱在他那儿干过，这小伙子能干肯吃苦，小强对他印象很深，好像当时他正上大学，暑假在那干了一个多月。对了，还是"红胡子"让他来的。

小强停了手中的活儿，愣愣地仔细端详了一番，一拍脑袋，边笑着边说："哎呀，想起来了，想起来了，小朱，朱……朱小杰，对了，甭叫我刘总，不当大哥好多年，喊我刘哥或强哥就得了。"接过小朱递过来的烟，一看，"大苏"，嗬，好小子，混得不错呀。两人热情地坐在已经凝固的混凝土墙上聊了起来。

小朱大学毕业后，先是在省城一家公司跟强弱电项目，跑了两年积累了经验，掌握了渠道，有了一些客户资源，现在在本市自己开始做安防监控工程。这个工地的监控安防系统和水电消防安装都是他在做。

小强愣愣地看着意气风发的小朱，暗自从心底佩服，小伙子精明，后生可畏。不由地夸奖他说："行呀小朱，不错。"

"哪里，还不是沾了胡总的光，他吃个蒸馍，我也就是吃个馍花儿，他吃块肥肉，我也就跟着喝口肉汤儿罢了。他接活儿，我干活儿，他从不好儿来工地。"

"胡总？哪个胡总？"

"胡子宏，恁胡哥呀，恁俩原先不是一起合作着的吗？"小朱接着疑惑地追问，"现在你们分开了？我就看着不对，也没过多给他闲聊起你，咋回事？"小朱一脸求根问底的样子。

小强叹口气，阳光从预埋孔里穿过来，光线像根柱子杵在他红色的安全帽上，四周墙面上反射出一片通红通红的。"唉，生意好做，伙计难搁呀！一言难尽，既然你问了，我不妨给你说说，你在他手里干活儿，也悠着点。"

小强开始了忆苦思甜，痛骂时运不济，夹杂着自己的经验总结和人生感悟，时不时重复着："以前我不信那玩意儿，现在我是真服气了。命啊，信不信？命里让你吃四两，那你不管怎样也吃不了半斤。"他好好地给小朱上了一堂人生警示教育课，听得小朱眼珠子随着他的表情来回滚动，一会儿错愕，一会儿惊喜，一会儿又噘着口，一会儿又绷圆了嘴，一会儿又呵呵笑起，小强的人生史奇形怪状地在小朱脸上演绎了一遍。最终小朱以哈哈的大笑结束。

小强说，起初厂子散后，起初那一年多也迷了门了，东一榔头西一斧子地干些杂活儿，晚上回家双手叉在头后背着床发呆。

转折是在一年之后，开始给大舅哥儿黑子的朋友新房子改装水电，那朋友是包工程的，看小强的活儿干得不错，就在工地给他找了些小工段。慢慢地越干越得心应手，越干越关系广，这叫骑着马好找马，收入也多了起来，手里面也攒下了些钱。直到遇到班长"红胡子"，"红胡子"这人透钻，他已经开始干起了水电大包的活儿。小强和"红胡子"联手又干了两年多。

小强接过小朱递上来的烟，把过虑咀里面的过虑芯抽出，把另一枝的烟头撮一下，塞到烟屁股里面，接上，叭哒叭哒地连吸几口。小朱看到他娴熟的接烟技术，佩服得直点头。

小强笑笑道："嘿嘿，我这烟瘾也是从我俩合伙开公司后隆起来的。你知道，'红胡子'这人就是有点不地道，有点飘。我想着俺俩是一个厂子出来的，又是多年的朋友，就是这人再不咋着，搁我跟前也不会太过。当'红胡子'找我说一起注册个水电安装工程公司时，我也反复考虑了几考虑。要想做大，就得像个样子，不能老挂靠别人的公司，用别人公司的资质。而当时我自己的确也没有实力，既然'红胡子'几次三番地找我，满怀信心地规划着以后公司的业务，发展等等，并答应严格按合伙协议弄事，实在不行，公司法人由你小强担任。也就答应了下来。

"事情定下来后，开始跑注册的事。这事也好办，'市民之家'的服务大厅门头上，LED屏幕上不断地显示着，'提高服务质量，手续只跑一趟'。行政大厅的工作人员服务态度就是好，的确没让多跑趟，执照很快办好，租了个地方放了炮仗，我俩的公司就算开张了。

"谁知道注册公司宽进严出，当你注销时很多麻烦事儿，跑不了你，在后面等着你呢。今早上账务代理公司的小张还给我打电话，又是什么国税地税没有申报已经'转非'了。"

小朱问："啥'转非'？"小强现蒸热卖："'转非'，就是转成了非正常户，我也是才明白。"又给小朱打比方说，"像有人说是'上吊'的，其实是'上海吊车厂'的，简称'上吊'的，嘿嘿。"

小朱笑得前仰后合，眼泪都笑了出来，小强无声地笑着脸不得不等着他笑够了，才接着往下说："想注销先'转正'，就是转正常，交罚款了才能转正，少则三、五百，多则一两千，转正了才能注销，注销时还得缴印花税，残保金，什么公司经营时租赁场地的房屋租赁税等等，印花税一两万，光残保金又得一万多元，我真想把我自己也给整残了，看看还往我要不要残保金。"

小朱又拍着小强大笑起来。小强一本正经地说："你甭笑，真的，我还真想试试怎样把自己弄残了，就是对自己下不了这个手。"小朱看他认真的样子，绷住嘴不再笑了。

小强接着说："财务代理的小张说下来得两万多元！我的天，这还不算，还得拿出什么股东决定公司解散的决议，还得登报声明，登报声明费又得一千多元，声明过四十五天后才能去工商局注销。想想我都头大。当初想着公司不干了我和'红胡子'一算账算完事，吃亏占便宜就这了，他坑我不坑我各自凭良心，谁知道后面还有注销这些烂脏事儿。要看当时俺俩拿厂里工具的情形就知道，当时我算是偷吧，偷就得遮遮掩掩，多少有那么点良心未泯，可'红胡子'干脆就硬拿，理直气壮，像欠他的似的。嘿嘿，做人的差别咋这么大呢?"小朱又被他逗乐了，这次他用手捂住了嘴，继续认真地听他说。

"公司成立后接了几个不大不小的活儿，挣了几笔不多不少的钱，业务不好不坏地弄着，全没有想象中的红红火火，财源滚滚。理想很丰满，现实很骨感，有时候就这么奇怪，你徒手的时候逮着了兔子，当你信心满满把捉兔子的家伙儿式都准备齐活儿了，反而和原来徒手时差不多，可笑不可笑。嘿嘿。

"最终落下一屁股债始于'红胡子'让接的一宗大活儿，他说是他一个很不错的关系，下面县城的首富开发'首山·新纪元'项目，那个首富叫章健仁，我看他应该叫'章奸人'，奸诈的小人，哼。章开的有煤矿，有焦化厂，富可抵县，现在又搞房地产开发。我犹豫再三，没下定决心，垫资太多风险太大。结果，'红胡子'说道，不大胆难高产，哼，怼!结果，'奸人'先是煤窑被查被封，后焦化厂停产，银行催账，资金断裂，房子建了一半停了。找项目上要钱，项目部也散了，找'奸人'也找不到了，咋了?号儿里面待着呢。我俩垫了三百多万了。最后，我俩算算账，一人担了一百伍拾多万元的烂债散伙儿，我把前期辛辛苦苦挣的钱赔里，还欠人家几十万元。

"后来听说'红胡子'私下采取了手段，要回来了六十多万元，按说要回的钱应该算两人的，我曾经找他要，可他根本不承认有这回事儿，我俩打了一架以各自自理医药费结束，我拿他也没办法。再找他，他却就消失了。

"没想到又在这儿冒出来了，唉，这事是凭良心的，他不认，我就得自认倒霉。……公司也不再往下运转了，谁知道注销还有那么多烂脏事儿，唉!"小强抬着头，目光直视着墙板，愁眉苦脸地。停了停，回过头对小朱说:"给你这么一说，也倾诉一下，好受点，你可别笑话呀。"

小朱很理解小强的心情和此时的状态，拍拍小强的肩膀说:"哥，你没把我当外人，我知道你是对我敞开了心的。都是男人，虽然我年轻，在工地上也见过那些小老板们的难处，更亲眼看到过为要账跳楼的，找大老板动刀子的，但凡能过得去，谁也不会做那种极端的事。更知道作为一个男人应有的责任和担当和活着的不易，给你说吧，有时我也不赞成俺姨夫那种做法……"

小强像被蝎子蛰了一样，猛地一甩手，急忙打住，吃惊地问："你姨夫？谁？你说胡子宏是恁姨夫？"小强瞪大了眼睛，为自己嘴巴没有站岗的往外瞎嘟噜后悔得不得了，真想扇自己的嘴巴。

小朱看到了小强瞬间变化的表情，明白小强此时的心理，他给小强上烟，又打着火机，双手捂着火头给他点上，这种示意要表达他的坦诚，就是把小强当成了可信赖的哥们儿才这样开诚布公的。小朱说："胡子宏是俺姨夫，表的，俺妈她表姐夫。不过他确实敢怼，这个项目的分项工程就是他接的，让我给他找的郑州俺同学的公司，挂靠，对接人是我。不过小强哥你放心，我很清楚事儿是咋弄的，也知道你的技术水平和能力，有机会咱俩多聊聊，给小弟指点指点。"

"恁表姨夫？"……小强不知该咋问。

"哦，他不常在工地，这儿的一切都是我负责，每周一次的甲方监理施工单位碰头会他也很少参加。哪天他来了我喊你聊聊？项目部最左侧那间活动板房是水电安装办公室。"小朱明白小强是想了解胡子宏的现状，回答道。

"静坐常思自己过，当面莫论他人非"，而自己就像胆大妄为地跳入了邻居家院子，自认为邻居家没人，便无所顾忌地随便折腾，猛回头，才发现主人正对自己的一举一动贼头贼脑的行为一览无余，自己觉着又丑又羞。小朱刚才表示出的诚恳，让小强的尴尬有点缓解，他不再为自己刚才背后当着别人亲戚的面咒骂"红胡子"感到不好意思，嗫嚅道："小朱，你太抬举恁哥我了。刚才我说的你权当没听着，有用着哥的地方就支句声，大忙帮不上，帮点小忙没问题……"

"好。好。"小朱手机响了，他接通电话，一边应诺，一边示意小强自己要走了。小强给他摆摆手，算是别过。

四

今天的活儿结束得早，小强骑着"宝驴"回到家里，小泽熙在写作业。小强推开门时，还没等小强换了鞋，儿子便扭过头来问道："爸，我问你个问题，咱家到底谁是家长？"小强又以为学校要开家长会，就说："啥时间开家长会？"

儿子噘着嘴说："你就回答我谁是家长，如果你是家长，那就给俺妈开开家庭会，开会你就可劲儿批判俺妈吧，倒是管管我妈妈吧。放学也不来接我，让俺姥爷来接，俺姥爷还要忙着去打麻将，把我往家一撂就匆匆忙忙地走了。她这是惯犯，会上我给你站一队，判俺妈的刑。"小强笑了，说："等她回来了就开。"

半夜，小强迷迷瞪瞪地感到小红在上床往被窝里面钻。小强还没癔症过来，小红激动地搂着小强喘着粗气兴奋地说："小强，分享给你个好消息，我的业绩已经上星了，上了星那收入可就吓死人哩。"小强生气地说："滚滚滚，你那不是吓死人，死人都能被你吓活了，别人是睡着了做梦，你就做着梦睡吧。睡觉！"小强生气转身给她个屁股。小红被噎住，本想把小强折腾醒了好好给他分享分享，又怕吵醒儿子，怔了会儿，独自揣着白日梦，来回辗转了好久，方才睡去。

第二天活儿赶得紧，当中暖通安装和水电安装班组因为标高问题互不相让，水电安装组已经排好的管子不想再返工拆除，暖通班组却拿着图纸说他们的标高距正负零下方刚好是在水电的位置。双方僵持不下，怒目相视，火药味十足，打架的势头一触即发。现场经验不足的小朱急得没办法，边快步向现场赶来，边一遍又一遍地给胡子宏打电话，可电话那头一直忙音。

这个问题小强早就发现了，别人看图纸一般只看自己施工的单项，而小强却把图纸系统地看了一遍，设计是分项设计的。结果，两套东西有可能在正负零下的标高处重合，虽然理论上留有距离，实际施工中操作起来就会"打架"。当时小强思考了一阵子，也考虑到了解决办法，一是施工方给甲方、监理要求让设计出变更，造成的工程量变更给甲方签"现场签证单"，最后据实给施工方决算。一是双方的一方改变施工方式和工艺，交叉的部位绕开……

一旁角落里蹲着小强刁着烟看看这边，看看那边，做好了看一场热闹的武打片的准备，心想，加演片越长，正片越打得精彩，看场功夫片子要二三十元，好嘛，现实版的，还免费的。他一副幸灾乐祸的样子，偷偷地乐着。小强看到急燥火燎的小朱，才意识到还有小朱他们的事儿，他犹豫片刻，急忙起身迎向小朱。

他猛然从暗处站起吓小朱一跳。小强还没有说话，小朱愣了一下，眼睛一亮，立马拉住小强的手说："哎呀我哩强哥，我知道你是有办法的，快，快，快，你说咋弄？"小强也不推辞，知道此时不是客气的时候，一边从小朱掖下抽出图纸，一边对小朱说："让你的人全部先停了，我给你说怎么处理。"小朱转过身向工人喊道："都先停下，等会儿再给你们说咋进行施工。"

小强打开图纸，详详细细地给小朱讲了讲自己的方案。小朱一边给小强点烟一边盯着图纸听小强的讲解，打火机燎到小强的头发，两人都大笑了起来。小强说完，小朱兴奋地抱着小强几乎要把他给抱了起来，那个高兴啊。"强哥，今晚我请你，叫上你的几个伙计。"小朱感激地说。小强咧咧嘴笑笑说："我是看在你的面子上的，不沾恁姨夫的边儿呀！"小朱再次重复道，"表的！"

晚上，小朱叫上小强他们几个要去吃大餐，小强和几个伙计说，街边地摊就挺好的，大饭店花钱多还吃得不如作。小朱拗他们不过，只好随他们的意，到"万人坑"（河滩那儿一到晚上净是地摊饭店，都称这里是万人坑）吃去了。

小朱说："今晚不尽兴不能归呀！"以前哥儿几个都是吃"兑胡"，一人兑个十块二十的，今晚占了小强的光，免费吃，大家伙也不客气，敞开了喝。

边吃边喝边聊，干了一天的活儿挺累，这个时候好好善待自己一把，那个得劲儿啊。大家都晕乎乎的了，开始说醉话。男人都天生是政治家，大到国际形势，小到国内新闻，物价，子女，法律法规，各种奇闻，等等，远到太空，银河系，月球，美国，中东，近到本市拆迁，发廊小姐，洗脚按摩，工地工资，外地来的农民工组成的临时夫妻等等。小强也喝晕了，咬着小朱的耳朵说:"小朱,你别介意啊!"小朱说:"哥,我什么不知道,男人嘛!都好喷大的才能显得自己不窝囊,知道,知道,这是男人的盔甲。我想给哥商量个重要的事儿,表姨夫根本就不来工地,也不知他忙啥哩,而工地又不能没有把舵的,你看,强哥……"

"喝酒不说事儿,这是规矩,有啥赶明儿再说。"小强就着晕劲儿头摇得布郎鼓一般。小朱说:"哥你没事儿吧!"小强又逞强地端起酒杯说:"来再干一个!"

喝完酒,小强要骑电动车和几个伙计一起回家,小朱死活不让,说:"别回去了,我可以在附近给哥开房,咱哥俩好好喷喷。"小强拧着头,朦胧着眼说:"那不中,你嫂子出差了,家有儿子,我得回去。"小朱没办法,交待他小心点,不行就把电车扔工地上,打车回去。小强骑上电动车说:"放心吧,我这个车是'宝驴',能保驾护航。"一溜烟儿赶上前面的伙计走了。

哥几个边走边热闹着,开发区路宽人稀,少有居民,双向十车道的路面机场跑道般宽阔。哥几个蹩成群,可劲儿放纵,底层生活的压力在酒后得以释放,穷开心地吼着跑调了的《春天里》让人轻松了许多。此时,仿佛这个世界是他们的。就在这时,后面一辆车开着大灯踅着弯儿发动机怪叫着从他们身边蹿过,前面十字路口红绿灯外又"嚓"地来了个急刹车。显然司机是酒驾,哥几个哄然慌乱地躲开,惊出一身冷汗,都破口大骂了起来。"咣"地一声,最后面的小强躲闪不及撞到了汽车后面,电动车摔倒了,小强也被撂倒在路边。哥几个中有几个"噌"地冲到车前,挡住了汽车,另几个去招呼小强。小强虽说喝了酒,他清楚地知道自己根本没啥事儿,除了滚了一身土外。他想站起来,其中一个伙计说:"甭动!"小强说:"我没事啊!"伙计说:"司机看样子是喝酒了,酒驾,你千万甭动。"小强只好就势趴那儿。

车前的哥几个开始敲打车门,他们看到,副驾驶上的一个女人正给正驾驶座位上的司机调换位置。这更坚定了他们认定司机酒驾的判断,几个人把车窗擂得山响,骂骂咧咧地吆喝着:"快开门,撞着人了,看到是你了,甭想调换位置,跑不了你!"

两人听不到外面的叫骂,只管换了位置。看来司机的确喝酒了,女的费了好大劲儿才把晕乎乎的勉强地配合着她的男人弄了过来。男的趴在那里面佯装睡了,女的整理整理头发,双手放在方向盘上,喘着气,看上去很紧张的样子，花容失色。

僵持了大概好几分钟，那女的才摇开车窗，哥几个的骂声呜地传了进来，一个哥们儿说："再不出来报警了。"从衣着上看她判断出这些人是后面不远处工地上干活儿的，心里有了底气似地打开了车门，下车后随即摁控制器锁了车门，就冲前面的哥几个套近乎道："大哥，大哥，有话好说，车是我开的，对不起，我是新手，吓着你们了"。

一个大嗓门哥们儿吓唬她说："我们都看到了，想调包啊，没门儿，故意夸张地说出车祸了，后面的伙计都撞上了，醉驾要负全责的，你说咋办吧。"

那女人大惊失色，慌里慌张地忙上前说，先看看人有事没事再说。边说，边向车后走去。大家伙儿看到，这是一个身材窈窕，服装得体，保养很好的女人，哥几个几乎都从心里达成了共识：好吧，非宰你们俩狗男女不可。

女人走到小强跟前，撩褰起裙子蹲下，借着路灯的光线观察小强，又腾出一只手扶着小强的身子说："大哥，你没事吧！"

一股香水的气息扑鼻而来，这种香水的气味小强原来在那些大老板办公室签订合同时曾从他们漂亮的女秘书身上闻到过。小强闭着的眼睛开一点缝儿，一看这个女人，符合自己的判断，在他和哥几个心里，基本上能够判断出这个女人的身份。又一转念，这个女人好像在哪儿见过，哦，对了，好像是"红胡子"的情妇。小强只见过她一次，而她并不认识他。小强知道，这个女人不简单，经常与企业老总，社会名流等等上层人物交往，到底搞些什么，小强始终也没搞清楚。

小强不敢回答，却被假意揽着他的哥们儿偷偷地用劲儿拧了一下，痛得小强"哎呀"大叫一声，那女人吓得猛一愣，噌地连忙站了起来，一时惊慌失措，不知如何是好。

哥几个喊着要打电话报警，那女人连忙说："大哥，大哥，有话好说，我也是那个工地项目上的，你们也应该是那个工地上的工人，司机的确喝了两杯啤酒，千万别报警，咱们私下解决就行了。对了，车上的人是胡子宏，胡总，你们应该是他手下的工人。"

话说到这儿，哥几个不再吵闹了，但是，胡子宏？哥几个相互看看，都没听说过。女人看他们一脸懵懂，一甩长发，又急忙说："对对对，朱？"那女人手指指着自己的红唇，开动脑筋思索着，豁然地大声说，"朱小杰！对，想起来了，现场负责人朱小杰，你们认识吧！"

她这么一说，一下激住了旁边站着的一个伙计，那哥们儿没脑子不假思索地说："哦，小朱呀，今晚我们还在一起吃饭。"好像和老板一起吃顿饭是多荣耀似的，当着美女的面显摆了出来。大嗓门儿碰他一下，那哥们儿才知道有点不妥，自己说错了话，露了他们的底气，蹲下不说话了。

那女人是何等地聪明，马上判断出她自己的猜测是对的，脸上的表情立刻放松了下来，说："大水冲倒龙王庙，都是自己人，好说，这样吧，我先把他送到医院检查，看看有没有大碍再说。"

她这么一弄，大家伙儿一时不知该怎么办是了，大家心里都知道小强没多大问题。而小强此时也不知该怎么收场了，他想了想，摆摆手低声说："算了，恁走吧。"

一旁的大嗓门儿说："那不行，酒驾的性质恁是知道的，胡子宏俺们也不认识，俺们也不是水电安装班组的，俺们是支壳子的木工。想私了？好，拿钱出来，俺们自己去医院看看。"他这么一说，大家伙都附和着吵闹起来，对对对，拿钱吧。

那女人刚才还恭谦的态度瞬间发生了大逆转，她呵呵地冷笑着，她已经把小强他们判定为"垃圾人"。虽然她明知道他们是敲诈，简直是顺势碰瓷，但的确是胡子宏酒后驾车在先，她知道，如果报警的话，花上个三四万元也不见得能摆平。有个领导因为醉驾不但受了处分，还进了看守所。在酒驾问题上收拾人可不分光棍眼子。

她心里暗自骂胡子宏，不让他开他赌气非开不可，两人涉及洗钱、骗贷棘手的事还没处理完，又节外生枝弄出这一出来，可恼！看来只好哑巴吃黄连，别再因这事弄出么蛾子。她知道怎样对付她认为的这些"垃圾人"，她当机立断，既忿然又卖大地说，好好好，说吧，多少钱？一万元够不够？

几个人傻脸了，目瞪口呆，不知该咋说了。大家不说话愈发让那女人生出一股有钱人的优越感和豪气，一幅盛气凌人高高在上鄙视他们的样子，直接说，好，两万！边说边打开精致的手提包，抽出两沓钱，往地下一扔，傲然地转身，扭着腰肢拖动着高跟鞋迈着小碎步嘚嘚嘚地走了，上车后一轰油门，呜地加速冲跑而去。

小强被动地被哥几个当作道具搞这么一出碰瓷戏，又被一个女人羞辱一番，关键是这女人还是"红胡子"的情人，他好像当众被"红胡子"扇了几嘴巴一样无地自容。加上酒劲儿上来，头痛得像炸了，他啊地大叫着狠狠地朝自己头上捶打起来。哥几个吓坏了，不知是怎么回事儿，难道刚才追尾真的碰坏了脑袋？于是，大家手忙脚乱地把他抬到电动车上，向最近的医院送去。

五

来到医院急诊室，小强犟着不进去，哥几个强把他推拥到里面。城边的医院生意不好，床位大都是空着的，医生马上就安排小强住院。医生不顾小强酒后吵吵闹闹，拉拉胳膊摁摁腿，又用医用锤子敲打敲打他的腿做"蛙跳反射"，问问这儿疼不疼？那儿有反应没反应？一会儿小强不耐烦了，生气地吼道："我除了酒没喝够外哪儿都可得劲儿。"边说，边跳下来就地来了几个前空翻，又来了几个后空翻，接着又轮圆了打了几个"大马车轱辘"，面不改色地拍拍手，说："有事冇？"医生和哥几个都笑起来，小强说："算了，我要睡觉！"

第二天，小强猛地醒来，开机看看手机上的时间，已经九点了。手机接连传来十几个短信，几个是老岳父和小红的未接来电提醒，几个是小朱的。想想昨天的情况，小强吓了一跳。这一觉睡得，小红去郑州听课走时交待得去两天，晚上让他照顾好儿子，不知儿子昨晚怎么样。于是，他急忙给老岳父打了个电话，老岳父在电话那头狠狠地把他骂了一通，小强可以想象得到老岳父生气时怒目圆睁的样子，只好在这头一个劲儿地道歉。

挂断电话，小强自言自语道："这叫什么事儿呢，我小强还学会碰瓷了。"他翻出口袋里面的两万元钱，心想，就算"红胡子"再怎么不济，自己也不能因此而讹人家的钱，如果不是昨晚喝多了酒，无论如何也不会被哥几个当道具绑架着干出这样的事儿，不地道，虽然自己确实急用钱。不行，这钱得还过去。

他起身拉门出去，正好与小朱撞个满怀。小朱提了礼物是来医院看他的。小强一愣，说："你怎么来了？"

小朱放下东西，好好上下打量了一番小强，拉着小强的手，关切地说："我的亲哥耶，你可把我吓坏了！听工人们说你昨晚给人追尾了，我真后悔昨晚没把你留下。我的那个小心脏啊！"

小强说："嗨，我没事，正准备走哩。你来得正好，昨晚的事我正要给你说说。恁姨夫'红胡子'……"

"你都知道了？"小朱吃惊地说，"我是今天早上才听俺表姨说的，强哥，表姨夫出事是早晚的事儿，可工地这一摊子可怎么办啊！强哥，昨天晚上我就想给你商量，你的技术能力和工地管理水平我是知道的，你得帮助我把工程做完了啊！你要是信任我的话，你那个安装公司夏注销了，你不想当法人可以，法人我来当。大学生创业，政策有扶持，不用你出钱，算技术入股，由我来跟我郑州同学的公司签订对接协议，咱共同去打拼"

"什么？你说'红胡子'出啥事儿了？"小强一下子愣住了，显然小朱说的不是他酒驾和自己撞车的事儿，他迫不及待地问。

"你不是知道吗？难道咱俩说的不是一档子事儿？今天早上被公安局抓走了，还有一个女的。骗贷，洗钱。不是吗？"小朱反问小强道。

"哦？！还真有这档子事儿，昨天晚上和我撞车的正是他们俩个。"小强说："哥几个还讹他们了两万元钱，我原本打算把钱通过你还他。"

小朱也很意外，他就势在病床上坐了下来，想了想说："强哥，钱不钱的现在对他来说已经不重要了，以后再说吧，你就先用着吧。我给你说的咱俩的事儿你考虑考虑，强哥，工地真需要你这样的人啊，你得帮帮恁兄弟啊！"小朱几乎是哀求小强了。

"钱，你拿着，我不能要，"小强执拗地说，"先把这事儿给了结了再说。"边说边把钱塞给小朱。

小朱左躲右闪躲也躲不过，只好接了钱，想了想说："哥，表姨夫很可能得判刑，一时半会儿也出不来。你看这样行不行，这钱权当是你暂借表姨夫的，放到我这儿算是入股，等日后咱们赚到钱连本带息一并还他，中不中？"

小强想了想，小朱年轻，敢想敢干，有文化有知识，不仅能吃苦耐劳还办事稳重，将来必定能成大事，和他一起弄事儿算是搁对了伙计，他能看得起自己邀请自己入伙是自己的福份，自己还有什么不愿意的理由？

而两万元钱的事儿好像也没别的办法，似乎只有这样才合适，也就答应了下来。见小强同意了，小朱抱着小强兴奋地说："我哩好哥呀！公司做大了，你就是元老。小弟谢谢你了。"两人都笑了起来。

小朱帮着小强刚办完医院的手续，小强的电话响了。小强一看，是大舅哥黑子打来的。小强接通电话，大舅哥一反常态吭吭哧哧吞吞吐吐地说："小，小强，你，你能不能来一趟？"

这种反常让小强感觉有点不对劲儿了。小强忙问道："哥，我着你吃得胖走路喘，说话那咋也还不利索了？有啥事不能在电话里说？"

小强一个劲儿地套大舅哥的话，三下两下，黑子的耐性就没了，说："我先给你提个条件，你欠我那十万元钱先不用还了，就当我给俺妹子了，你不能给她置气啊！"

小强明白肯定是小红办了什么没成色的事，会是什么事跟钱有关？小强一激灵，抢道："哥，小红是不是被人骗了？谁？哦，直销公司？"电话那头不说话了。小强追问道是不是？现在小红咋了？黑子吭吭哧哧地说："她把自己反锁到俺家的卧室里寻死觅活哩。"

小强挂断电话，骑上"宝驴"向外冲去，小朱在后面问他怎么回事？小强边跑边简要地把情况说了说，并交待小朱先回工地，处理完事后就过来。

小强把破电动车往楼下一扔，三步并作两步地冲到了黑子住的楼层，没进门就听见小红呕呕哎哎的哭声。推门进去，大舅哥黑子正站在卧室门口隔着门劝她，见小强来了，黑子冲小强说："你可霎再埋怨俺妹子了，霎火上浇油，她手里有一把剪子。"

小强点头示意明白。他敲敲门问道："小红，你对我说到底是咋回事嘛？是不是被赵老师给骗了？骗了就骗了，该破的财不破都不中，要是搁这儿不被骗，就会在别的地儿破财。财去人安乐，钱是龟孙，扔了再拼，你要干傻事儿泽熙俺爷儿俩以后可不带你玩了，恁老公和儿子可都成了别的女人的了，你不可惜？儿子是全新的，我也差不多八成新呢！"一边的大舅嫂憋不住噗嗤笑了，黑子也咧着嘴不出音地笑。

里面没了动静，小红止住了哭声，看来小强的话起了作用。僵持一会儿小强又敲敲门说："你出来我今天要告诉你一个好消息。小朱，朱小杰知道吧！以前你还常夸他，还张罗着给人介绍对象哩的那个小朱，他要接手我那个公司了。你是知道的，小朱那小伙子年轻，敢想敢干，有文化有知识，不仅能吃苦耐劳还办事稳重，将来必定能成大事，和他一起弄事儿算是搁对了伙计。而且大学生创业，政策上有扶持。关键是我这水电安装工相当于二级知识分子，小朱相中了，不用咱投资，让我加入算作技术入股，多好的事儿……"

黑子听得眼热了，拉住小强说："你说的这可是真的？我听我那个朋友说这个工地下来弄好了就能挣个百八十万哩，我，我那十万元你看能不能算你名下的股份？不中我再给你弄十万元……"

就在这时，小朱也气喘吁吁地进来了，说："哥，我看你那电动车真是'宝驴'，我开车撵都撵不上。"小强说："我那'宝驴'在马路上能见缝插针，逆行也不扣分，你逆行个试试。"黑子一看，急忙给小朱让座上茶，趁摸着问刚才小强所说的事儿。

小朱笑笑说："小强哥，到时候给你配一辆真正的'宝马'开，看你还敢不敢闯红灯。"又问，"俺小红姐没事儿吧。"小强偷偷地指指卧室门。小朱明白了，朝着卧室门仰着脸诚恳地高声问道："小红姐，我邀请俺小强哥加入的事今儿个正好也听听你的想法，你过来发表一下意见吧！"

小朱回过头来把自己对公司的经营理念和下一步打算谈了谈，他稳重而又自信的话里透出一股子干劲儿来，几个人热闹地聊起来。就在他们聊得热火朝天的时候，卧室门开了，小红笑着从里面走了出来。

（本文获北京《新工人文学》期刊 2019 年举办的第二届"劳动者文学奖"优秀小说奖）

11　骡　子

一

富贵家的毛驴死了，是被富贵喂小麦撑死的。

晚上，我们都听到了他挨打的声音，"啪！啪！啪"很响。伴着的还有像杀富贵一样夸张的恶嚎："呀嚯呀我哩妈呀，我再也不敢了呀！"好久，一个高亢得变调了的喊声劝阻道："嫑打啦！他爹！你把他打死哩?!"——是他娘。他娘叫菊妮儿，菊花般漂亮的女人。

"啪！啪！啪"！清脆而响亮，像是打在我身上一样，我的心不由地随着响声一揪一揪的。我也不只一次品尝过那种"果子"的滋味，火辣辣的，不好吃，挨打时我就期盼着早点结束。这不是自己说了算的，要等到大人的气出完，才能了结。我也时常夸张地嚎叫，来博得爹爹妈妈和奶奶的同情，以便少吃点。这次估计他妈也气得不轻，不然，为何打这么久？富贵就啃下吧。奶奶用指头捣着我的头说，"听到了吧，这就是装夯的果子！"我滋溜一下拱到被窝，蒙上被子，可吓坏了。庆幸当时没听富贵的话，不然，这时候我也和他一样，挨打。偷偷掀开被子瞧瞧，奶奶已经拧着裹了一半又放足了的"金莲"急急地串门去劝去了。

第二天，富贵一瘸一拐地跑过来，紧紧箍着衣服，龇着牙自嘲地冲我们笑笑，大伙也不便问，撕缠着照旧玩起"打纸包"来。"呀嚯！"富贵大叫一声，下意识地捂住屁股。贱皮的黑豆要捉弄他，猛不防扒掉他的裤子，红肿红肿的，发糕一样。

富贵可丢人大了，又恼又气，愤怒把黑豆推到在地，骑在黑豆身上，扒开黑豆的裤子，抓起沟边的枯树枝，就往他屁股眼里攮。黑豆苦命挣扎，死死拉住自己的前裆，拼命地大喊道："呀嘻呀，我哩娘呀娘，我再也不敢了呀！"这分明是变着花样学昨晚上富贵向他娘求饶的腔口。富贵更气了，非给他攮里面不中。

"可不敢！要闹啦。"一只大手拉住了富贵，像拎小鸡一样把他拎起来。黑豆止住了夸张的嗷叫，迅速地从地上爬起来。大伙一看，是发润叔。

发润叔姓周，周发润，可不是周润发。当时还不知道有个香港电影明星叫周润发。不过现在想来，发润叔和周润发长得还真有那么点像，身材高大，方脸，大眼，浑身透着一股英气。发润叔命可没周润发好，近三十岁了还没娶上个老婆，剩下了。人家都叫他"骡子"。绰号。

"骡子"叔住在村边，据说是个外来户，他爹和他娘逃荒逃到俺古桥镇桥头张，娘生下他后，爹死了。

我一直很纳闷，瞎子、瘸子和地主富农成分这样的人找不到老婆打光棍还可以理解，而像发润叔这样根正苗红、长相排场，要体力有体力，要能耐有能耐，不憨不傻的怎么也打了光棍，后来才知道原来是"撇下了"。

据说那年他帮丙申迎娶菊妮儿时，他和新娘两人只对脸相互看了一眼，"骡子"叔的心里就再也容不下任何女人了。两人四目相对，都惊诧地"啊"地一声，怔住了。迎亲回来后的"骡子"叔一连卧床几天，不吃也不喝。菊妮儿那忧郁的目光和难以名状的表情一直在他眼前出现，引发他无限的沉思，心里憋着一股无法疏散和排解的闷气。

其实，"骡子"叔和菊妮早几年就认识。那一年的深秋，大街的墙上到处刷满了热烈的标语，人群中不时传出响亮的口号，连远离县城的古桥镇也一样疯狂着。菊妮爹和其他人被五花大绑地蹶着腰走在前面，头上戴着高高的纸糊的帽子。

这个深秋的下午，金色的阳光洒满大地，秋高气爽，田野，一望无际。"骡子"叔到公社办点事儿。游斗会结束后，那些人都被轰到公社院厕所旁边。"骡子"叔边走边勾着头看那些批斗后一个个垂头丧气"阶级敌人"。

突然，一个姑娘一下子撞他了个满怀，撞得他一个趔趄，险些摔倒。"滚开！不许私送东西，吃的也不行！"看守人刺耳的骂声，像一只浑身长了癞的乱毛狗，丑陋地噌一下从墙角蹿出来原来姑娘的爹被公社关住了。

"骡子"叔看看这个羞愧、痛苦得强绷着脸眼泪在眼圈里打转的姑娘，关切地小声说："你没事吧！"

姑娘愣了愣，小声说没事，捂着脸羞愧难当地低着头向外跑去。"骡子"叔走出几步，想了想，又转回身去追赶那个姑娘去了。在公社大院外，"骡子"叔撵上了她。"骡子"叔拦着还在无声抽泣的菊妮，顿时有一种莫名的怜悯来，他说："姑娘，对不起呀，你是不是给亲属送吃的？我能帮到你，告诉我，你家里人叫啥？"

菊妮儿抬起头看着一脸真诚的"骡子"叔，脸苍白的脸，又红了起来。

"骡子"叔到公社办完事，装作到厕所解手的样子向厕所走去。他小声地喊着菊妮儿爹的名字。菊妮儿爹胆战心惊跟他来到厕所，"骡子"叔确定身份后把馍馍偷偷地塞给了菊妮儿爹。菊妮儿爹明白过来，伸长了脖子小心地向外探头看看。"骡子"叔说："你赶快吃吧，我在门口给你看着。"菊妮儿爹点头着急忙慌地三两口把馍馍塞到嘴里，稀黄的胡髭随着嘴巴一抖一抖的，噎得差点背过气去。"骡子"叔说："你倒是慢着点，要是噎过去了，还真省得把你给消灭掉了"。菊妮儿爹嘴里塞得含糊不清地苦笑着说："我倒是真想去死去，就是没那个勇气，杀鸡都不敢，更不敢自己看着把自己给弄死。""骡子"听他这么一说，倒有点想笑了。再仔细打量他一下，瘦骨嶙峋的样子，的确难把一只鸡弄死。

"骡子"叔出来后看看站在街角的菊妮儿，菊妮儿看到他走出来，已经知道吃的送给了爹爹，悬着的心放下了，拍拍自己的心口，长舒一口气，后面跟着他，走出了镇子。

菊妮儿跟在"骡子"叔身后，看着他高高大大的身影，她心里如春阳普照着，暖暖的，浑身都是舒服的。两人边走边聊，都是"骡子"叔在问，她在答，像学生回答老师的问题一样，惹得"骡子"叔笑了起来。说："咱这是上课哩？一问一答的，甭拘谨，你一拘谨，我也没啥说了。"菊妮儿是打心眼里感激他，可长时间深深的自卑让她不知如何表达。她鼓了几鼓想说几句真心感谢的话，想表达一下自己对心上人的爱慕，心像小兔子般嗵嗵地跳，脸比晚霞还红，手心里尽是汗水，她最终还是没说出口。

"那咱们就先，先回吧，有啥事儿对我吱一声，大忙帮不了，修理修配，垒墙打坯这些活儿我，我，我还是能做，做得了的。""骡子"叔也禁不住对面前的姑娘语无伦次地自夸起来，边说，边挠着头，手好像也没地放了似的。日落西山，天高远得很，云也淡远得很，夕阳正把高远的天和淡远的云捏合在一起，慢慢地混合成了灰暗的夜色。两人恋恋不舍地告别。你回头看看我，我回头看看你，挥挥手，浸入了无边无际的夜色里。

"骡子"叔好脾气。"骡子还会讲很多故事，《三国》《隋唐演义》《水浒》《杨家将》等等，还有一些民间黄段子。黄段子也有其艺术性。多是大家小姐、丫鬟和家丁的偷情故事或者才子佳人的风流韵事。故事讲得引人入胜。

他的故事讲得绘声绘色，各种比喻和像声词的运用真叫绝！常常听得大家血脉贲张，心跳加速，口中不住地咽唾沫。

一次，夏天，晌午。大家刚从庙西头大池塘洗澡上来，围着"骡子"让讲故事。那个津津有味呀，得劲儿！这时，黑豆娘喊黑豆回去吃饭。豆子娘喊得紧："黑豆！喊你龟孙几遍了，快点回来！"可黑豆答应着"呃"，就是不走。

大家说你回去吧，别让你娘过来了，都听不成了。黑豆无奈，红着脸，吭吭哧哧地说："恁都看，我给恁学飞机咋飞哩！"说罢，弯着腰，架着膀子嘴里喊着飞走了。

昨天富贵家的驴死，就和富贵听故事入迷有关。富贵爹娘要进城办事，临走交代富贵喂好毛驴，结果，富贵在"骡子"叔那里和我们一起听故事把这事全忘了，到晚上回家才发现毛驴饿得"嗯啊"直叫。富贵只好掐上小麦可劲儿地喂。赶到爹爹回来前，驴肚子已经喂得憋不楞怔的了。

富贵爹回来扫一眼牲口棚里的毛驴，问，"饮了没有？"富贵慌张地回，"嘻，忘了，这就饮"。于是，又可劲儿地饮。半夜，一肚子小麦见水膨胀，毛驴上窜下跳来回蹠摸，缰绳缠着脖子，加上肚胀双管齐下，第二天，就死了。可怜的驴。

"骡子"叔劝开富贵和黑豆，"骡子"叔胳膊窝夹着个帆布包。我们好奇地问他包里啥？弄啥哩？

"骡子"叔解开包，拿出两把亮闪闪的杀猪刀，一大一小，一薄一厚。大的宽厚瓷实，刀刃锋利，小的面薄精致，小巧玲珑。"骡子"叔是个热心肠，又会很多技能，泥工、木工、赶牲口、犁地、扬场、编筐、修压井、接电（电工）等等。村里人只要谁吱一声，"骡子"叔放下自己的活立马就到，而且很快解决。我们围上去争着要摸摸他的刀具，可把他吓坏了。"起开起开！这可不敢着，碰着可比害眼厉害！"

"那你这是弄啥哩？"

"骡子"叔轻轻拧拧富贵的耳朵道："帮丙申哥剥驴，剔肉，拾掇杂碎。嘿嘿，来，富贵，错了就错了，可不敢再顽皮偷懒了，来，让我看看小屁股被打得咋样了。"

二

我们欢呼着跟"骡子"叔来到富贵家，叽叽喳喳，像一群麻雀。富贵像勾头大麦一样不好意思地跟着，一会儿，也偷偷地"嗤嗤"抬头笑笑，想必是为撑死驴这事不好意思，擤掉耷拉着的鼻涕，往身上一抹，快速地攒上人群。

阳光松散地照在富贵家的破院落。老丙申蹲在门口只顾"叭嗒叭嗒"地抽烟，平素常也没怎么见过他的笑脸，深刻的皱纹聚在额头，脸更是绷得吓人。富贵爹是个老犟筋，驴犟驴犟的。好抬杠，杠子头，别人说煤是黑的，说者不随了老丙申的意，他非打整说是白的不可。有时气得富贵娘几天不搭理他。

他一叠四折蜷缩着的身子，日头却把他的身影拉得很长，蓬乱头发的影子映到牲口棚门口，与撑死的毛驴头抵着头。毛驴狰狞着驴脸，很屈很无辜的样子，死不瞑目。肚子鼓得奇大，显得四肢和驴头极不似衬，像假的一般。见到"骡子"叔过来，笑笑算是打过招呼。富贵怵怵地躲在人群中，老丙申还是用眼光在狠狠地剜着富贵。目光很厉，狠狠的，带着的怒气扑过来，把我们也罩着了，让人吓得慌。树上的麻雀瞪着圆眼惊恐地看看，瘆得它们扑闪着翅膀啾啾啾地飞走了。

临时屠宰场就调到小过道旁边，一会儿，已经围了一拨村民，叽叽喳喳，哄哄的。"骡子"叔眼瞅瞅，独个点点头，也不管旁人的指手画脚，思忖一会儿，默默地在心里筹划好了。然后，放下工具，伸手抓住一条驴腿，撅着屁股，指挥几个擓着手的爷们儿，大家伙搭把手，把驴拉出牲口棚。先从前胸下刀，开膛破肚，行至肚皮处，改换小刀。肚皮剥开后，再把肚里面的"草包"暴露出来。

"拿盆子来——""骡子"叔喊到。

丙申像个看客一样蹲着，迟迟不动。

"咣当"一声，里屋门开了。富贵娘推开门，从屋里端着个大洗衣盆子走了出来了，撅撅撅地。头上顶着青蓝头巾，着蓝黑对襟上衣，手工结的扣子，像几只红蝴蝶趴在身上一般。"咣当"一声，把盆子扔到了毛驴身旁。

从她粉面红唇的脸上，透出的嗔怒来，大伙知道，她是在生丙申的气。她冲大伙和"骡子"笑笑，红唇白牙，短暂绽放，转脸便收了回去，朝着丙申嘟囔着骂着。

"骡子"叔停顿了一下，稍稍地怔怔，他分明感到了富贵娘和丙申俩人都还在气头上。便劝道："消消气都中了，小孩儿家谁还不犯个错呀，随后我去许都城吴庄给恁问问，那儿的驴肉馆兴许还收，差不多能卖个活驴三分之二的价钱……"随后，他换换手，将刀子捅下去。

"草包"划开，膨胀的麦籽掏出了几盆子。大伙儿又开富贵的玩笑，这时才发现，富贵不知什么时候早跑走了。

忙了一阵子，"骡子"叔坐到一边掏出烟，歇歇喘口气。老丙申不知何时从他身后蹿出，蹲到"骡子"叔面前，"嚓"地划着火柴，扬着笑脸给他点上，说，"你说的可是真的?"又怕"骡子"不知他说的哪儿的话，追加说，"驴肉馆。"

"骡子"叔怔了一下，明白了，"嗯，真哩!"

"不卖! 熬吃了! 看驴主贵还是孩主贵!"富贵娘又撅撅地走出来，撇撇嘴高声喊道，又撅撅地回屋里去了。分明是在气老丙申。

老丙申龇着牙咧着嘴，挠着头笑脸还没有止住，看着菊妮儿当着众人给他甩脸子，就僵那了。

"气话，气话，正在气头上哩。""骡子"扭过头拍拍老丙申说，"给俺嫂子赔个错，消消气都中了。"

"气话，气话。着了，着了，嘿嘿嘿。"丙申给自己解围道。

这头驴是老丙申花八百元从南乡买回来的。

联产承包后，地分了，仓满了，手里也有点钱了，很多人把目光转向了重要的购置牲口和农具上来。

看着村里有几个人通过街上的行户老张买回来了牲口，老丙申也坐不住，和他的菊妮儿俩个合计了几宿，决定到一百里外的漯河牛行街买头牲口。

夜里，菊妮把叠好的成橛子钱敊到了他的裤衩里，用嘴咬断线头反复交待着小心多长个心眼。第二天一早，老丙申摁摁有点"扯蛋"的"钱包"，欢心地出发了。

三天后，老丙申牵回来了一头驴。菊妮一看就有点不高兴了，埋怨他道："就是买头牛也比这个单薄的驴强呀。实在不行买头骡子也中，咋弄回个这？"

正在蹲着洗脸的老丙申"噗噗"地吹着捧到脸上的水，边揉搓着脸，边说："这你就不懂了吧，牛出活慢，骡子贵钱不够。驴，别看小，脚力足，快。咱那水磨湾的田都是黄土地，虚泛，赶明儿咱家的驴给德民家的骡子搭帮合套，刚刚好。德民已经给我打过招呼了。"

"不是说它不好，哼哼，你呀你，你是好了伤疤忘了疼……"菊妮"嗞嗞"地捺着鞋底，冷嘲他道。

菊妮儿这话一出，戳住了老丙申的痛处。自那次没成色的事发生后，这种难言之隐，一直都在折磨着他。他止住了，看看洗得黑黝黝的洗脸水，"腾"地一脚踢开。盆子倔强的反抗着翻了几个圈，不服气似地晃晃悠悠趴在地上不动了。他用力擤擤鼻子，往鞋底一抹，气昂昂地背着手撅撅地回屋去了。

添个牲口不亚于添口人，应该是件高兴的事儿，经菊妮儿这么一说，一下子把原来的兴致全弄没了。菊妮儿也感觉话说得狠了，不该哪壶不开提哪壶，放下手中的鞋底，绽开笑脸，回屋给老丙申赔不是去了。

说到驴，起初菊妮儿对它蛮好还是好的，在她心里，骑上驴那种风光劲儿不啻于公社书记坐上绿吉普。而这种骑驴的荣耀，是她娘给她播种在心里面去的。菊妮儿家成分高，一有风吹草动搞运动，菊妮儿的爹爹就会被拉出去批斗。每每她爹挨批斗回来，菊妮娘为安抚蹲在地上唉声叹气的菊妮爹，便不厌其烦地絮叨起当初他们家的荣耀来。

"……想当年，咱家有十几倾好地，骡马成群长工短工七八口子，恁爷能干会持家，……临了过老日，恁爷过了世，这家算是走下坡路了。哼！瘦死的骆驼比马大，船烂还有三千钉哩。俺就是冲着恁家还算个大户，日子得法，还比一般人过得舒坦，才答应嫁过来的。成亲的时候，恁爹披红挂彩，依然还能坐着毛驴嫁到婆家来。那毛驴毛色纯正，浑身通亮，脖子里铜玲丁当脆响，头上也挂着绸子大红花，坐上去稳稳当当……"

"嫑说了，唉，那时候咱家日子也不好过，那驴，还是借哩！"菊妮儿爹显然被娘从现实的痛苦中带到了已是遥不可及的过往，二人开始回忆以前的点点滴滴。"借哩咋了，你让那些人去借借看，看他能借来?"

像娘一样骑着驴子把自己打发了，成了菊妮儿一直的以来的梦想。几年后，当媒人给菊妮儿介绍几辈儿都是贫农成分的丙申时，已出落成漂亮的大姑娘的菊妮儿说实在于心不甘。在她心里，能像书记家的女儿一样嫁个工人才不屈自己的长相，最次差不多也得嫁个附近农场里的"亦工亦农"才对得起自己。

可惜自己家的成分高，岂不是"赖天鹅想吃蛤蟆肉"? 只怪自己心强命不强。躺在床上思前想后了三天，泪也流了三天。昏天暗地的。恍恍惚惚的。她在想"骡子"叔，想那个后生咋不来俺家提亲啊，想他怕是看不上自己? 想那肯定不是的，想他肯定是想到了自己家……

娘倒是不说啥，只是一个劲儿地默默地坐在床头，陪着自己，也不说话，一晌一晌地。但她分明听出了娘那疲累的心，在鼓着劲儿地蹦哒着，为闺女，也为自己委屈着。爹爹长一声短一声地哼着，唉着。娘烦了，骂道："嘬住，出去!"爹爹看看娘，看看菊妮儿，想再说啥，又咽了。扭着头，背着手，出去了。

三天后，菊妮儿嚯地起床，对娘说："妈，我答应"。娘一愣，娘儿俩抱在一起，娘忍不住哭出了声："闺女，咱认命吧，哎哎哎呕呕呕"。身子一抽一抽地。

菊妮说："娘,叫媒人来,我要对她说,迎亲时不用骑自行车,更不用那'嗵嗵嗵'的手扶拖拉机,要像娘一样骑着驴把自己打发了!"

娘边抹眼泪边说："中,中,这就去叫媒人。"

一直在家坐卧不安的丙申听媒人这么一说,高兴坏了:"嗨,我还当哩啥摘星星够月亮的条件哩,这好办,到时候挑生产队最大的那头驴。"回头又摇摇头自己问自己道,"这妮子咋会提个这条件?"他百思不得其解。

三

结婚前一天,丙申向饲养员借来了生产队的一头大叫驴。他把大叫驴喂得饱饱的,捋毛梳鬃,披红戴花,精心打扮一番后,大叫驴格外精神,很是排场。

结婚当天,菊妮儿也着实实现了坐着驴出嫁的愿望。坐在驴身上,她也实实在在体验到了母亲当年骑驴出嫁的感觉,稳稳当当,一晃一晃。唯一不满意的,就是新郎。唉,命也,认了吧。

娘家要说是不远,可每次回娘家,菊妮儿都要提出骑驴回。借一次两次倒没什么,可老是为这事借驴,连丙申都没法向队长开口了。菊妮儿不依不饶,丙申只好给队长和饲养员让烟破脸皮上。在饲养员面前吭吭哧哧地老半天,脸木生生地,很难为情,眼光盯着德民的脸色,生怕德民一不高兴给敦了。每每菊妮儿决定这几天要回娘家,老丙申就寝食难安,木着脸瘾症着,菊妮催他,他哼哼唧唧,说:"等等,等等。"去借驴让他实在不好意思。这次老丙申实在不愿再去张这个嘴,他在大门外抱着膀子转几圈又耷拉着脑袋回来了。菊妮儿边梳着头,边扭过脸问他道:"驴呢?"丙申哭腔着对菊妮说:"我哩好姑奶奶哩,咱借自行车中不中,你咋就认准骑驴回娘家了?那驴是队里哩,可不是咱家哩呀。"看看丙申也确实做难,菊妮儿所木梳往桌子上一扔,披头散发地说:"当初娶俺的时候恁是答应过的。答应的事儿就得认下。……不过,看你也怪做难,往后逢着过年回娘家骑驴,平素常里就改骑洋车吧!"丙申千恩万谢。

第二年春节,要回娘家,菊妮儿非骑驴不可。丙申也确实借来了驴。不过，这头驴可不是前几次的驴，换驴了。

晚上要回哩，喝了几杯高粱酒有点晕乎乎的丙申解缰绳解不开，埋怨驴不听话，他一解它一撑，他一解它一撑，便来了气，拿起炸鞭便抽打起来。打急了，驴"腾"地弹起后蹄，重重地踢向丙申，正好踢在蛋蛋上，痛得丙申眼冒金星，晕头转向。

老丈人和丈母娘出来一看趴在雪地上的丙申疼得龇牙咧嘴，汗珠直冒，连忙上前扶他，关切地问，"这是咋了？"同着老丈人和丈母娘的面丙申不好意思说的驴踢住蛋籽了，只好改口道："木事木事。"强打精神，蹶着腰，小碎步着牵上驴回了。

就在菊妮儿抱定了决心认了命准备和丙申生儿育女好好过日子的时候，可几年过去，自己的肚子，依然没有动静。

有时，丙申忙完后又急不可耐地算算日子，问菊妮有啥感觉，催着让她仔仔细细认认真真地感觉感觉有无异常。

"听出啥了冇？"

"好像有点一样。"

"去，哪回都说一样。可……实在不中，咱俩去许都医院查查。"

丙申住了手，愣在了那儿，头一歪，把脸埋在被窝里，哼哼唧唧，不想去。也不是不想去，他是害怕那次驴踢他一下给踢坏了。那次驴踢了一下，足足疼了十来天。连尿尿都疼得慌。

可恼的驴！如果一查是自己的事儿，这往后的日子可咋过？所以，丙申心里很矛盾。本来想着如果菊妮儿侥幸怀上了，以前的种种担心和怀疑也就烟消云散。但是几年了，却依然没见动静，看来十有八九是驴给踢坏了。不管怎样，是该去查查了。

到许都医院，两口子像偷人家一样鬼鬼祟祟地进了"生殖医学科"。经常见病号的医生看看两口子的样子很不以为然，大声问道："咋了？恁俩谁看？"

菊妮儿不好意思地低着头不说话，丙申被医生的大嗓门吓得一愣怔，他慌忙向门口看看，好在木门上拴着的弹簧自动把门给带上了，门是关着的，边赔着笑脸说："都看，都看，仔细查查。"

医生边问两人结婚多久，房事情况，例假情况，有啥不适等等，边在检查单上开些要检查的项目。开好后，先交给菊妮儿说："去，右拐一楼，把单子交上去。"

菊妮儿站着有点疑惑，医生看出来了，说："你自个儿的。"菊妮儿走了去。丙申趁机把自己被驴踢过的事儿给医生说了说。医生说："哦？那不好说是不是踢坏了，先查查精子质量情况再说。"丙申提心吊胆地拿上单子出去了。

检查完后，两人拿着结果去找医生。丙申低着头想了想，对站在门口的菊妮儿说，"你先进去吧，我憋得慌，想拉稀。"菊妮儿努努嘴，推开诊室的门进去了，扭回头，说："当紧的时候拉稀，滚！"丙申佯装蹴着腰"哎哟"着向厕所跑去了。其实，他是害怕真是被驴踢坏了，忐忑的心愈加不安了，一股丧气向他袭来。他强打精神问：

"木事吧。"

"嗯。"

"那，那你先去大门口等着我吧！"

丙申见菊妮儿走远，深吸一口气推开了诊室的门。

"医生，我，真是给驴踢坏了？"丙申弱弱地问。

"把单子给我。"

丙申递上化验单，满张符号他看不懂，就集中精力看着医生的脸，希望能从上面看出自己蛋籽的问题来。

"你的问题不是驴踢的问题，是天生单个隐睾的问题，根据你的情况来看，驴踢住的是前列腺，与这关系不大。隐睾加精子成活率低的问题。"

一听不是驴踢住的问题，说不定还能治，丙申扬着脸巴望着能从医生嘴里听到让他解除心焦的回话。

医生接着说的话，丙申似懂非懂地听懂着，一会儿工夫，他的心情被医生的话牵着经历了过山车似的起伏跌宕，冰火两重天。医生说："隐睾，也就是说睾丸隐藏在腹腔里，有双侧隐睾和单侧隐睾两种情况，幸运的你的情况是单侧隐睾"。

丙申还没来得及"幸运"状态里兴奋，就又被拍得鼻青脸肿，沮丧极了。"但是啊，就像有的人先天就是一个肾脏一样，照样好好地活着，一个睾也同样不影响性生活。不过，恰恰你这个睾丸是有毛病的，说白了就是精子成活率低的问题。所以，你们夫妻不孕不育的原因就在你这个睾丸上……"

丙申急了，问，"那，那有法儿摆治有？"

医生摇着头，丙申的心也被他摇碎了。"……发现隐睾是可以通过手术矫正的，最佳的手术年龄是在五岁前，所以……如果另一个睾丸是正常的也没问题，问题是你的另一个是有问题的。……如果用你的成活率不高的精子进行，怎么说呢，试管婴儿，也是能够要到孩子的。不过，这样的方法目前国际上还仅仅是在探索阶段，还没有相关成功的报道。理论上是可以的……你的情况基本上来说，是无药可救的！"

丙申彻底绝望了，呆呆地愣在了那里。在医生高喊"下一位！"的惊醒下，才心有不甘地挪出了门，蹲着在诊室门口，发起愣来。早料到是自己被驴踢了的问题，结果还真是冤枉了驴了，搞了半天是自个的问题。还不胜是驴踢坏了的好，那样好歪自己是无辜的，菊妮儿也会可怜同情自己。这倒好，原来自己的家伙天生就不顶用，怨谁？怨俺娘？怨谁都没用啊。丙申紧揪着自己的头发，心里涌出一阵阵的悲伤。

唉，都怪自己命不好，看来真要绝后了。他痛苦地站了起来，向大门走去。刚走两步，他停住了，心想：不中，不能让菊妮儿知道是自己的毛病，全推到驴身上，都怪你回娘家好骑驴，你也多少塌些愧歉。嗯，就这么定了。

菊妮儿在医院大门口等待着，时间一长，急了，不耐烦了。见到丙申过来，没好气地说："见个医生你都吓得，医生咋说？"

"驴踢坏了！"

"能治不？"

"能治个毛！"

"……"

回到家里，丙申不吃不喝，躺在床上痛苦地思考着，怎样才能有个下辈人？菊妮儿也确实为自己要求骑驴而觉着有愧歉，好生地伺候着他。丙申心想，自己的"种子"不行，得想个办法传宗接代呀，不然，那不成了"绝户"了。几天后，他横下了决心，作出了一个痛苦的决定。

四

那夜的月亮真大真圆，皎洁也明亮，初秋的夜晚清爽而不太寒凉。月光下，菊妮儿坐在院子里，抬头望月，看样子这是多么悠闲而恬静，其实，菊妮儿的心里正在激烈地翻腾着，如害了大病一般，脑袋沉沉的，四肢无力。一直直地呆着。

白天下干活地，当看到地块相连着的邻村老张犁过他们家的地足足有两犁宽，两家争地边儿有矛盾不是一回两回了，但如此越界实在是太张狂了。菊妮儿"腾"地一下就火了，她撅撅撅地追到地那头正在赶牲口犁地的老张理论。老张"吁"住了牲口，还没开口，正在犁后撒肥料的老张家里的老张婆便扔下荆篮冲到菊妮儿面前破口大骂。

多时的怨气聚集一起，使泼妇老张婆像疯子一样声嘶力竭地骂起来，越骂越恼，哪句伤人狠骂哪句。老张婆一蹦老高，指着菊妮儿的鼻子骂：

"恁一家儿都是赖种！……"

"俺忍恁不是一回两回啦！"

"恁亏心了，生不出儿子来，恁就是不下蛋的鸡。"

"……"

秋日的阳光金灿灿地照在菊妮儿的脸上，她像是被扒光衣服了一样暴晒在田野里，远处干农活的人虽然离她很远，但他们的目光好像无数支箭一样向她射过来。她被气得浑身上下哆嗦着，她拼命上前和那泼妇厮打在了一起。

那泼妇外号"大一发"，像备战路上有"轰轰"冒着黑烟跑着的柴油货车"大一发"一样敦实有劲，小巧玲珑的菊妮儿根本不是她的对手。只几下，便把菊妮儿压在了身下，恶狠狠地抽起菊妮儿来。菊妮儿又气又急，拼死反抗，却根本无济于事。

就在这时，发润叔从远处飞奔过来，像拎小鸡一样把"大一发"从菊妮身上拎了下来。他扶起躺在地上的菊妮儿，毫不客气地怼开一旁袖手旁观的老张来："张哥，这就是你的不对了，有事说事，有理说理，你不能恁惠恁家里的这样欺负俺嫂子啊。要打架，来吧，冲我来。"老张脸一红一面，也觉着自己的做法太过分了，像做错事的孩子一样不停地向他们赔不是。发润叔转身，抱上菊妮就走。

菊妮儿躺在发润的怀里，心呼呼呼地跳着，身子瑟瑟地抖着，气呼呼地喘着。大量的体力消耗，使她几乎要昏厥过去了。此时，"骡子"那宽大而雄壮的肩膀，有一种男子汉的体味，她像经受狂风暴雨的小船一样找到了安全的港湾，享受着这丙申从未给她带来过的安全和庇护。她流下了委屈而又感激的泪水。

周发润用架子车把她拉回家里，小心地把她扶到床上。知道情况的丙申抄起斧子要去找老张拼命，被"骡子"叔喝住："婓去了丙申哥，我已经把老张怼得站不住了，地边墒沟，他又重给犁回来了。"

丙申扔下斧头，抱着头蹲在地上，唉地长叹一声，不说话了。

秋虫啾啾，秋风轻拂，不时从谁家传来婴儿哭奶的童声，村庄月夜是如此的宁静而安详。丙申家里面，却仍被一早的窝囊气给笼罩着，很是萧瑟。丙申给菊妮儿端来了红糖水，坐在床头抽走闷烟来。他自知惭愧难当，还是趁趁摸摸地来劝慰他的女人。话，也不知从何说起，只好一个劲儿地劝她赶快把红糖水给喝了。

菊妮儿躺了一天，想想"大一发"那骂人的话，就又像刀子一般扎在她心上，她又是一阵阵寒心的悲凉。仿佛那骂声仍在蒙蒙的夜色中，忽隐忽现地狰狞着，面目可憎，鬼魅一般。她长叹一声，说："命啊，都是命，当初不是自己坚持要骑驴回娘家走亲戚，就不会让驴踢坏丙申的那东西，不踢坏丙申的那东西，就不会生不下儿子来，生不下儿子来就会让人家骂自己是'不下蛋的鸡'，生不下儿子来就会让全村人在背后指指点点，受人欺负……"想到这些，又嘤嘤地哭了起来。

多年的夫妻了，丙申很明白菊妮儿又在为啥而哭，他趁趁摸摸，结结巴巴地向她说也了他考虑了很久的想法。

他鼓起了勇气低着头吞吞吐吐把自己的主意向她小心地说着。话还没说完，就见菊妮儿的巴掌"啪"地扇在了他的脸上，直扇他眼冒金星，他一下子愣在了那儿。随后菊妮大声地骂道："滚！"

丙申捂着热辣辣的脸，退到了屋外，蹲在地上窝囊而又委屈地小声"呜呜"地哭起，边哭，边抽自己嘴巴子。

很久，当丙申回过头来，看到菊妮儿正站在他身后，他愣愣地站起，不知所措地看着她。

"你去对发润说吧，我，我愿意。"

云里面的月亮探出了头，月白月白的。照在丙申的脸上，木木的。"快去——"菊妮道。

五

"骡子"叔进城来办事。事毕准备往回折，猛然想起上午富贵家死驴的事，他站住了。"骡子"叔知道，菊妮嫂只是嘴上的劲儿，剥驴时他一提出卖给许都驴肉馆的念头，丙申哥那起明发亮的眼神已经明确告诉他了。一头死驴，收拾利净，许都白庙街驴肉馆的老曾还是热要哩。想到这，他一磨自行车把，向"老曾家驴肉馆"驶去。

"老曾家驴肉馆"，自兴个体开饭店以来，那生意可真叫一个红火。"骡子"叔结识饭店老曾，始于一次为村里老李头进城买木料。

老李头要盖新房，盖房子可是百年大计，大檩要用好木料。老李头儿怕买丢眼，只好找到"百事通""骡子"叔帮忙进城买木材。"骡子"叔拼兑木料能抵得上个"一级木匠"。选得木料让老李头十分满意，日近中午，老李头拉上他要去喝驴肉汤。木材公司在铁路货场旁边，铁路货场就在许都市最繁华的地段白庙街旁边。"老曾家驴肉汤"店就在白庙街正中间。在这吃驴肉的人时常要排老长的队。店门前一副对联着实有意思——

"天上龙肉凡人岂有口福，

人间驴肉神仙也想品尝。"

"骡子"边走边轻声地念着。行书写就，字体遒劲有力。最后落款：晁凌音。"噫，这可是许都专区有名的书法家啊，""骡子"回过头对老李头儿说。

老李头儿难掩心里高兴，说："发润，多亏你来了，多快好省，走，走，走，咱也吃'老曾家驴肉'。"

老李头儿不顾"骡子"的劝阻，要了两个大碗的。"老曾家驴肉"果然味道鲜香无比。两人吃得痛快淋漓，嗞嗞喽喽，那叫一个得劲儿。老李头去结账时，服务员小姑娘笑着说啥不收。说是老板交代了，不但不收钱，还说一会儿老板亲自要炒上拿手好菜请二位喝酒。弄得"骡子"和老李头儿你看看我我看看你，莫名其妙。

两人只好坐下，服务员又笑盈盈地倒上水，倒水时细指扶着杯子，弄得俩人赶紧也去扶上杯子。服务员倒后说："恁就先喝着水吧，老板忙了就来。"两人谢过服务员，小声地相互问着对方："你和老板有亲戚？"都没有。两人好生纳闷。就在两人正在苦思冥想的时候，一个胖敦敦的中年人，用大脑袋拱起布帘，胖胖的身体捷快地转动出来了，脖子里搭着毛巾，两手端着两盘热气腾腾的菜，笑哈哈地径直冲他俩走来。边走边冲"骡子"说："哎呀，侄乖子呀，没想到在这碰到你了，坐坐坐，咱爷儿俩可得好好喝两杯。"

这更让两人迷瞪了。你看我，我看看你，不知老板说的哪儿的话。

看到"骡子"他俩一脸迷茫，曾老板开口道："几年没见你不认得俺了，周侄乖儿。对了，你叫什么来着？"

"骡子"笑着说："老板，老板，我叫周发润，可，可，俺不认识你呀！"

"噫？对了，想起来了，你不是叫周青丰吗？咋改名了还？咋能说不认识呀，你不是濮阳城西十里周店村周少恩家的儿子吗？打小和恁家老掌柜都是老伙计了，还会弄错了不成？"

此话一出，周发润和老李头都怔住了。周发润曾听母亲说过，他们在古桥镇是个外来户，祖上是黄河北濮阳城西人，父亲叫周少康。听"周少恩"这名字和父亲的名字确实像是亲弟兄。

"叔啊，你可与周少恩有交情，现在还有联系没？你说的那个周青丰又是什么人？"周发润着急地追问。

曾老板也给弄迷糊了，瞪大了眼睛挠着头，说，不会吧。接下来，他们你一言我一语地这么一沟通，算是彻底弄清楚了来龙去脉：曾老板也是黄河北濮阳人，与周少恩情同手足。当年"骡子"叔的父亲叫周少康，正是周少恩的亲兄弟。

灾荒后过去，兄长周少恩回到老家生活，而病死在逃荒途中的周少康撇下老婆和刚出生的周发润流落到古桥镇。兄长周少恩一直打听不出来弟弟的消息，时间长了，这个心病一直未解。而他的儿子周青丰，也就是"骡子"

叔周发润的叔伯兄长，长得和"骡子"实在太像了。

当他们前来吃饭时，被正在后厨忙着的老曾看到，他把"骡子"当成了周青丰，故而，兴奋地交待服务员，不收他俩人的钱，让他们等着他。没有想到歪打正着，在这里找到了老伙计的亲侄子。

弄清楚了当中的谜团，"骡子"叔激动之情溢于言表，他端起酒杯，"干！"咕咚一口，这杯酒终于是他如释重负，总算认祖归宗。酒喝下去，泪流下来。他低下头，禁不住哽咽起来。

曾老板和老李头相互看看，拍拍他异口同声地说，应该高兴呀孩子，"骡子"叔当然知道，他这是高兴的了。三人再次举杯，"干！"

当天，他们聊了很久。问及老家人的近况，曾老板说："说起话长，恁家祖上有秘制驴肉的方子，所做的驴肉色香味可谓三绝。随着个体经营的放开，恁大伯又重新把祖传秘方发扬光大，在当地开起了驴肉馆，那生意好得不得了。

"念起我和恁大伯交情不赖，少恩哥将配料工艺传授于我。咱当然也是懂得一些道理的人，不能在当地开同样的饭馆给少恩哥争生意，也就来到了许都城盘下了这个饭馆，生意果然是好得不得了。真要感谢少恩哥啊……"

"骡子"来到"老曾家驴肉馆"，见着曾叔，把富贵家的驴的事对他说了说，问曾叔要不要。曾老板说："侄乖子，莫说是一头，就是十头八头，只要是侄乖子的，只管弄来。"并追问"骡子"叔道："迁回老家的事，侄乖子考虑得咋样了？我可是捎信给恁大伯俺少恩哥了，恁伯可是盼着你早点回老家去哩。"

"叔，让我好好想想，知道了亲人的下落，回去是迟早的事，我这边有些事情，还是要妥善处理处理。"

曾老板回道："侄乖子，在这让你耽搁了，也没个家小，还有啥牵挂？我已经给你找上了个对象，人家可等着回话里，就等你吐口了。"

"叔，谢谢你啦，对象的事，你还是先给人家辞了吧，我……""骡子"叔顿了顿，说："我今个是说驴肉的事哩。"

曾老板猜不透他的心事，又不便追问，只爽快回道："驴肉的事那都不是事，好说。听你说那驴买的时候花了八百元，好，照买价回收中不中。"

老丙申看到桌子上厚厚的八十张十元的一沓子钱，禁不住蹴过去一大把抓到手里，欢喜地蹲下，啐口吐沫，一张一张小心地数起来。

菊妮儿努努嘴，白他一眼。他的注意力全在手里的钱上，根本没看见。菊妮儿起身端起茶瓶给"骡子"倒水，把杯子和茶瓶端到小桌上，又转身去拉开当门堂桌上的抽屉，要找里面藏放了很久的茶叶。

"骡子"嗫嚅道："菊妮儿，妮儿——"拉了较长的"妮儿"后，看看一旁的老丙申，又后缀道："妮儿嫂，嫑忙了，我，我来是给恁商量点事。……自从在许都'老曾家驴肉'馆打听到了老家里的信儿来，这几年我一直在考虑着，我，我准备回祖籍哩。"

菊妮儿咯噔一下住了手，愣在了那里。老丙申忘记了数钱，呆在了那儿，很快，老丙申缓过神来，这个消息对他来说太好了，悬着的心终于可以放下来了。多少个不眠之夜，一想起这事，丙申心里就隔应得难受，"骡子"的存在一直是自己的一块心病。当年也正是考虑着周发润是个单身汉，又是个外来户，听说他要是打听到老家的消息，就会迁走。这么久了，迟迟不见周发润找到家人的消息，迁走更是遥遥无期。

当年初秋的那个晚上，当丙申跪在发润面前，难为情地痛哭流涕地向发润说出向他的想法时，着实让发润惊得目瞪口呆。

发润感觉这简直太荒唐太愚昧，他无论如何也不会答应，他感觉，这简直是不能容忍的丑事。丙申哥和菊妮儿嫂简直是疯了吧，且不说这样做是对自己的侮辱，那么善良和漂亮的菊妮儿嫂怎么就同意丙申哥这愚昧的想法？以后怎样在村上生活？将来怎样面对孩子？想到这些，他断然拒绝了丙申哥荒唐的要求。

这件事儿一说，让周发润再见到两口子浑身都不得劲儿。有时和菊妮儿嫂子走碰头，他的脸会尴尬地红起。菊妮儿嫂更是把头勾得低低的。有羞愧，有难为情。

发润想对她解释两句，只见菊妮儿嫂子扭着头哀怨地小声说："嫑说了，咱配不上你，叫你笑话了，丢死人了。都怪俺命不好。"羞羞地跑了。一听这话，发润知道菊妮儿嫂子误会了，不是他不配她，而是他认为自己不配漂亮而又朴实的她。

那天晚上，丙申在菊妮的催促下，跺了跺脚，他去叫上发润去家里喝酒。发润想，也的确需要找个机会坐在一起好好地说说，就答应了下来。

菊妮儿嫂精心炒了几个菜，茶水安置好后，回里屋去了。发润和丙申坐着喝酒，两个人都心里有事，却不好意思开口说这事。喝着喝着，多了，当发润迷迷糊糊地被丙申推到里屋，他一下子清醒了，转身向外要走，却发现大门被丙申在外面锁上了。

正当他要小声喊丙申哥开门时，菊妮儿嫂子从里屋走了出来。她红着脸对屋外的丙申说，"发润兄弟看不上俺，让他走，牵牛不喝水强按头。"

门外没有一点动静，月白月白的月亮静静地挂在天上。丙申早跑到村外的河堤上，痛苦地坐着抽闷烟去了。

发润迷迷糊糊感觉到，菊妮儿嫂子完全误会自己了。他壮着胆子，一把将菊妮儿拉住，含含糊糊地要向她解释。当两人连在一起时，瞬间地，所有的一切全部崩溃了，菊妮的体味让人迷糊，那是激情的味道，很醇香，很浓烈，很让人亢奋，翻江倒海。……窗外月白风清，可俩人的世界却昏天暗地，风狂雨暴，电闪雷鸣。

他们就这样尴尬地生活着，别别扭扭地过着。老丙申曾痛恨自己是混蛋，做出这样的决定来，从有时菊妮儿那里无端地冲他发出的莫名其妙的火来，就让他知道，菊妮儿的心，再也回不来了。

有时，见不到菊妮儿的影踪，他会坐在院子呆呆地幻想着她和周发润正在某个背人的地方搂在一起，他不敢往下想下去，他嘴里"噫唏"着抽自己的嘴巴，觉着实在太窝囊，自作自受……

丙申住了手，看看"骡子"，又看看菊妮儿。他不太肯定却又极其希望这是真的，脸上表情在做着复杂的变化。等了会儿，他将疑着对"骡子"说："兄弟，打听清楚了？多咱回？……那这八百块钱你拿上，不，再给你添添，凑个整数，给你一千块。回到老家要置办物件，少不了要花钱！这钱你说啥都要拿上。恁哥我和恁嫂子感谢你……"他有点大喜过望地说着，"叭嚓！"茶叶盒子掉到地上的响声打断了他。

菊妮儿对于这突如其来的消息有点吃惊和慌乱，不自觉地一抖，茶叶盒子掉在了地上。她怔过来，意识到了自己的失态，急急地俯下身子去捡茶叶盒子。她长长换上一口气，平复一下自己失态的情绪，不由自主地说："还是来了。"

周发润站起身，也慌乱地帮着把茶水倒上。三个人沉默着，时间似乎在这里止住了，如一带白生生的粗布，裹缠着他们，让人喘不过气来。最后，"骡子"叔打破窘境，说，我一个人，也没啥收拾的，家里的东西也值不了几个钱，带也不好带，那边都挺好的，带回也用不上，丙申哥，你得空儿把它拉回来就是了。钱，我用不上，留着恁花吧。富贵，那孩子……"

一说到富贵，丙申紧张得不得了，手中的烟猛地抖了一下，烟灰随着掉在了脚上，掉下的烟灰的最后一股儿余烟在他脚上摇摆着升起。丙申的心提到了嗓子眼儿。直直地望着发润。"骡子"叔停了停接着说："富贵那孩子有点淘，顽皮，恁多照护着吧……"

"那是，那是，一定，一定！"丙申慌张地回答，仿佛孩子是偷发润的一样，有点理亏似的。

菊妮儿低着头一直摆弄着手指，她心情慌乱，不知如何应对。感觉自己好像飘走了，越飘越高，恍恍惚惚。

最终，发润站起要走，两人怔怔地坐着，直到发润将出大门，丙申才癔症过来，拿上那八百元钱撵上去，要塞给发润，"兄弟，拿上，拿上。"两人争让一番，钱散落了一地，发润趁机闪出了大门。发润叔眼里酸酸的，刚才的一切还有那钱，让他感到自己好像是在卖东西，而这种交易一开始就是不对等的。不是你情我愿的公平买卖，而是无形的手摁着他和他的心上人在做一种让人难受的强买强卖。他很作心，感到很委屈，很懊恼。他狠狠地跺了跺脚，把脚跟跺得，生痛生痛的。心更痛，他难受的是似乎不管怎样也无法摆脱这种规则一样。他不明白的是，这就是命运弄人，把本来人生中很纯洁很甜美的情感，硬生生地摆弄成了如此尴尬的东西。在这个变了道的进程中，每个人似乎都不得已被向前推着走，而无论怎样也回不了头。

菊妮儿在屋里大声喊："啥时动身？"

发润头也不回地答道："后天。"

菊妮儿强坐在那里，像一尊雕塑。丙申看看菊妮儿，又看看走远的"骡子",犹豫着走了几个来回,最后站在门口,踮着脚,卷着双手作喇叭状,大声却音低地喊道:"到时俺三口去送送你——!"

六

两天后,周发润收拾好了东西,在众多来向他告别乡亲父老中,他目光不停地寻找着,可,让他很失望的是,没有他牵挂着的人。在人群的最外边,只有老丙申蹲在那里抽闷烟。

最终,周发润扛上行李,向老少爷们儿辞别。出了村庄,他一步三回头地走着。这里,毕竟是生他养他的地方,而且,还有他的爱人和骨肉啊!对他来说,这里有着太多思念和牵挂。

离村很远很远,过了青溪河,他隐约听到了熟悉的喊声。他回头张望,看到河对岸上菊妮儿和富贵站在高高的丘岗上,向他不停地挥着手。远处似乎传来了若隐若现的童音呼唤着:"爹——!"

周发润泪流满面……

12　六分半田

二成蹲在走廊里，看看明光光的日头已经悄无声地升过了房脊，心里多少有点着急。等人办事时老是觉着时间过得慢，像蜗牛爬一样。

秋天的日头金灿灿的，格外明朗。阳光洒在旷大的院子里，铺了一地的金黄。全乡的政治中心自然有其浓重的氛围，楼前中间的不锈钢旗杆白亮亮的，红旗慢卷着微风，不疾不徐，像是随时为下一次猛烈的飘扬积蓄着力量。院门两侧挂了白底黑字的牌子，庄严得让人生畏。宣传标牌上方正的字体红得像一团团火，从形式和内容上都呈现着饱满的热情。立场坚定，毫不动摇。公示栏贴满了红头文件和攻坚扶贫的动态报告，哪哪村贫困户致贫原因，包户人员，扶贫措施等等，工作人员考核评定也在其中。二成背着手看了几遍。真是不容易呀，二成想，合着乡政府这些人都不是吃闲饭的啊。

让二成印象最深的是，公示的一位领导的名字，叫水平。二成想，一定是姓水叫平，选拔的干部能没水平吗。还有下面的检举号码，139打头，尾号四个8，炸弹号，好记。二成笑了笑。

一群麻雀在欢呼雀跃，叽叽喳喳。街面上有人急着上大院的公厕，匆匆蹶着腰小跑着，二成就想笑——嘻，准憋得不轻。麻雀惊得訇然飞到树梢上。二成暗骂自己，还有心笑别人哩？

时候是不早了，该上班了吧。别人来不来不当紧，那个陈主任可千万别有事儿不来，停了生意专门跑回来找他办事儿哩，可别让自己扑个空。陈主任，叫陈啥来着？二成挠挠头，对了，好像是叫陈军成。嗯，管他呢，见面是称呼，不见面是鳖呼，见到人家只管叫陈主任就好。这是大事儿。

二成抽出胳膊肘窝里夹着的土地确权证，农信社的种粮补贴存折，又看了一遍。合上。心想：咋还不来上班哩？真是掐着点儿哩？

二成是接到大成的电话才急毛火燎地跑回来的。

早上五点多钟，二成已经从市场批回来了一面包车的桔子。桔子不错，色正味鲜。二成并不听老板自夸，随机抽取了几只，剥开尝了尝，说，批上一千斤。

二成两口子当小贩儿已经有些年头了，和城管打游击，走街串巷提心吊胆的，风刮日晒饥一餐饱一顿的。儿子早就吵着不让他俩干了，可二成瞪着眼说："就恁爹这小豺狗身板，掂起一绺条儿，蹲那儿一铺塌儿，去工地没人要，去坐办公室就是公家要，我也有那鳖成色啊。自打从老家出来卖菜开始，我就着自己就是个小贩的命……"

当小贩不但供儿子读完了大学，还买了房，虽说只是七十多平方的二手房。二成看中的是带个小院儿。没院子的楼层他看不上，觉着那不是房子，是笼子。有个院儿好，接地气，还能停得下三轮车儿。

刚把桔子从面包车倒腾到三轮车上，大成的电话打来了。

大成说："二成啊，'大舌头'都在大喇叭上吆喝两三天了，那货讲话呜呜啦啦的也不太清，昨儿个打咱门口过，我才问明白了，他说土地确权哩，上次确权没确上的、漏确上的，都要报到乡里去。他还说半亩以下小小不然的就算了，半亩以上的可得报，今儿个是最后一天。我顶不真村北头你那点猪啃地有多少，该报不该报，加上天也晚了，就没给你打电话。今早上想想还是得给你说说。"

二成说："哥，你没问他确权不确权有啥（利害）？"

大成说："呃，这倒没问。大舌头说上报时得带上确权证和种粮补贴折子，可能以后按这发种粮补贴款哩？兴许是？"

二成一听有点急了，这六分半田得确上。二成又有点生大成的气，咋不早打电话？于是埋怨道："哥，我不是说你哩，那么大的事儿也不早点吱一声。我又不是国务院总理，日理万机，没空儿接电话！你这没成色兄弟就是搁城里要饭哩，那地可是命根子，得确上权。我马上就回去。"

大成觉着有点理短，也不争理儿，遂交待二成道："那啥，孙文书说了，可要忘带确权证和种粮补贴折子，要再往老家拐了，耽误事儿，直接去乡里找陈军成陈主任。"

二成放下手中的活儿慌里慌张地往屋里跑，家里的骂道："你哥打个电话你慌里像拾炮仗一样，多上心。"

二成骂道："娘们儿家懂个啥，咱村北头的那六分半地，上回漏了，这次得确上，有补贴哩。"

二成换了衣裳从屋里出来，趿着鞋边走边束着腰带。二成家的停了手里的活儿给他翻好掖着的领子，说："憂慌，带上点钱。"二成说："带着呢。"家里的问："桔子咋弄？"二成看看分好车的桔子说："这东西一时半会儿坏不了，你先卖着，顶多折损点秤。对了，给我装上几兜，捎上。"

二成开着灰头土脸的破面包，呜呜叫地往乡里赶，好在古桥村离城里不远，二成赶到时还早。

正当二成嘟囔着想骂人时，工作人员齐涌般地来了。电动车、小汽车纷纷开到了大院内，大家有说有笑，你呼他应，引擎的"日日"声，电动车"叽叽"的报警声，纷至沓来，乡大院热闹起来。二成竟有点慌了，哪个是陈主任啊。

二成忙找人打听，别人指给了他。二成顺着看去，远远地，一个穿深色公务夹克衫的矮胖子正要下车，边关车门边接电话。

二成还没跑过去，先把笑脸撑开等着，陈主任嗯嗯啊啊地接电话，嗯嗯啊啊的破腔口像他那脖子一样粗壮。公务夹克衫把肚子兜得圆圆大大的，憋得楞怔着。二成给他让烟，陈主任瞟了他一眼，没接。二成不好意思地一旁等着。陈主任接完电话，二成凑上去想搭话，陈主任又上车把车发动着了。二成慌了，就隔着车窗喊，陈主任陈主任，我找你有事儿啊。二成拿出确权证和折子晃着说："俺叫二成。"想想自己不是啥知名人物，又说，"西后村的二成，大成他兄弟。"想想哥哥的大名也没几个人知道，便把文书的大名报了出来，"孙文书孙'大舌头'村的！"看看陈主任还是一脸木然。

陈主任摇下车窗，说："哦，你说弄啥哩不就完事了嘛。"

二成嘿嘿笑笑又让烟道："确权哩，确权哩，我的六分半田漏报了，孙文书说让来找你哩。"

陈主任轰了轰油门，啤酒肚顶得他讲话时上气不接下气，二成真替他捏把汗，担心驾驶室狭小的空间能把他窝死。陈主任扭过头说："哦，是这事儿啊，现在都要讲纪律讲规矩，东西你都带着哩不假，我也看到了。"二成又把手里的确权证和折子往陈主任眼前递了递。陈主任还是没看，回口气接着说："那得让村干部来一趟签个字，到时被人告到领导那儿，说我和村民一起合伙弄虚作假，你说得清楚？"陈主任边倒车边又道，"你有啥事儿先等等，我得赶紧回县里，有比你还急的事儿要办。回来再说。"

二成慌了，怕他是往县里报确权名单哩，撵着说："叫俺等着也中，那名单可先别往上报啊，俺的还没确上哩。"陈主任又看他一眼，也不说话，加了油蹿了出去。二成喊道："那啥，陈主任，你啥时候回来啊？"陈主任回了声二成也没听清，愣愣地站在了那儿。二成心想：人家干部的事儿大，那就等着吧。真不顺。

二成就在刚才的停车位旁边的道沿子上坐下，硬等着。乡大院趋于平静，和往常一样有序地运转着。等人本来心里就急，其间二成家的打电话问事儿办好了没，二成恶气没地儿撒，逮着老婆吵了一顿："等着呢等着呢，我又不是县长，得先紧着人家干部的事儿办。"

秋日暖阳，晒得二成有点燥，看看日头，心里越发焦急。工作人员陆陆续续都下班了，二成心里毛了。这都晌午趄了，咋弄？肚子咕咕地响，他着实饿了，看看街面上大奎的饭店，得先去吃饭。大奎他姑是自己的妗子哩，论起来还是老表哩，他也算是街面上光棍，平时进城买菜常和自己碰面，喷哩怪得劲儿，兴许能帮上忙。呃，咋没早想到这一点？二成顿时来了精神。

二成想，好歹也算是窜亲戚，不能空着手。他从车里提出袋桔子，掂了掂，还行。

二成走进门，一股烟味酒味饭香汗臭味杂糅着向他扑来。大厅里的小桌上是吃剩下的碟碟盘盘和残羹冷炙，地下到处是烟头儿，用过的餐纸和吐出的骨头，喝完的酒瓶东倒西歪。服务员在收拾着剩下的狼藉。还有人在嗞嗞喽喽地扒拉着吃饭，有几个人为结账拉拉扯扯瞪眼梗脖粗声吵闹。老板大奎咧着大嘴在巴台后嘀嘀地点着计算器。二成给大奎打招呼，大奎抬头一看，愣了一下，立刻堆起笑脸像八辈子没见过二成一样，高声喊道："哟，城里的老表回来了？"摆着头让服务员领二成先去雅间，说他忙完就来。

一会儿，大奎进来了。寒暄之后，二成把事由给大奎说了说。没想到大奎说："哟，巧了，陈主任早就回来了，正和俺干亲'赵大脸'楼上喝茶说事儿，估计一会儿就下来吃饭。到时我给他说一声，都不算个事儿。"

二成一听心里暗骂：啥去县里办公务呀，原来早回来躲这儿享受哩呀。不管怎样撞得算巧，正好逮着把事儿办了。他忙不迭地说："老表老表，你安排得劲儿，这顿饭我请，上好酒。"

大奎眼珠一转，拍拍二成道："城里混就是会来事儿。好嘞"。

一会儿，大奎领着陈主任"赵大脸"进了房间，二成听到响动连忙站起，大奎走在前面哈哈笑着给陈主任介绍说："咱中午吃顿便饭，顺带让陈主任联系一下群众，西后村二成，俺亲老表，也认识一下陈主任，呵呵呵。"

陈主任抬眼看了一下二成，二成拘束得不好意思起来，忙陪上笑脸，说："陈主任好，老表，老表，俺和大奎是老表，嘿嘿。"陈主任只哦了声，迟疑了下，又看了看身后的"赵大脸"，"赵大脸"很勉强地点了点头，他也就坐了下来。

二成别扭地随后坐下，觉着刚才大奎的话说得有毛病，本来是他请客的，反倒像是他沾大奎和"赵大脸"的光来蹭饭一样。又想，人家干部会稀罕咱的一顿饭？兴许大奎这样说好圆场。算了，只要事办了，搁不住计较。

"赵大脸"挨着陈主任坐下。两人像是还没从他们的话题里走出来，一脸的深沉。

二成忙让烟，陈主任还是不接。不过倒是说了句谢谢。随后他从兜里掏出一盒细条烟，独个抽出一支。拿着烟示意二成道："我抽这，别的抽不惯。""赵大脸"接住了烟，二成总算有个台阶下，坐下不吭声。

陈主任和"赵大脸"又窃窃私语几句，二成只听到什么高铁、砂子、账款等。声音太小，也没听个囫囵。

二成偷偷看看"赵大脸"，虽然与他挂面认识，但不太熟，今天一看，脸也不大啊。二成暗笑，面子大不大和脸大不大没关系，人家是街面儿上的光棍，那脸面自然大了去了。

随后，"赵大脸"给陈主任撕开一套包装着的餐具说，喝酒不说事儿，来来来，吃饭。陈主任意识到了刚才二成的难堪，又回过头来说："这就对了嘛，现在都要讲纪律讲规矩，东西我也看到了，有大奎在哩，下午让他在证明上添上名，不然，到时被人告到领导那儿，说我和村民一起合伙弄虚作假，你说得清楚?"

大奎忙站起身来，边倒酒边说："中中中，错不了事儿。"

陈主任说："中午不喝酒，这是规定，要喝你们几个喝吧。"二成注意到，公务夹克衫被他的大肚子给撑得敞开了，二成倒是觉着浑身都松散了，长长地舒了一口气。

二成开着车本不想喝酒，大奎一再劝，觉着自己请客不喝有点装，也就喝上了。

这顿饭吃得别别扭扭的，二成试了几次都无法融入，只好变着法地跟老表二敌。二成的小酒量哪会是对手？一会儿便晕乎乎的了。

饭罢，二成去结账，大奎假意让了让，说："饭钱三百八十元，两瓶酒钱二百八十元，两条细条烟三百六十元，连酒带烟共一千零二十元，凑个整，一千元妥了。"二成吃了一惊，烟明明是上了两盒，咋成了两条？大奎看出了他的疑虑，从抽屉里拿出两整条烟来，又用黑塑料袋子包上，示意二成道："吃顿饭算啥？你那烂烟陈主任不抽，快，这个给他送去。别想着我铺排你啦，我办事向来不会扣扣搜搜的。"晕乎乎的二成被弄得好像自己多不会来事儿一样，赶紧付了钱，一摇三晃地急忙忙追了出去……

二成醒来已经是第二天的半晌了。二成是被老婆骂醒的。

……那六分半田种的甜瓜熟了，二成和大成在瓜庵里吃瓜，真甜啊。大成说，这地真是块宝啊，你种辣的，它长出辣的，你种甜的，就长出甜的，神不？二成想想还真是哩……哥俩赶城去卖瓜，装了满满的一大车。大成驾辕二成跑边儿。来到城里，城里人争着抢着买瓜。大成秤瓜二成收钱，手提包里塞满了票子，哥俩那个高兴啊。正卖得起劲儿时，二成家的呼哧呼哧地喘着粗气，胸口激烈地起伏着，脸庞都变了形，浑身哆嗦着叉着腰破口大骂。骂他没成色，正出正入地办个事儿还旷花千把块钱。千把块钱挣哩容易吗？风刮日晒的。这还不算，一车桔子烂完了。二成赶紧扒开雨布去看，酸臭烂腐味儿顶嗓子地扑向他，熏得他直往外哕……

二成想哭。原来是做了一个梦。

大成连忙给他了杯水，边递给他水边捶拍他的后背，说："你都喝多少酒啊，二杆子着很喝哩？我去接你时都成了一堆泥了。"

二成接过水杯，漱漱口吐到门外，又咕咕咚咚地喝下去，骂道："啥好酒，弄不好是假酒，啊呸！他先人。"

大成摇摇头说："早听说咱乡境内的高铁工程有他们合伙的生意，这事儿顶不真，不好说。那胡大奎精滑精滑的，外号狐狸精，不坑你坑谁？"

二成想想吃饭时的情形，骂了句："真冤！"大成劝他，好歹确上了，也不孬。

二成洗了脸，肚子里还是烧心，又上厕所用手往喉咙眼儿里抃了抃，泼场一样，哗哗啦啦地吐出些酸水来，才好受点。想想家里的一车桔子，坐不住了，得赶紧回去。

刚出门，碰上大嫂。大嫂说："听邻居说，要确权的都是大田地，原先的自留地那是各自家的私田，不是公家的，要是确上了权，到期后公家按承包田都得收回了。要是那样，二成，咱可就吃亏了，到时候连块自留地都没了。"

二成一下子急头怪脑起来，娘的，跑着花钱请人把六分半田确上权倒办了个倒上桥的事儿！这可咋办？

愣了会儿问道："嫂子，别人家都确了没有？"

嫂子说："'大舌头'不是吙喝着说是五分地以下的，小小不然的就别报了。我听说有的比你那六分半还多哩都没往上报，瞒着哩。"

二成想了想，还得找大奎。他拉开车门，发动起车猛轰油门，冲了出去。大成在后头喊："你酒劲儿还没过，甭开车了，骑电车去吧。"二成回道："顾不得了。"

大奎看到二成急头怪脑地冲了过来，心里咯噔一下子。当二成把话一说，大奎绷着的脸立刻绽开了笑容。"我当是啥事儿哩，就这？你这货也是，昨个儿还破死拉命地求着让确上权哩，过了一天咋可变了？不就六分半地嘛？再给陈主任打个电话的事儿不就完了？"

大奎边说边掏出手机给陈主任打电话，手夸张得举得高高的，顿一下放到耳朵边。二成一旁站着，心里那个急啊。

大奎打完电话，回头说："晚了，已经报上了。"看二成发急，大奎道，"不就几分田嘛，你都是城里人了，还在乎这？"

二成觉着大奎在玩他，怒吼道："你懂个屁！要是去趟美国那还成美国人了？不怕你笑话，我在城里也就是个要饭的，城里人的社保医保咱连个毛尾气儿都沾不上。那地，可是命根子啊!"骂罢，气汹汹地扭头走了。

大奎难堪地被二成撂到了那儿，只好自己找个台阶下，红着脸朝着二成的背影喊道:"咋还吃屁不承情了?你想着乡政府是恁家开的呀，想咋就咋?……再备些礼我叫上俺干亲一块儿去找主任给说说看中不中?'赵大脸'比我的脸大，兴许能弄成。"

二成"哐"地关上车门，嗞啦啦发动起车，暗骂道:奶奶的，平时喷哩怪得，老表老表地叫得怪甜，一打交道才知道不是个东西。"兴许能弄成"，还想诓我哩。怒火烧得他头大，他狠狠地"嗞啦"一声挂上档，娘那脚爱咋咋地吧。一轰油门，呜地冲了出去。

回到城里，老婆白二成一眼，也不搭理他，自顾自地在院子里，一边倒腾着桔子，一边嘴里嘟嘟囔囔地骂着，既是骂桔子也是骂二成，指桑骂槐。二成既气又恼，浑身直发抖，一会儿坐下，一会儿又站起，六分半田像被人抢了去似的，想狠揍谁一顿可那些人却不知所踪。二成向门口的小马扎狠狠地踢去，铁撑子弹得他趾头钻心地疼。二成哎哎哟哟地抱着脚，心想:非把这口窝囊气出出来不中。想来想去，归根结底，都怨这个陈主任。你吃了我的饭，接了我的烟，往上面说一下弄错了，把名单划掉不就中了?要是他和"赵大脸"他们的事儿他会不办?真他娘的赖种!规矩守得像他的夹克衫一样紧，都是他妈的做给别人看的，在"赵大脸"他们自己人面前，那拉锁不是也会拉开?想到乡政府公示栏的举报电话，二成陡然有了主意——打电话举报这货。对了，举报电话还记着呢，139打头，中间是区号，尾号四个8，好记。那领导的名字也记得，叫水平。二成掏出手机，要拨号，却又止住了。心想，人家可是县干部，自己笨嘴拙舌地说不成个话囫囵，说错了可就收不回来了啊。二成难为住了。

二成想了又想，对了，还是写举报信合适，写错了能改改，改好了再寄出去。二成为自己能想出这么个主意激动不已。他连忙从抽屉里找来儿子以前的作业本，又翻出一支笔来，把本子铺好，朝着笔尖呵呵气，甩甩，先在手背上划划，还显，于是坐下来想了想，写道:"亲爱的领导"，不对，二成自己都笑了，想，亲爱的是写情书用的词，应该是"敬爱的领导"，也不对，应该是"尊敬的领导"。换张纸接着写:"……我是古桥村西后的孙二成，我正（郑）重地举报古桥乡政府领导干部陈军成陈主人（任）。他受贿……"写到这儿，二成停住了，想，连烟带酒加饭钱拢共千把元，够不上受贿吧，那咋举报？写他和"赵大脸"胡大奎合伙做生意？不中，只是自己哥这么一说，没个真凭实据，不能乱给人家安罪名。又挠了挠头想了想，避着不利于自己的，拣着能说得通的，接着写："……他工作作风不端正，工作态度不认真，上班时间开小差，出去喝茶办私事儿……利用手中的权利吃拿卡要，接受我的吃请，收了我两条烟……性质恶劣，影响极坏，请上级领导就（揪）出这个混入党员干部队伍中的败类……"

写完，二成又改了几遍。看新闻里面"拍苍蝇""打老虎"的新名词就挺不错，觉着这些词语实在是形象生动，用到这里真恰当。更让他得意的是，他也能把它上升到讲政治的高度——性质多严重啊，够你陈军成喝一壶的了。呵呵，不错不错！

二成又工工整整地誊了一遍，折好，急匆匆地跑了出去。

一个月后，大成进城，办完事儿绕到二成这儿。哥俩聊了起来。

大成说："可了不得了，咱乡干部收拾起来好几个，就有那个陈军成陈主任。"

二成一听，一下子从三轮上跳了下来。连珠炮般地追问道："他们犯哩啥事儿？是行贿受贿嘞？是有人写信举报他们才查出来的嘞？"

大成说："还真不是这事儿，据说是勾结黑恶势力，充当黑社会保护伞，参与高铁等项目工程，强买强卖，以次充好……陈主任只是个小苍蝇，好像'赵大脸'也抓起来了。"

二成"啊"地一声，吃了一惊。又忙问："咱那个腌臜老表，啊呸！胡大奎抓起来了没有？是不是纪委从举报信入手查的？"

大成说："胡大奎抓起来两天又放出来了，好像他没咋参与，事儿小。……肯定有人举报了的，实底儿咱还真不知道，嘿嘿。"

二成心里暗自得意，看来自己的举报信不仅让自己解了恨，还挖出了一窝坏蛋，立了大功，陡然觉着自己像个打黑除恶为民除害的英雄一样，自豪感满满的。就是便宜了那个大奎了。哈哈哈一阵大笑后，二成心里又隐隐地有点不得劲儿，心想：是不是过了点？

几天后的一个晚上，二成吃过晚饭上街溜达，边溜达边哼着莫名其妙的小曲儿。六分半田的事儿，他已经不那么上心了，听天由命吧，该抓的人也都抓起来了，自己的恶气也出了，确上权确不上的，无所谓了。

大门口处，门卫室的桌子上，散乱地扔着快递和好久没人取的信件。一封熟悉的信引起了他的注意，二成拿起一看，惊愕得下巴都快掉了下来。这不是自己寄出去的信吗？又反过来正过去看了又看，真是。

二成怔了一会儿，淡淡地骂了一声随手把信件撕了个粉碎，用力向空中抛去。

纸片在风中凌乱地翻转着，散开了去。

13 枣 核

一

据说，人要是倒霉的时候，喝口凉水都塞牙。这几天遇到了倒霉的事儿，让我想起了"据说"。喝水的时候还故意试了试，我扬着脸绷着嘴，咕咕噜噜倒腾了好一阵子，等到不那么烫嘴了，细细地品了品，好像不是那回事儿。只好咕咚一口，咽了。没塞着牙，倒是呛着了。倒霉的事儿让人很窝心。前几天我还是农兴行古桥镇分理处的主任，切！也就是别人不知道级别而恭维地尊称的"行长"，一纸文件下来，我便被边缘化了，成了闲差中的一员——值班看金库。说白了，也就是在编的保安。当然，这只是临时性的，和院里正在扫地的老崔哥是不一样的。想到这儿，我心里暗自笑笑，释然了许多。

天还没亮，老崔就开始打扫院子了。平时习惯的响声，现在感觉很刺耳。他人一向很勤快，一大早的，就忙了起来，拿着大扫帚"沙沙"地扫着。随后，又"哗哗"地洒水。响声吵醒了我。本来我早就醒了，一看天还早，就又躺在值班室的沙发上眯着眼睛睡回笼觉，还真就睡着了。老崔哥弄出这些响动来，这一下又醒了。我起身想喊住他，先到卫生间撒了泡尿，隔窗看了看他正起劲儿地俯身干活儿，愣了愣。尿是尿完了，话也没了。我苦笑一下，呵呵，算了。

老崔哥大名叫崔水元，今年有五十多岁，在这干保安已经有一年多了，是通过内勤主任"阿庆嫂"的关系来的。他黑红脸，稀黄胡子，三两根鼻毛老是从鼻孔蹿出来，让人感觉很不舒服，而他倒根本不觉得不得劲，逢人即绽开笑脸，可有意思。还别说，要是年轻几岁，还真和央视的"崔永元"有点像。我们常开他玩笑，说："你差一点就成央视名嘴崔永元了。"老崔哥笑笑，说："可惜我比他差的可不是一点，是十万八千里！嘿嘿。"

我正干得滋润的"行长"给撤了，撤职倒不是很窝囊，窝囊的是撤职的理由。不舒服就不舒服吧，谁让我喝了点酒在全行大会上口无遮拦，当着领导的面发一通牢骚呢？其实，这种牢骚是基层行"行长"都窝了一肚子的，他们都忍着不敢说，而偏偏我喝点酒嘟嘟囔囔地说了出来。领导当即就很生气，瞪着能把人吃掉的眼，狰狞地吼道："你！这！啊！……工作期间不许喝酒你难道不知道吗？啊？……"我牢骚是发了，气也出来了，可把喝酒这茬儿给忘了。"工作期间不能饮酒"，少饮等同于酒驾，多则视同醉驾。领导很生气，后果很严重。违反了上述规定等同于"以危险方法危害公共安全罪"！挨收拾也无话可说。我蔫了，也认了。

虽然我起初也是耿耿于怀，那又怎样？农兴行不也是有几任"一把手"都进了号里了？与之相比，我有什么可烦恼的？一个分理处破主任，也就是别人眼中了不起的"行长"，不就是掏力不落好的差事吗？不干也罢。哼哼。

交接已经完成，我就是个大闲人，能推就推，不是有新主任吗？关我什么事？什么人员考核呀，责任贷款呀，对公存款呀，储蓄存款呀，理财产品销售任务呀，单位的电费、水费、加油费、招待费呀……等等，一概不再操心了，反而觉得无官一身轻。得劲儿！睡觉。

接替我的新主任张大伟，绰号"张大嘴"，也确实是一说话就谝着一张大嘴。交接会上，他假惺惺地拉着我的手，说些客气的官话和套话，什么老同志要带带我这小弟弟（我看看下面，想笑却硬憋着没笑），什么要虚心地向我请教学习，什么遇到难题还得请老领导出面协调解决呀等等，语气中那种高高在上和春风得意，真让我感到别扭。向一个失败者学习？哦，对了，工作中把职务给弄丢这种事我做得的确很成功。好笑。看看张大伟，我想提醒他什么，一想，算了，忍着吧，下一步还要受他领导呢。对自己定位要准，同样的错误不能犯两次，角色转换要及时，我心想。我呵呵地笑笑，恭维他一番，又说："没什么事我上趟厕所——尿尿。"张大伟他们几个疑惑地看着我，纳闷地想：不是刚从厕所进来的吗？我蹶着腰调侃道："自打在全行大会上不让发言，憋得前列腺还发炎了，对不起了各位，恁先总结着"。

监交的县行人事科科长、张大伟、老刘和"阿庆嫂"他们哈哈地笑了起来。

昨夜值了一夜的班。还得值两天。

值班前，站在监控摄像机前，向总部的监控中心打报告。虽然它只是个摄像机，但却是监控中心领导的眼睛。报岗时毕恭毕敬的，挤出笑容，挥一下手向里面示意一下，算是报了到。早上起来，还要重复一遍。我想，很多人脸上笑着，心里却是在骂着的。把各自的不满从心里骂出去。领导们也许是知道的。记得一个笑话说，艾森豪威尔检阅军队时，走在列队前面，不停地对着目不斜视的士兵小声说："你也是。"有人不解，就问他原由。艾森豪威尔将军说："我是从士兵过来的，我知道他们严肃表情后面的内心却在骂着'你这个狗杂种'，所以我对他们说，'你也是！'"

想到这里，我笑了。想想自己受的窝囊气，我心里暗暗地骂道：你也是！

二

农兴行古桥分理处，在巴掌大的古桥镇正街上，与镇政府对面。是黄金地段。有钱的单位就是任性，任何一个地方的黄金地段都是那些牛单位占着。

临街是两层营业厅，楼顶上有两条龙的造型，以龙图腾来装点单位的大气和不俗，金碧辉煌的。但咋看也显示不出高大上的效果来，倒是有点弄巧成拙的憨足。

后面是院子，院中央有个水池，水池后面是座假山。按风水上来说就是得有靠山，牢靠稳固，屹立不倒；水主财，财源滚滚来，以期单位效益像喷泉一样嘟嘟叫地往外冒。正对着假山的是"行长"办公室，"行长"要稳坐靠山。挨着的是职工宿舍。内勤加外勤外带正副主任，一共十七个人。上班时车子几乎停了一院子，都是私车。除了值班的，其他人下班就逃跑似地开上车回了城里。院子是整得不错，这得益于保安老崔哥的勤快和麻利。

单位内勤有七八个人，内勤主任是个女同志，叫庆樱，是县农兴行会计科科长的老婆。私下别人都叫她"阿庆嫂"，真冤枉了正面人物的好名字了。她是长得漂亮，是那种冷傲的漂亮。白皙的脸时常扬着，有一种拒人于千里之外的寒气，冷冷的。高傲而不高贵。内勤员工都怕她。但如果见到比她级别高的人，或上面来了领导，她立刻变得热情洋溢，一脸的笑容，和原来简直判若两人。

早就知道女人事多，特别是她，杵七倒八的。我当"行长"，知道要与内勤主任搞好关系，不然，那可不好弄。我的原则是以自己的人品和言行来影响别人。有句古话不是这样说的嘛，其身正，不令则行。呵呵，别看我板着脸说得好听，我是认真的。绝对不去刻意迎合谁。

另两个内勤老员工如大户人家的丫鬟般，低眉顺眼的。"阿庆嫂"再怎么颐指气使，也不敢抵讼。逆来顺受的。自从我到任后，有一次，同着"阿庆嫂"和另两个老员工的面，和颜悦色、不紧不慢地说了"阿庆嫂"一番，既没得罪"阿庆嫂"，也没否定那两人。结果，那两员工在心里对我很感激。会得很多的"阿庆嫂"马上对我奉上笑脸说："领导，我就是急脾气，刀子嘴豆腐心，嘿嘿，木事，她们也不介意的。"

那俩员工背过脸撇了撇嘴，"阿庆嫂"没有看到。

另几个是通过考试分过来的大学生。才出校门。上岗前可能没少受家长的谆谆教导："努力工作，尊敬领导，团结同志……"见到我毕恭毕敬的，嘴也都甜。有时他们上班迟到或者有了点小错，我会艮着脸，像以前的领导一样，装模作样地呵斥他们。他们也不顶嘴，不好意思地冲我笑笑。

信贷大厅和营业室挨着，几个信贷客户经理都很忙。贷款责任终身制，直接和自己的工资和收益挂钩，谁也马虎不得。办理贷款的抵押担保等等手续，他们都很认真。以前的老贷款是个老大难问题。不过重赏之下必有勇夫。清收损失类贷款的奖励提成高达百分之几十，几乎是单位和清收人员对分，很诱人，但也很难啃。所以对他们几个的管理很轻松。

每月报表出来，"阿庆嫂"传到上面，领导审阅核实后煞有介事地签上字。绩效工资发下来后，老刘他们几个有的能拿高达一万多元，所以，经常叫上我喝酒。席间他们"领导"叫得不断，坐座位非让我坐上座，任凭我咋推让都不中。他们说话时看着我的脸，恭维地说是我领导有方。屁话，我不过是上面的执行者和招呼者罢了，我心里暗想。但有个"行长"的外罩，我们之间总是没以前那么自然。

我被撤职后，好像一切都变了。人怎么眼皮这么薄呢？以前我好心"批评"过的人，现在的目光看我像仇人一样，是在剜。"阿庆嫂"居然也像吵内勤人员一样对我说话了，只是语气多少有点软。老刘、老吴他们与我说话的语气显然硬多了，不再那么柔软。昨天镇政府的朋友和老刘他们"斗地主"赢了钱，叫上我一起喝酒，也不再推我坐上座了……

我是很坦然。但让我想不到的是，他们态度变化得竟然如此之快。

那天，老崔哥依然如故，照旧帮我洗车，照旧给我倒水。我呆呆地坐着。老崔哥忙完了，默默地坐到我身边。我并没有看他，自顾自地看茶杯里的茶叶翻滚、舒展着，做上下旋转状。它让我想到了不可左右自己的自己，随着开水的冲入而无为地徒劳着，挣扎着。

我听到老崔哥窸窸窣窣地从兜里掏出烟来，拆开包装，递给我一支。我抬头看看他，老崔哥深沉着脸透出恳诚的关切，示意我接着。又帮我点上。他也抽出一支，似乎在替我发泄着不满和委屈，长长地吐了一口烟气——噗!

我知道，老崔哥是在同情我的境遇。其实，他完全不知道我的心情远没有他想象的那么沉重和难受，职务调整和岗位调换是再正常不过的事情。但，我不想对他解释什么，以免伤了他的"同情心"。其实，他除了能在心里面对我声援和支持以外，似乎也没什么可做的。将错就错地接受他的同情和关怀，也许是最好的，领了这份情，能让他的抚慰彰显出价值和意义，于他，是最好的回馈。

三

老崔哥是很珍惜这份工作的。当初"阿庆嫂"特意趁没人时闪到我办公室里。从她挎着的包里给我拿出一包茶叶来，下意识地向门外看看，外面并没有人。扬着妩媚灿烂的笑脸，黏腻着语调说："领导呀，求你个事中不? 嘿嘿，对你来说是小事儿，你可得先答应呀。"

她这反常举动反倒让我不自在了起来，我愕然地说："你是弄啥里，搞得神叨叨的。"

"嘻嘻，领导，是这样啊，咱们行要雇保安不是?"她边说，边把好茶叶塞给我，说："先贿赂领导一下。"我笑笑道："你要是有这想法把俺科长哥收的贵重礼物送我呀! 这也算贿赂? 腌臜人哩不是?"

我俩推让一下言归正传。的确，是有这么个事儿，上面说过的。雇一个保安人员单位可以列支四千元，核算时和其他费用一并列上。农村的保安工资标准也就一千八百元，其余两千二百元都会被下面用作其他，也算是一个正当的名目。这事我是给大家说过，希望大家能推荐人选。同时提出了几个要求，一是老实本分，不说政治上过硬，人品要说得过去。二是年龄不能太大，六十岁以上不行，万一有个病什么的光给单位找麻烦。三是尽量是咱们内部人员的亲朋好友，也算是对内部人员一个照顾。

"是呀！咋了？"我问。

"你看呀，我有个帮边儿亲戚，叫崔水元，人挺好的，也符合要求。古桥镇街上的。原来在农行古桥营业所当过村代办站代办员，营业所撤销后也就没再干。去年在工地干活又摔坏了腿，干不得重活儿。家里条件也不好，老伴儿常年有病，两个男孩子还没找着对象……"

一说是他，我知道这个人，原来常往隔壁的营业所跑着报揽储款账。情况我也知道，人是挺好的。就答应了。

"阿庆嫂"撇撇嘴道："不是俺哥一直给我说，我才不管他的事儿哩。嫌人，哼！"

我知道，她是打心眼里瞧不起崔水元这个穷亲戚。

"这样啊领导，他的工资也按其他地方的标准开，咱们也是捉襟见肘的。"

"呃，崔水元我知道，差一点就成了我最崇拜的偶像央视名嘴崔永元，嘿嘿，人很好。既然是这样，那就第一月一千八，以后按两千，过一段时间再涨，不能昧这个钱。"

事就这么定了。

老崔哥第一天来，还是让我有点吃惊。几年不见，看起来比实际年龄要大。头发也白了不少，一脸沧桑。以前我印象中的他满面红光，很是精明强干。落差挺大的。可以想象近些年他的日子的确不怎么好。见到我，他笑着让烟，很恳诚的样子。我只好接着。他又急忙帮我点上。我拍拍他粗大的手表示感谢。他笑笑一再对我说谢谢。弄得我挺不好意思的。

老崔哥到岗后，干得确实不错。早来晚走不说，每天来了先扫院子，洒水，浇花草等等不闲着。中午有时间还给别人洗车，有的同志不好意思。唯有"阿庆嫂"认为理所当然，连个谢字都没有。

老崔哥很敬业，除干自己的工作外，还帮着别人填单，给客户解答问题，讲解存款种类以及理财产品等等。简直就是个大堂经理。

有时他帮我打扫办公室，虽然我一再劝他别麻烦了。他笑笑答应，却依然如故。

"报告！"一个洪亮的声音吓我一大跳。谁呀？

"我叫戴彦靖，奉命来咱单位领导报到。"

"不用说，我知道你戴着眼镜呢！你叫什么来着？"我的问话刚落，立马意识到了问题：报到？报什么到？即便报到也没必要给我报到呀，我以为我是谁呀？

"是，我是戴着眼镜呢，"小伙子笑笑说，"我是说我姓戴，叫彦靖，彦，颜色的颜去掉页字，靖，郭靖的靖。领导。"

已经意识到了自己的身份问题，我如被蜇般急忙说："知了知了。呃，我不是什么领导，你没必要向我报到。对了，你来这报什么到？"我好奇地问。

"戴眼镜"双手递给我一支烟，并亲自给我点上，笑着说："哦，是这样领导，我是咱县治安管理队派来的，奉命来咱单位报到，以后就在这儿上班了，负责这里的保安工作。"

我仔细地打量着这个精神抖擞的年轻人，他二十来岁，脸上焕发着荣光，一身制服，贴身得体，透出飒爽的英气来。皮鞋锃亮，能照出影子来，看来出门前没少擦。是初入职场并对未来充满希望的那种。这样的状态当年我也曾有过。停了停，我转过神来，诧异地问："哦，我再给你说一遍，我不是领导已经四十八个小时了！……问题是我们这里有保安呀，这是咋回事？"

"哦，是这样，公安局保安大队公开招聘工作人员，我通过考试和面试，才有幸成为其中一员。又经过严格培训，才正式上岗。昨天接到派遣令，让我到咱古桥农兴行报到，希望您以后多多关照……"年轻人抑制不住兴奋的心情，对我倾出。

"哦，是这样呀，不过我们这里有保安呀！干得好好的呢，怎么会……"

我像与他又像自言自语道。"嗯，这样吧，你去找新任的'行长'张大伟报
到吧。不过现在还不到上班时间，估计还没来。"我顺手给他指了指原来曾
是我的办公室。

年轻人对我道谢后，昂昂地走了。

"戴眼镜"刚才与我的谈话，院里干活的老崔哥都听到了。他止住手中
的扫帚，愣愣的。"戴眼镜"走远后，他扔掉手中的扫帚，脸色难看地冲到
我面前，他想要详细地问问关系到他岗位保不保的大事。

"你都听到了，我还真不知道是咋回事。张大伟一会儿上班过来，再问
他吧。"我知道老崔想要问啥，可我确实不知道是怎么回事。老崔哥看着我，
很失神，也很焦虑。他焦虑地等着张大伟到来，才能了解到他最关心的问
题。而他也知道，我确实不能帮到他什么。我想安慰他，却也不知从何说
起。张了张嘴，只好作罢。

一会儿，张大伟的车霸道地开了进来，伴着刺耳的刹车声停在了专属车
位，"戴眼镜"在后面小跑跟着。张大伟谝着大嘴地从车窗里歪着头大声说：
"啥？到我办公室再说！"

张大伟停好了车，觍着大肚子从小车里夹着包出来了，小车像是被压迫
得难受，好不容易得以松了口气一样，车身和轮胎都轻松地上长了不少。张
大伟离开，小车"嘀嘀"自动上锁，趴在那里静候着。

"戴眼镜"连忙上烟，张大伟上下看了看这个陌生人，推开他让烟的手，
从腰间摸出一串钥匙，打开办公室的门。两人进屋，老崔哥急忙小跑着过
去，到了办公室门口，他停住了。是啊，没有"行长"的同意，他没有理由
擅自进去的呀！

他无处抓挠地站在一边，又蹲了下去。从兜里摸出烟，打了几次都没有
打着，他焦虑地用力甩甩手，又小心地颤抖着继续打，打火机忽地蹿出火
头，着了，他抖动着嘴上的烟，抽上。目光紧张地盯着门口，很无助。而值
班室的我，只能徒劳地为其做着无用的担忧。

四

张大伟把包往老板桌上一扔，把自己肥胖的身子塞进老板椅里，从自己

包里取出一支"软中华"叼在嘴上，又夸张地把烟盒扔到办公桌上，"戴眼镜"连忙弯着腰给他点上。

张大伟看看这个陌生人，吐出一口烟，拉长了语调说："说吧——！啥事？"

"戴眼镜"把情况给张大伟详细地做了汇报，张大伟还是吃了一惊。他短粗的、有节奏地弹老板桌的手指突然停了下来，疑惑地问道："噫？我咋不知道啊，上面也没下文，更没传达呀！"

张大伟分明看到了门外蹲着的老崔。老崔哥干得好，人缘也好大家都是知道的，他也认同。如果不是"戴眼镜"这么一来，谁也不会想到老崔哥能有什么事。张大伟起身含有送"戴眼镜"的意思，对他说道："这样吧，你先回去，把相关文件拿来，我呢向上面请示一下再说。"

"戴眼镜"挠挠头，为自己的疏忽而红了脸，说了几句抱歉的话，客气地走了。张大伟送出办公室门，看他走出去，大声地喊"阿庆嫂"和老刘。他要问问上面的文件是不是送到了营业室。看到老崔哥后，他说道："老崔，你先上班去吧，咱又不归县保安大队领导，他们说换人就换人？哼，耍答理他们。"

老崔哥见他出来早已站起，恭敬地、心情复杂地看着张大伟的脸。听他这么一说，才稍稍松了口气，多少露出来了笑容，朝营业厅走去。

"阿庆嫂"婀娜着小跑到张大伟的办公室，老刘也一崴一崴地进去了。看来这是要临时召开个班子会呀。

张大伟一摇一摆地踱着步，摆着谱，这个，那个地说了一通，才把这件事说清。"你们谁接到了上面的文件或者通知没有？关于治安大队给咱安排保安的事？"

两人一脸懵圈。一拃没有四指近，毕竟老崔与"阿庆嫂"有点亲戚，即便不为他，也要为自己虚荣的面子考虑。"阿庆嫂"有点夸张地睁大杏眼，面部不动，眼珠来回在张大伟和老刘身上转动着道："哟！还真不知道耶，领导，你听谁说的？"

"人家刚才都要来报到了"张大伟道。

"啊！""阿庆嫂"惊道。

"不过，我把他先打发走了。咱是垂直领导，他们说换人就换人了？"张大伟不屑地撇撇嘴说。

大概知道了张大伟的立场对自己有利，"阿庆嫂"立刻站到了他这边，夸张地拢顺着、护拥着说："就是！甭答理他们，哼！"

一直没说话的老刘开腔了。"嗯，事情没那么简单，说不定是县行领导已经与他们达成了协议，文件说不定这几天就下发，还是问问县行保卫科再说。不过，在没见文件之前，这点小事也没必要问领导。看看再说。"

姜还是老的辣。老刘这么一说，两人不再言语了，问上面不是，不问也不是。虽然事儿不大，但作为一把手的张大伟也是要表态的。他顿了顿说："那个什么'戴眼镜'我让他明天拿来手续，到时看他有没有保安大队与咱行的联合下文再说。就这吧。"

下午下班后，行里的人呼啦啦地开车走了。我还要值两天班，所以没回去。我百无聊赖地在院子里晃悠着。

"王行长！王行长！"老崔哥压低了声调却很用力地在叫我。回头一看，老崔哥已经到了我身旁，他说，"知道你值班不能离岗，我去弄俩小菜，咱俩趁吃饭这会儿整两盅，嘿嘿！"他边说边示意我等着，撅撅地向外走去。

因"酒驾"把"驾照"都没收的教训，加上"井绳"的余悸，让我急忙冲他摆摆手，我竭力想喊住他，他回头笑笑说："没事，这是下班时间，咱只是吃饭哩，你就先等着吧。"

和我一班儿的小洋是个刚入职的小伙子，腼腆得像个大姑娘，既不抽烟更不会喝酒。老崔哥把兜菜的袋子打开，拧开一瓶"二锅头"。我俩招呼小洋一起来，小洋推让着回里面看书去了。

"干！"

"干！"

我和老崔哥开始没有多说话，各自用肢体语言安抚着对方。差不多大半瓶下肚，已是酒酣耳热。老崔长叹一声，打开了话匣子。"王行长，你是不知道呀，这个工作对我来说太重要了。我是说这个岗位并不是有多好，是每月的工资收入。你知道，我原来在农业银行营业所干代办员，古桥街面大，老少爷们也给面子，我的储蓄余额有近千万，每月万分之五的手续费，收入有四五千元，日子过得还不错。营业所主任器重，县行资金组织科领导表扬，人前人后也挺有面子。

"唉，好日子总是觉着短。二零零五年农行撤销营业所，我们这些辛辛苦苦给他们干了十来年的代办员被一脚踹开了，连点补偿都没给。近几年来，两个孩子长大了，龙龙般。上学不中，只好出去打工。现在农村说媒不但要在村里有楼，城里还得有房，这还不算，还得有车呀，你想，俩儿子，那得需要多少钱啊。

前年你嫂子得了心脏病，我干建筑活又摔断了腿，唉！"

说到这里，老崔哥声音变成了哭腔，哽咽着流泪了。

我一边安慰他一边给他餐纸。老崔哥也不用，只用他粗大的手一抹脸接着说："王行长，我知道你是个好人。把持不住，别笑话我呀。"

我很同情他，连忙说："崔哥呀，坚强点，此处不留爷，自有留爷处。男人嘛，要挺住！"话一出口，我便觉得这么说多么俗套和无衷，我唉一声低下头说："只是，我也帮不了你什么。"

老崔哥端起酒杯给我碰一下，"嗞溜"一声先喝掉，红着脸，龇呵着，咧着嘴咳咳地说："我知道，我知道，你能安排我来上班，就已经很感激你了。……我自顾自地絮叨，不对啊，恁哥也是为你抱不平呀，结果发个牢骚就被领导以喝酒为借口撤了，这个领导是个啥货？他就不看看下面人的难处？不看你那么好的业绩？啥世道？……"

我俩越说越离谱，越喝越兴奋，不怕不怕不怕了，神经比较大，似乎老子天下第一。喝酒前我是农兴行的，喝点酒农兴行就是我的，那个一通神喷呀！酒精真是很好的麻醉剂，它让人暂时忘却了现实的不快和烦恼，变得豁然开朗起来，进入另一处虚幻的状态。而这种异于平常的状态是那么地妙不可言。到底我们都胡说八道了些什么也不知了，我俩的醉态直惹得里屋的小洋哈哈大笑。最终，酒见了瓶底，老崔哥还要出去拿酒，被我喝住。就这样我俩摇摇晃晃地你送送我，我送送你，反复几次，才算结束。

五

第二天，太阳照常升起，新的一天和无数个昨天一样，没有任何惊喜和新意地开始。

我伸了伸懒腰，拍了拍还晕乎乎的头，起来了。老崔早已开始在院子里忙开了。见到我走出值班室，老崔停下手中的活儿朝我笑笑，问："你没事吧。"

"我是没事，后天我值班结束，要赶紧回去了。"我说，"还是家里得劲儿啊。"

老崔哥坏笑着，我明白他笑什么。一个几天没回家的生理正常的成年人说出这话，一般来说，另一个生理正常的成年人都会往"茄子地"里想。我也笑了。

这时，"戴眼镜"又匆匆地走了过来，手里拿着一些东西，应该是相关的手续。老崔哥脸立刻僵住了，昨晚的酒并没有解决今天的焦虑，他又立刻紧张起来。

并不知道内情的"戴眼镜"依然意气风发，微笑着向我们让烟。老崔哥如临大敌般怔着。我把烟接过来又递给老崔哥，并问"戴眼镜"道："咋回事?"

"戴眼镜"笑笑向我们说道："领导让我拿相关手续，昨天我以为我们的领导已经给行长打过招呼了，只拿了派遣证。这不，今天我全带齐了，嘿嘿。"

上班时间还早，"戴眼镜"索性和我们聊了起来。从他透露出的荣耀和自豪的语言中，我们了解到了他的情况：在众多的应聘者中，他成功地胜出了。他家庭条件也不太好，他有一个妹妹正上大学，父亲在建筑工地干活摔断了腿没法挣钱了，母亲常年有病每年都要花很多钱。

他原来大专毕业后也在外面打了两年工，但收入不稳定，没有个正式单位，对象都谈不上。这下好了，通过这次县治安大队考试、面试等等层层过关，他终于成功得以应聘。这是公安局下属的机构，虽说不是事业单位，但能来这里上班，一有面子，二收入稳定，三能找到对象，农村的就行，四可以减轻家里面的负担。工作积极表现得好，有机会的话，说不定通过考试还能进公安局⋯⋯

看着他洋溢着的激情，憧憬着美好未来，对自己人生进行"小目标"的规划，我俩突然觉得这是一个阳光、上进、有追求、有责任心的小伙子，而他的家庭情况和老崔哥的情况又是何等的相像，简直就是老崔家的大儿子。这份工作对他来说也是如此的重要和难得。

我慢慢观察到老崔哥的表情变化，他由原来的惊恐、焦虑、甚至有点恼怒的脸色，逐步变得无奈、伤感、同情、与爱惜了。复杂的表情在他脸上显现着。我，无法预测后来会怎样，但我分明感觉到在竞争中处于劣势的老崔哥已没那么地怨恨和不安了，倒是有点像不该占便宜而强占了后的愧疚似的。

不一会儿，单位的人陆续到来，张大伟的车也开进了院子。"戴眼镜"礼貌地和我俩告别，迎了上去。我重重地拍拍老崔的肩，什么也没说，上班去了。留下等着命运裁判却大致已经知道结果的老崔，呆在了那里。

当"戴眼镜"把一切手续都双手呈现到张大伟办公桌上时，张大伟坐不住了。他仔细看了看"颍安保发（2017）第 2 号"文《关于联合所辖各金融单位统一下派安保人员的通知》后，好一会儿对"戴眼镜"说："小戴呀，你先回去，等我向上面详细请示后，再给你答复啊。"

"领导，那要等多少天？"

"嗯，这样啊，这边原来的保安要做辞退工作，向上面的请示也需要时间，今天是十七号，这个月所剩日子不多，不行就下月一号你正式到岗吧。"

"啊，这么久呀！""戴眼镜"有点急了。

"你别急啊，如果其他分理处给你们算今天到岗的话，你这十几天的工资也会一分不少地开给你的。你放心好了。"

"戴眼镜"谢过张大伟，高兴地走了。

张大伟急忙拨通了县行保卫科科长的电话，保卫科长回答道："是这样呀，为了加强安防保卫工作，县公安局和咱行还有其他金融单位签订了安全保卫方面的劳务外包协议，往后金融单位的安全保卫工作都由他们接管，……咱行的文件准备让你所来县行开会时捎回去，结果这两天也没开会，……对了，你们单位谁要是回县行时别忘了把文件捎回去啊……"

六

值完班后，我急急地往家赶去，可得好好休息两天了。老崔哥的事儿也不再放在心上。五神还照顾不了哩哪有心思照顾六神？其实我也只是闲操心而已。

休息即将结束的这天下午，我懒懒地躺在床上，想着明天又要面对单位那些人冷漠的面孔，有点戚戚然。这时，县行人事科科长打来了电话："马上到县行办公室报到，报到后立刻到省城学习，相关信函在县行办公室……"

这突如其来的电话，一下子让我愣住了。我只好回答："服从领导安排。"

一个月后，我学习回来，先到古桥办理交接。原来对我冷漠的脸，现在却又堆满了恭维和虚假的谦和。等他们都各忙各的时，戴彦靖才笑着上来和我打招呼。依然是意气风发，满脸阳光。他笑着迎上来还不是很老练地给我握手，说："我第一次见你叫你领导你还不承认，哈哈，这回到了上面当大领导了吧！"

我拍拍他的肩膀问："你接任的老崔呢?"

他知道我是在问老崔的情况，他回答说："崔叔真好，我第二天就来这里上班了。没想到崔叔还懂那么多金融知识，崔叔整整带我带到月底，跟着他我没少学东西。利息怎么计算，各种存单咋填，客户提问的问题怎么解答，什么时间干什么等等，让我很快就进入了状态。……真是个好人呀！"

我听完小戴的述说，心里很不是滋味。当时老崔哥是怎样抖着精神，一边疗着自己伤痕累累、破碎不已的心，一边又竭力地帮着与他同病相怜的人，而这个人还是抢去他饭碗的人，去完成了他根本没必要、却还要诚心地尽义务的任务呀。

我握着小戴的手，肃然地对他说："要饭嘴里掏枣核呀，……抽空去看看老崔叔吧，那人不赖。"

小戴啊地一怔，紧紧地握了握我的手，肯定地回答："那是那是，一定。"

半年后，我和一位企业老总同学吃饭。席间他说想找一个看场的，这时，我又想到了老崔哥，并积极向他推荐了。同学答应了。星期天我抽空去了古桥镇，叫上小戴让他和我一起去找老崔哥。没想到小戴的一番话让我愣住了：……回家后的老崔哥听说邻村有人从越南领回了姑娘当媳妇，老崔哥找到了中间人，拿出自己的积蓄十二万元给大儿子买了个老婆。没想到三个月后，买来的媳妇被公安局以偷渡为名抓走并遣回原籍。老伴儿急火攻心，走了；本来就多少有点不正常的大儿子神经了；二儿子绝望地离家出走，至今杳无音信，只留下半残的老崔哥又中风了，治好后留下后遗症，行动不便。这其中，小戴一直对老崔哥关照着，视同自己的亲人。

当我和小戴带上礼品来到老崔哥家时，坐在院子中病恹恹的老崔胡子拉碴，一脸沧桑。看到我来，强着要站起来，像个孩子一样拥抱着我痛哭流涕。我也禁不住流下了眼泪，小戴在一旁要劝老崔，我示意他不要说话。让饱受命运捉弄的老崔哥痛痛地哭一场吧。

我和崔水元的故事至此并未画上句号。有时间我就去看他，陪着他谈些开心的事，告诉他单位里的一些好消息。老崔哥咧嘴笑笑，祝福我和小戴好人一生平安。……我知道，他是真心的。

（原发表于《厦门文学》2022 年第 6 期）

14　捡钱记

刘水和叶红丽两口子又发生"战争"了。

小区门口聚集了一群看热闹的人。前面的围得紧，有的索性蹲到地下准备扎长桩看。后面的伸长了脖子，踮起脚尖不停地从人头缝隙中寻找着最佳的角度。有两个好心的老太太在不痛不痒地劝着，这无疑是为双方的僵持火上浇油。叶红丽喊声如同她的身段一样粗壮：

"你敢动我一下刘水儿！"

"你敢摸我一下刘水儿！"

刘水高高举起的胳膊和展开的手掌来回地扬着。这种骇人的武器就像原子弹，虽然瞄得很准，却不敢轻意落下。战争一旦处于相持阶段，叶红丽就会不自觉地大声嚎出这两句来，既有临危不惧的威胁又有不甘示弱的挑衅。不过这次她的头抬得更高，脸仰得更展。头抬得高脸仰得展似乎就站全了理儿。理直了气似乎就壮了起来，毫不设防地把阵地暴露在刘水的武器射程之内，靠的就是这种正义的力量来降伏他的出师无名。不战而屈人之兵。

叶红丽和丈夫刘水的这次"战争"，原于刘水又找到了新的发财门路——"捡钱"，他说服不了叶红丽，只好把打火烧的生意撂挑子扔给叶红丽，自己忙自己的。而在叶红丽看来这纯属瞎胡闹，是他耍滑偷懒的毛病又犯了。刘水埋怨她死脑筋不会转弯儿，叶红丽则觉得她是把他往正路上拽，双方都觉得自己是站在正义的制高点拯救对方。意识形态不对路，战争随之而来。

刘水的这个发财"秘籍"是从原工友小梁那弄来的。听罢刘水激动得语无伦次的讲述，着实让叶红丽吃惊不小，她不敢相信，难道真有刘水所谓的"拾钱器"？如果有，人家不自己去弄？还会对别人说？这不符合常规。她不相信。

一旁的刘水又是举例子又是打比方，叶红丽算是听明白了，但她老觉着这种捡钱的小概率事件，不靠谱，没有打火烧实在。以前刘水给她讲什么直销理论似懂非懂的，就支持了他，结果吃亏上当了。这不靠谱的事更不能支持，坚决抵制，不中！别想搞旁门左道，老老实实地打咱的火烧。意见相左就会发生争执，从冷战到热战，激烈战争终于爆发，在小区内一集接一集上演。

其实，这已是第二轮爆发"战争"了。第一轮"战争"爆发后，叶红丽搬来了公爹，有效地阻止了它的扩大，并彻底熄灭了战火。

叶红丽和刘水两口子原先都在一个厂，后来厂倒人散，失业了。原先他们工作的厂是兵工厂，造枪造炮的。后来归了地方，不再造枪炮了，造那玩意儿也没人要，改生产机械零部件了。改革开放后，单子越来越少，直到最后关门倒闭。没了工作就没了收入，孩子正上大一，正是花钱的时候。尽快找到挣钱的门路可是当务之急。刘水踌躇满志，不断尝试着新的挣钱方式，一会儿说要做直销，一会儿又要开五金店，盘个小店干起来，开业没多久，又嫌太脏太累不挣钱，最后把摊子撂给叶红丽不管不问了，继续去跑着钓鱼去了。贫贱夫妻百事哀。"战争"也随着次数的增加而不断升级。"战后"无奈的叶红丽只好找刘水爹告状。

老宿舍在老家属院，二十世纪六七十年代的苏式老建筑。自从老伴儿半年前去世后，近八十岁的刘水爹明显老了，穿着件破旧的军棉袄，身上满是油渍和饭汤。说话的时候声音低沉，喉咙里压着痰，很简单的事半天才说清楚。屋内的生铁炉子泛出煤烟混合着霉变、腐朽的气味，有点儿呛人。窗子污浊的玻璃闪烁着历史的辰光，不是没有擦拭，是压根儿就擦不出来了。杂乱的茶几上，乱七八糟地摆放着物品，细看才知道那也是有条理可循的，皆是他能伸手即可够得着的日常用品。一头儿清出一个角摆放着一个塑料袋素鸡和一瓶"二锅头"。刘水爹和另一个老同事唐叔两个苍老的人，抿着嘴在吃着，津津有味。

素鸡搁在嘴里，眨了半天眼睛，嘴抿了又抿，说不出一句话，倒是口水顺着嘴角的胡髭滴滴拉拉地往下流着。半天反应过来，可快地用手抹上一把，仰着脸问上一句："啥，那鳖子光流逛着钩鱼哩?"

叶红丽一边向公爹告刘水的状，一边勤快地在屋子里收拾着，擦桌子扫地，开窗透气，把该换洗的衣物归类扔到洗衣机里。这两年刘水瞎折腾，没啥进项，儿子上大学都是公爹在负担着。一个老头子也没什么可花钱的地方，退休金大部分都支援了孙子，叶红丽是很感激公爹的。现在又在公爹面前告他儿子的状，总感觉对一个风烛残年的老人有点不合适。有了这样的顾虑，也就拐着弯想把话岔开。

其他事糊涂，可一听到儿子的事，刘水爹却是十分明白。他拿起已经看不出原色的灰里八唧的毛巾擦擦手，追问叶红丽："啥?"叶红丽不想再重复，刘水爹看儿媳半天不吭声，自己准备的对儿子口诛声讨，在嘴里转化成为一口黏痰，咳咳着吐向了身旁的垃圾桶。黏痰拖着长长的细丝，不舍得下去。看得叶红丽一阵的不舒服。她边起身给老爷子找纸边改口说："爸，刘水同意您再找个老伴儿，上次您说的那个就不错，农村的怎么了……"回过头来，刘水爹正搓着双手，估计这次连脏毛巾都没使。看来"老干部"要找一个老伴儿的确是很有必要的了。

公爹对于叶红丽的表态很是高兴，关键是她的表态中附带了儿子的认同，本来就想着当着儿媳的面大骂儿子一通给她解解气，如此这般，他骂得更欢了。一旁的老唐叔只嘿嘿地笑，说，老伙计，出血吧。骂完，刘水父扶着沙发扶手费力地站起，踽踽地走向卧室，边走边摸向腰间"呼啦啦"地取出钥匙，等他从卧室出来，手里拿着一个存折，说："这些，你拿着。"叶红丽一愣。刘水父硬塞给她，叶红丽实在不好意思接，只好放到茶几上，说："爸，这也不是常事，孩子都多大了，咋还能啃老啊?"

刘父说："给你们做本钱哩，我给你们老唐叔说好啦，他这儿有个好生意。"叶红丽一听，原来公爹和老唐叔喝酒是向人家请生意经呀。叶红丽为公爹操着他们的心很是感动，她怔了会儿，连忙起身，边给老唐叔倒水边问："叔，啥事，曼能挣钱，您老只管说?"老唐叔先艮着脸，以示他要说的这个事儿可不是一般的事儿，说："俺外甥女他两口子三年，伸出三个指头晃晃用肢体语言配合着，到现在，满打满算也就三年的工夫，买了套新房，又买了一辆十好几万元的车。呃，你曼愿干，我一句话，保准她毫不保留地教会你。"叶红丽兴奋地问："叔，您倒是快点说，到底啥事儿吧，怎挣钱?"

老唐叔看看叶红丽，又慢悠悠转过脸看看刘父，郑重其事地从嘴里蹦出三个字——打、火、烧。

刘水被叶红丽拧着来见父亲，从父亲那里出来，刘水还真来了兴致，整天见街上卖火烧的，没成想这玩意儿挺挣钱，他有一种想试试的冲动。

刘水嬉皮笑脸地凑到叶红丽跟前说："老婆大人，老唐叔说的那个事儿我看中。"叶红丽瞟一眼刘水，故意激他说："就你那鳖成色，能中？"

"我咋了？"刘水噌地站起来，扬起脸昂着头说，"论捯饬吃的，哼，我刘水那可是有工夫的，卤素鸡、煮茶蛋、翻拆杂碎、卤猪头肉，你就瞧好吧，只要掌握用料，我保证，哼哼，让客户回头不断。"这话倒是不假，哪天来了兴致，刘水那做饭水平的确不低。儿子每次回来，非吵着让他做饭不可，普通的家常饭，他楞是能做出"许都大酒店"大厨师的感觉来。叶红丽倒不是担心刘水这方面的能力，怕就怕他是兔子的尾巴长不了。心想：那是后事，先拢着他下水再说。

学成归来，火烧摊车、炉子、大不锈钢桶、大铝盆子等等，一切家伙式准备停当，就算开张了。出摊儿前刘水要去思故台市场买来两身白厨师服，叶红丽说："白的不耐脏，我看那种蓝色的'太太乐鸡精'围裙就挺好。"刘水说："那不行，知道的咱是打火烧的，不知道还以为咱是给人家做广告哩，白的多卫生多专业啊。你没听咱爸说，当年物资匮乏的年代，有人把从日本进口的化肥袋子裁了做衣服，胸前有'日本'两个字挺洋气，往背后一看，'尿素'！"说得叶红丽噗嗤笑了，也就依了他。

打火烧的生意出奇地好，这是两口子没想到的。高峰时，摊前竟然排起长长的队，两口子忙得不可开交，刘水竟然生出一种被尊重认可的优越感来。拽面、擀面、翻火烧……一连贯的组合动作，行云流水，最后不忘把擀面杖在砧板上摔出一阵"嗒嗒嗒"清脆的响声来。

虽然他们也和城管躲猫猫打游击，但毕竟在自己的小区门口，有着便利条件，一旦城管来了，迅速撤回到院里。无论怎么说挣着钱了都是一件令人开心的事情。这一段时间，刘水不再流逛，着着实实地干了起来。叶红丽对销售情况进行了统计，从下午出摊到晚上八九点钟收摊，一个月收入小两万元。每天收了摊，回到家里叶红丽要做的第一件事便是盘点钱箱子的钱，先捡里面的"小红鱼",其次是零票,归了类,吐口唾沫,一张一张地点着,心里那个美啊。一旁的刘水滋溜着小酒儿,抽着香烟,嘟哩格嘟地哼着莫名其妙的小曲。见叶红丽点完了,问上一句"多少啊?"叶红丽一边把大票锁到柜子里,一边挖苦抵讼他道:"不多,还抵不止一套天狮的产品钱。"

刘水笑笑,一边甩着膀子活动着酸沉的手臂,一边苦笑着说,这小半年差不多挣了有近十万了哪,不少了。又学着电影《功夫》里面包祖婆的台词说,为了挣钱不能把自己累死,父亲有了伴儿,儿子又有了好工作,往后,一三五出摊儿,二四六间歇性出摊儿!又能把人怎样?嘿嘿。

叶红丽一听这话,知道刘水又要犯老毛病。坐下沉思,这近半年来,确实够辛苦的啦。早上赶集买菜,上午忙活着做菜、盘面,中午休息一下,下午就要出摊儿,一直像陀螺一样没停地转,是够不容易的。也属这次刘水坚持的时间最长,看来还真不能像牲口一样使翻套了。最后想了想,决定同意周日休息一天。刘水一蹦多高,噌地站起趿拉着鞋就向门外跑去。叶红丽追问,你发哪门子神经呀!刘水回道,我下去看看我的鱼竿放坏了没。

刘水再次回到渔友当中,真是如鱼得水。有次约好到邻县颍河钓鱼。这个地方他还是第一次来,一路上,不是农村的风景吸引了他,倒是写在路边的广告词一直让他想想笑笑。一则比较简单,用工整得很丑的字体刷在墙上——"专减各种大肚子";另一家的相对高端,是竖在村头、村中和村尾三块巨大的广告牌上,写着"祖传三代掏喉咙"。刘水看看笑笑,笑笑看看,憋不住哈哈大笑,前仰后合的。心想,这些广告词表述得实在是精准、直接,佩服。心想,这些有秘籍的人,宰一个是一个,一定没少偷偷地挣钱。来到目的地,渔友们各自找好了位置开始钓鱼,刘水遛达到颍河桥上看景致,看到每个桥墩子上都刷的广告词,刘水直接笑晕——"专治各种不吃饭"。

哥几个看着刘水在桥上笑得喘不过气来,一脸的诧异。刘水笑着说着说着笑对哥几个说了那句广告词,"专治各种不吃饭",重复一遍笑一遍,哥几个仔细琢磨琢磨,也不由地笑起来。其中一个医生渔友说:"别看这些粗俗的广告,那些江湖野先儿们可挣钱啦。人家小梁,你知道不知道,人家也有绝门独技,挣钱跟拾钱一样。"一直正笑得欢的刘水,突然止住了,心想,还有如此轻松挣钱的好事儿？他迫不及待地一再追问到底是怎么回事。医生说："呐，你直接找小梁不就妥了。"刘水想：凭我和他发小的交情，还能不传授给我？

在他的软磨硬泡下，小梁同意了，不过先把丑话说到了前面。在刘水请客的酒摊儿上，小梁滋溜了几口小酒儿，咂巴咂巴嘴，翘起来二郎腿，吐出一串串烟圈……"不是看在咱哥们儿的情分上，捡钱术无论如何也不会教给你的，既然你无怨无悔地准备为好奇心奉献，那就你好自为之吧。"刘水再三保证，绝不外传，后果自负。

当刘水从小梁那里拿到"拾钱器"时，那种手舞足蹈着表现出的高兴劲儿连小梁都吃了一惊，颇感意外。小梁给他安装好，刚要对他说怎么用，刘水已经无师自通地反过来给他讲解起来。小梁笑了，拍拍刘水的肩膀说："好，刘水，你小子直接就可以出师了。"然后骑上自行车用力一拱一拱蹬着，歪歪扭扭晃晃悠悠地走了。刘水在后面喊道："哎！小梁，回来，还没有教我去哪儿拾钱哩呀。"小梁扭过头答道："师傅领进门，修行在个人，哪儿凉快哪儿去吧。"刘水挠挠头，愣住了。"哪凉快去哪？"刘水突然灵光一闪，恍然大悟，嗤嗤地笑了起来。

许都城大大小小的公园里，每条城河的岸边，许都城的鹿鸣湖、双龙湖、芙蓉湖等八大湖的湖边，等等，以上适合人们游玩的地方的所有草坪，都成了刘水拾钱的地方。刘水左肩斜挎着"拾钱器"包，右肩挎着军用水壶，水壶里满满当当地装上了泡好的茶叶水，渴了，拧开嘬上一口。右手持探测器的手柄，左手拿着一把小军用铁锹，很精致的那种。光这一把铁锹，就足够让人喜欢把玩的了。这还不算，刘水最爱听的是"拾钱机"发出滴滴滴的报警声。只要它一响，刘水就得意地笑了，就像钓鱼时鱼吞了钩了一样，心里既痒痒又激动，用铁锹慢慢地拨弄，一枚泥里呼啦的一元硬币扒出来，刘水用手擦掉上面的泥土，用嘴呼呼地吹吹，舒心地放入包中。

头几天刘水以饱满的热情投入"捡钱"的工作中，而且收获颇丰，每天回来第一件事便是清点自己的成果，迫不及待地。把包里面的硬币倒入装满清水的盆中，拿把刷子一枚一枚小心翼翼地刷刷，用干毛巾擦干，拿起来仔仔细细地瞅瞅，正反两面都要看。再换水淘淘，之后，把硬币摊开，一枚一枚地数数。看着新旧不一的硬币摆满茶几上，刘水有一种洋洋得意的成就感。拿眼瞟瞟赌气不答理他的叶红丽，以一种自得神态来嘲弄她道，看看怎样，遍地是黄金，专等有福人，服不服？

叶红丽蔑视地嘲弄他道："刘水呀刘水，说你信屎吧你还戴俩耳巴儿来配合着，真是信屎啥样儿你啥样儿，你脑子被驴踢了吧，跑那么远的路，就拾了百二八十块钱？即便是储量丰富的油田也有资源枯竭的时候，何况许都城就这么片巴掌大的地儿，等你滤上几遍看你往哪捡钱去。合着许都市民没事都去那些地方丢钱去啊……我当啥发财门道哩，切！有本事你捡块金子呀，市民不光会丢硬币，也会丢金戒指、金耳环，捡去呀！哈哈哈……"叶红丽夸张地大笑着，以示对刘水的嘲笑。

其实，刘水岂能不知道叶红丽所说的这种道理？从他第一次小心谨慎地走着探着，花了近十分钟才捡到第一枚硬币的时候，他已经清楚地意识到小梁的这个发财门道不过是个鸡肋，如果靠这个发财那才真是脑子有病哩，怪不得小梁毫不保留地传授给他。刘水之所以还乐此不疲地去捡钱，一是出于对打火烧这份苦差事的厌烦。二是出于对叶红丽的不服和对抗。三是游游逛逛，溜达溜达，吃饱了别撑着。他认为，生活嘛就要在有生之年轻松自在地活着，体味其中的乐趣，是一个享受的过程，不能像牲口一样累死累活地拉套，为了挣钱而拼命地死干，那样岂不是失去了活着的意义，活着与死了有啥不同？这不是干与不干的问题，而是如何对待生命意义的态度问题。刘水最羡慕的是西欧那些国家的人开店，休假的时间比营业的时间都长，多美。心想，要是弄到钱了，领着家人先去欧洲旅游一圈，听说那些地方不错。

叶红丽说到金子，你还别说，刘水还真捡着了。刘水在一丛万年青下面挖出了一枚金戒指，黄灿灿的金戒指让他兴奋不已。刘水想扩大战果，结果又忙活了好一阵子，以挖出一个已经沤烂的套套儿告终。他用手挑着套子的皮筋圈圈在指头上转转，仰着脸眯着眼看看，想象出了很多让自己发笑的场景，不自已地笑出了声。挖出金戒指的喜悦和振奋使刘水想到了捡到更多金子的可能，原计划准备向老婆有条件投降的想法暂时推迟。直到在一个树坑里挖出一个物件，才让刘水左右为难，后悔得不如早点向老婆缴械投降了。

那天，和往常一样，慢荡三摇地遛达着，日见枯竭的硬币资源已减缓了给他带来惊喜的速度，倒是每天微信运动步行排行榜上，始终保持着的前三名，以及后面成群的点赞，让他生出无名的得意来。走到河边草坪上的一个树坑处，他的捡钱器发出了强烈的警示音，依据经验判断，这次必定有让他惊喜的收获，欧洲旅游的计划好像就要落实到行动上了。他挥动手里的野战铁锹，越挖越深，至近一尺多处，一个已经沤得有点糟的木头匣子暴露了出来。刘水心想，好家伙，这可是一窝子的宝藏啊，逮着箍漏锅的抵上一大群星秤的，该着要发笔大财了。

刘水警觉地四处瞅瞅，没人。沤糟的木匣子不用费劲儿，一撬就开了，用力过猛的铁锹险些碰到自己的腿。剥开包在外面的塑料袋，一把五四式手枪露了出来。刘水吓了一跳，虽然自己以前是造枪造炮的，一把手枪不算什么，可这把黑乎乎的手枪以这样的方式这么个地方出现在他面前，还是让他吃惊不小。刘水掂掂，挺沉，卸下弹夹，竟有三发子弹，"啪"地合上，拉栓上膛，声音清脆。刘水退出子弹，迅速把东西塞入包中，他四顾一下，发现附近并没有什么人，抽了支烟怔了一会儿，然后，吐掉刚抽了两口的大半根烟，迅速地把土照着原样进行了回填，又用脚在上面跺了跺夯实几下，看看没什么不妥了，便收拾家伙，回家了。

回到家里，刘水一时想不到怎么处置这东西，他在储藏室找了个不易察觉的地儿把东西藏好后，出去给叶红丽帮忙去了。

自从刘水把摊子撂给叶红丽一个人，产量也就一直上不去了。叶红丽只好每日限量生产。好嘛，生意反倒比以前更火了，每天叶红丽一出摊，买火烧的人排起了长长的队。卖到最后，她只好抱歉地对那些没买到的人说对不起。出摊早，收摊也早。有条不紊地忙着的叶红丽看看表情古怪的刘水也懒得答理他，刘水没趣地加入其中。叶红丽看都不看他一眼揶揄地说："哟，捡着金子啦？发了大财吧，还看得见打火烧？"

刘水想把捡到把手枪的事儿说说，又觉着在这不合适。也不是不合适，俩人还处在冷战状态，停战协议没宣布，对方还是敌人呢。话到嘴边又咽下去了。刘水不声不响地加入，在叶红丽看来是处于战争状态下的敌方向自己扛出白旗释放投降信号的表现。既如此，那就缴枪不杀，优待俘虏。经过几次的"战争"，加上儿子心疼母亲，经常打电话劝他们别干了，她也认同了刘水的观点——悠着点干。既然双方都妥协让步了没有什么不可以谈拢的，收摊回去后就谈谈作息时间的问题。

晚上回去，叶红丽冲了个澡，裸着身子裹着个浴巾拱到被窝里，对缴械投降的刘水进行了优待，并就作息时间向他做了让步。受了优待的刘水高兴了，心想：这个时候的好事不能让枪给"崩"了，明天再说吧。

父亲突然有病住院，刘水忙着陪护，把这件事耽搁了。在医院里，一件引起社会广泛关注的新闻更让刘水惶恐不安——"摆气枪射击摊天津大妈获刑三年半"。刘水心里暗自发虚了，心想：好家伙，气枪呀，一审被判三年，自己手里的可是真家伙啊，这可怎么办？要是因此自己也被判个三年五载的，这不真冤么。他后悔当初怎么捡到了个这玩意儿，又追根溯源，懊悔真不该去弄这个捡钱器。好不容易熬到父亲康复出院，刘水便决定一刻也不停了，他要到派出所缴枪去。

伺候病人的活儿真够累人的，刘水睡醒已是第二天的下午。他草草吃罢叶红丽给自己扣在餐桌上的饭，去储藏室翻出了那把枪。他低下头愣了会儿，想了想，又找来一个手提袋，连同小木匣一起装进了袋子里。

刘水走到小区门口，眼前发生的一切让他惊呆了：……盆子、火烧和卤肉散落一地，几个穿制服的人正撕扯着叶红丽，另几个正往清障车上推火烧车。叶红丽连哭带骂地正和他们扭打在一起，纽扣被扯掉了，衣衫也被撕破了，内衣裸露着，暴露出白白的肚皮。她的一只脚光着脚板儿，鞋子远远地反扣在道牙旁。一个胖家伙从背后拽着她的头发……四周围了一群看热闹的人。刘水明白了，这帮家伙是要砸自家的饭碗啊。积压已久的窝囊气变成了怒火在他心中腾一下烧了起来，他浑身上下都在哆嗦，他飞奔过去，抢起了袋子向那个胖家伙身上砸去。袋子烂了，木匣子和手枪摔在了地上。……场面一下子都定格在那不动了，人们被那支手枪吓傻了。一个头头儿模样的人怔了一会儿，高声喊道："都要动！快叫警察！"

刘水回过神来，脸色一下变得苍白蜡黄，他惊恐地结巴着向大伙解释道："我、枪、这、不、不、我、我、我……"看着吃惊的人们和吓傻了的叶红丽，他一屁股瘫坐到地上了……

（原发表于《椰城》文学期刊 2021 年第四期"精彩小说"）

15　我给你唱首歌吧

一

　　我会死吗？死后会去哪儿呢？能不能回到妈妈身边？我不止一次地问爷爷和爹爹，可他们从来不回答我。

　　我叫孙一涵，今年八岁半了。我爹叫孙有成。我妈在我两岁的时候去世了。我和爷爷、爹爹住在古桥镇上。还有一个女人，是爹爹在外地打工领回来，我也叫她"妈妈"。每当我做好饭叫她时，可她总是爱搭不理的。常常睡到半晌，才懒洋洋地打着哈欠起床，披头散发的，松松垮垮地披着衣服。其实比现在早两三年的时候，我都知道家在哪里，家里都有谁了。爷爷用他那胡髭茬蹭我的脸，乐呵呵地说："我的好乖乖丢不了啦。"痒得我也在爷爷怀里扭拐弹腾。就要开学的前三天，我的病又复发了。我不知是啥病。从爷爷的叹息声和爹爹发呆的目光中，我感觉到很严重。

　　乡医院的病房门老关不太严，当我偶然从门缝里看到，爷爷蹲在拐角处抹眼泪，我偷偷地问俺爹："我的病厉害吗？"爹愣愣地看着我，又笑着说："没事儿。"爹的笑是强挤出来的，不自然。我又问："会死吗？"爹的目光有点慌乱，他用粗大的手抚摸着我的脸，说："呸，薆瞎说，有爹在。"我说："爹，你在工地上干活一天能挣多少钱？"爹说："二三百。"我说："咱住院一天花多少钱？"爹说："几百。""几百是几百？"爹说："几百是好几百。""那住一天比你干一天的钱多了？"爹说："有新农合，能报销大部分。"可那小部分也不会少吧，我可惜钱，更可怜我爹。"妈妈"出去好久没回来了，她走的时候把家里的钱全卷走了。那可都是俺爹在工地上用汗水换来的啊，

144

俺爹悔得直扇自己的脸，俺爷都哭了。可我还是盼着她能回来。我对爹说，你把叫她回来吧，我不让她做饭，我会做，她打我骂我能忍着，我还会洗衣服。爹好长时间不说话，往兜里摸烟，又把手放了下来，叹口气说："妮子呦，你不懂，她打你骂你不是冲你哩，你别操大人的心了。走了正好，等你出院了就能去乡中心小学上学了。"

开学就能上三年级了，这是我盼望已久的事。全乡的学生都得去中心小学上学，因为俺村的小学要砍掉了。放假前，学校里只剩下六个学生，其他学生或转到城里或到别的村小学上学了。我刚上学的时候不是这样子的，那时还有六十多个学生。学校不大，来来回回方便，放学后也能帮助爷爷干点活儿。它给我留下了许多美好的记忆。

我上一年级时，村北头那个好大的商砼站的老板，还来献过爱心送过温暖。那天天气很好，天空瓦蓝瓦蓝的，阳光也很灿烂。校长让我们集中到操场上，飘扬的红旗下面，摆着主席台，上面铺了布，红红的，风一吹，像跳动的火。据说县里也来了人，主席台后面坐满了人。俺校长只能坐在台边儿处，老师只能在一旁站着。他们都很高兴，绽着笑脸，目光充满了敬意。老师指挥着我们唱《感恩的心》。高年级的学生伴着音乐可劲儿地唱，声音很高。我不太会歌词，也跟着哼唱。我很卖力，合唱声很响亮。

……

感恩的心 感谢有你

伴我一生 让我有勇气作我自己

感恩的心 感谢命运

花开花落 我一样会珍惜

……

那天我们鼓了很多次掌。台上的人讲完话我们就鼓掌。最后那个红光满面，矮胖，挺着大肚子的老板捐了钱，还捐赠了学习用品。我也上台领了背带书包和漂亮的文具盒，我很感激他。我按事先老师的示范给他深深地鞠了躬。我还就记住了他的名字，叫雷洪，是什么董事长。后来我问爹，爹爹说，他在城里的工地，很多都是雷氏的。真厉害。我对爹爹说："你和爷爷也都可劲吃饭，把自己吃胖了。"爹疑惑地问为啥？我说："胖子和肚子大的人就能当老板，就会有很多钱，再也不去工地上掏死力干活儿了，你看那个雷洪老板就是这样子。"爹爹哈哈大笑，爷爷也笑弯了腰。

放假时，回头看看学校，心里可难受。教室原样地站在那里，难过的样子，我流泪了。想点开心的事儿吧，同学们都说，中心小学在乡中学旁边，新建的校舍，好着呢。去那里上学都得住宿，寝室里有上下床铺。还有食堂，同学们都在餐厅里面吃。有长桌子，还有圆凳子。在我的记忆里，很少在外面餐馆里吃饭。以后天天都在那里吃，想想都让人激动。我盼着能早点去。

三天后我出院了，可是，医生说我不能去上学，要在家里养病。我很伤心。我哀求爹爹，爹说，等他回城里要回来工钱，去大医院给我做了手术，就可以上学了。我盼望着爹爹能早点把工钱要回来，早点做手术，早点去上学。

爷爷下地干活了。正是秋收忙天，爹爹很犹豫，他想帮爷爷收了秋再进城。爷爷说就那三亩半地，他一个人就中，赶紧要工钱去吧。他是被爷爷撵走的。爹爹走的时候回了好几次头。我忍着不哭，怕爹爹心里难受，直到看不见爹爹，才哭出声，爷爷也流泪了。

往年的这个时候，爷爷时常带上我。天是那么高，地是那么远，空气爽朗朗的。我还能闻到土地的气息，那种散发着日头晒过的味道，甜甜的，香香的，还有一点点土腥。爷爷说，好天时能看得到中岳嵩山。我爬到丘岗上，踮着脚尖极力地往远处眺望，却怎么也看不到。爷爷笑笑，挂着铁锹，叹口气说："以前这个时候还有成群的大雁，排成人字形往南方飞去，现在没了。不光大雁没有了，狐狸、獾、野猪、刺猬、雉鸡，就连兔子也少了。"我缠着爷爷让他讲。要是干活累了的话，他就会坐下来给我讲。那些可爱的动物都上哪去了？为什么现在见不着了？爷爷回答不上来。有时候，爷爷会用土坷垃垒个灶，把遛到的玉米或包了泥的红薯放上去烤。我会帮爷爷拾些干草和碎秸秆，爷爷点着了后，趴在地上吹吹，蓝灰色的烟气直直地往上走，直飘升到很高很高的天上才散开。等待时，爷爷会取出秸秆，捏着一头儿点上根烟，有滋有味地抽着……

可是，今年爷爷不再带我。爷爷出门时，交待我别下床，也不能走出屋子，更不能走出院子。大人的话有的听，有的可以不听，因为大人有时也不听我们的话，也不听医生的话。医生不让爷爷吸烟，他就没听，我说他他也

146

不听，只是口头答应说中中中，吸完这根往后就不吸了，可这根吸完还有下一根，好像总也抽不完。所以，我只管去灶房做饭。我会做饭的，虽然一干活儿就胸闷气喘，憋得难受，但我悠着点，不那么紧就是。

我喘了好几歇，总算把饭烧好了。我把饭菜扣好，又回里屋躺在床上。下雨了，爷爷是噗嚓噗嚓踩着泥水跑回来的。爷爷在门框边上跐了跐鞋底的泥巴，看到桌上的饭菜，愣住了。他转过脸来看看我，从花白的头发上和深陷的眼窝里，淌下来了许多水，顺着褶皱的脸颊，流了下来。爷爷抽噎几下，又强忍着长长地叹了一口气，抹一把脸，抱我去吃饭。直到吃完饭，爷爷才说话，"妮子，给你爹打个电话吧，下雨了。……一场秋雨一场寒。"

二

五天前，当孙有成来到工地，眼前的一切让他懵了：基坑塌方了。基坑下面一片混乱，正中间有一道深沟，应该是紧急救援临时开挖的。……孙有成愣了一会儿，他赶紧给老板何志斌打电话。连着打了几个，不通，心想，坏了，坏大事儿了……

外面沥沥拉拉地下着雨，风雨声时大时小，好像歇一会儿，攒攒劲儿，再发起猛烈地进攻一样，根本没有要停下来的意思。雨滴又溅出星星的雾水来，趸成小旋风，在空荡荡的工棚里挣扎一会儿，又遁于无形，如一声无奈的叹息。冷。孙有成裹着被子，呆坐着。老板何志斌也找不到，工钱也要不回，被困在这里已经几天了。连着几天无头苍蝇般乱飞乱撞，已经透支了他急毛燎躁的狂怒情绪，就像是一场过度奋然后的心理塌陷，萎靡了。工棚里乱七八糟的，破碎的泡沫板做的床垫子，破袜子，破毛巾，破内裤，矿泉水瓶子，戴残了的安全帽和满地的烟头。人都走了，依然充斥着汗臭味和腥臊味。

临近傍晚，孙有成想了想，还得去看场的刘老头儿那里蹭饭吃。手机响了，他慌忙地掏出来看，哦，是女儿打来的。

"爸，咱家下雨了，你那儿下了没？"

"嗯，也下了。药吃了没有，你爷呢？"

"那你冷不？霎忘了加衣裳。……药吃过了，很好，爷在刷碗哩。你啥时候回来?"

"过两天，工钱拿上了就回。"

……

挂掉电话，孙有成的眼泪流了下来。泪眼朦胧中，老婆似乎就站在面前，大口大口地喘着粗气，不知要对他说些什么。

老婆咽气前，紧紧抓住他的手，从她那塌陷的眼窝里缓缓地流出了两行眼泪，那泪水是热的，直烫在孙有成的心上。她的嘱托又断断续续地回响在耳畔："有成啊，你一定要照顾好咱的闺女啊!"他的心像被剜了一样痛。孙有成抹一把眼泪，长叹一声，唉——!他现在真后悔，当初太相信何志斌了，给他当个小领工，从年后到现在，整整有七万多元没拿到手哩。工地出了事，何老板联系不上，这工钱可咋要回来呀。钱要是要不回来，闺女的手术可咋去做呀。孙有成懊恼地揪着自己的头发，另一手狠狠地咚咚捶自己几下……

老刘头儿正在简易房中做饭，一旁的收音机正呕呕呀呀地唱着豫剧，老刘头儿也跟着哼唱，只把尾音挑得高高的。看到孙有成进来，手里掂着酒和小菜，说:"我再添点水。"孙有成说:"有馍就中，我捎带来的有酒。"孙有成打开塑料袋子，把兜着的菜展开在海碗里，拧开酒瓶盖，咚咚咚地倒上。

老刘问:"还没联系上?"孙有成回:"联系上我就不来你这儿了。"老刘笑笑说:"唉，你早来十几天就好了，能和工人们一块把工钱要回来。看看孙有成木着的脸，立刻说，啊呸!幸亏你回老家了，嘿嘿……你不知，地下通道的基坑塌得真是时候啊，刚好在收工的时候，工人们正往外走，听到上面咔嚓嚓不对劲儿，大伙赶快往外跑，大部分人都跑了出来，结果，有个人藏在里面尿尿，尿没尿完，就给埋在里面了。你说这货也真是，上来尿都不中?这倒好，没让尿憋死，却被砸死了。唉。另一个跑得慢的砸断了腿。你想想，乖乖，要是施工时塌下来，我哩个老天爷，几十号人不都闷里头了?塌方后，施工员和技术员吓得全跑了。上面立刻成立了调查组，追查事故责任，工人们闹哄哄地围着讨要工钱。甲方的主管领导也按不住了，只好上报主管部门，安监、住建呼啦啦来了一群。主管部门压得紧，雷总亲自过来坐镇，艮着脸坐在项目部大骂一通，雷氏公司几个副总战战兢兢地低着头。最后，雷总命令公司财务拉来成捆的现金，垛在一旁，一个一个地发……现在只剩你自个儿，找不到何老板，恐怕一时半会儿要不回来。"

孙有成叹口气道："唉。"老刘说："他得敢接你电话呀啊，早躲了起来。他敢露面，雷总不把他撕吃了！要说何老板也够倒霉的，好不容易从雷总那里弄个项目，还出这档子事儿。这下，何老板完了。据说何志斌接这个项目，借了好多钱，还使上了高利贷，要账的人找他都找疯了。雷总先把事摆平了，事后能饶得了他？听说雷氏已经出了几百万元了，安全事故要罚款，上上下下要打点不说，一死九十万，一伤二十多万……"

从老刘那出来，孙有成往一个地方走去。

孙有成走出电梯，顺着步梯爬到楼顶。楼顶夜色似乎更分明一些，浓浊的夜空几乎看不到星星。居高环顾，仓穹之下，远处的灯火连成了一周地平带，整个城市像是在吃力地背着一顶巨大的黑锅。孙有成朝邻楼的房顶上的阁楼望去，黑黢黢的。何志斌应该就住在这里。那座楼没有电梯，能从与之相邻的楼顶跨过去。而这个楼是有电梯的。楼顶上的两间房子被斌子进行了改造，楼面上做了防水培了土，种了花草，安了小亭台，宛如一个小花园。两间房子挺大，一间摆放了书画茶台，一间可作卧室。这个地方没几个人知道。

三

小王把老刘拉到雷氏办公楼前时，老刘心里七上八下的。

紧跟着小王，老刘的心也和电梯一样往上提溜，他有点失重，头重脚轻的。

来到九层，小王轻轻地敲开门，通报给雷总后，示意老刘进去。老刘长换口气，硬着头皮往里面走去。他环顾四周，宽敞的办公室很大很大，像个会议室。办公桌宽大得让人吃惊，上面摆放着一头牛，金色的。真皮的老板椅黑熊一样蹲着。靠墙是一排书柜，摆满了新书。后墙中间坐北朝南奉着一尊关公雕像，一手持青龙偃月刀，一手捋美髯。办公室里摆放着大沙发。飘窗是弧形的，玻璃全封闭，阳光充足而明敞。靠窗的地方摆了精致的瓷器花盆，花盆里茂盛地生长着老刘从未见过的植物。

正在给花草喷水的雷总，放下手里的喷壶，拿起一条洁白的毛巾，一边热情地招呼老刘快坐，一边慢理斯条地用白毛巾擦了擦手。老刘趁趁摸摸地坐在了沙发边沿儿处，雷总坐到红木茶台的主位，一边给老刘烧水泡茶，一边扔给老刘一颗"中华"香烟。这个扔烟的举动让老刘不再拘束，习惯了卑贱的对待，客气的尊重反而让他诚惶，他放松了许多。老刘不抽烟，他慌张惊宠地接了扔过来的香烟，只好夹在耳朵上，显得很滑稽。

雷总给老刘倒了杯茶，说："老刘呀，今儿个叫你来，是想问你些情况。"老刘边接着杯子，边诚恐地回道："雷总，您说，问俺啥事？"

"哦，是这样的，孙有成为要工钱，把何志斌推下了楼，结果两人都摔了下来，同归于尽，这事儿你知道吧。"

"知道，知道，唉，来之前俺还为这事难过哩，孙有成出去前俺还交待他，找到何志斌好商好让地说，能把工钱要回来就算了，甭把事弄僵了。唉，谁知道会弄到这一步？我心里还一个劲儿地埋怨他，有成啊有成，千不该成不该，你不该走这条路，你是解气了，可你让老父亲和女儿可咋活啊。这下，毁了两家人家，唉。"

"哦？你对孙有成的情况很了解嘛。"

"是呀，庄邻嘛。来这个工地还是孙有成叫我来的。"

"孙有成为啥没想着来公司要工钱？工地出事儿后，公司只好出面，你们的工钱可都是公司出的啊。"

"嗯，不是没想过。说实话，那时候工人成群地围着，闹哄哄的，为了平事儿，好整。孙有成来得晚，就剩他一个人的工钱了，势单力薄，来找公司，公司也未必理他。再有，孙有成领工，何志斌说是按合伙待他，工地上干活算一份，领工也算一份，他找公司怕是公司不会按何志斌承诺的算工钱。孙有成吧这人认死理，冤有头债有主，往何志斌要才合适。要是孙有成起初就来找您，会出两条人命？唉，都是为他妮儿的病逼得呀。"

雷总怔了一会儿，若有所思地又问："何志斌欠孙有成多少工钱？"

"不多，也就七八万吧。"老刘苦笑了一下。

"当中何志斌一直没给他过？"

"孙有成实诚啊，想着何志斌垫资太多，一直为钱着急，他自己拿不出钱来帮何志斌，再前后哼唧着要自己的工钱有点不合适……当中好像他只借支过几千块钱。"

"对了，你是说孙有成为了女儿治病？说说。"

"唉，雷总，他老婆白血病，熬死了。撇下个妞，患有先天性心脏病，不治，那就会像她妈一样，等着熬死呗。孙有成觉着已对不起老婆了，这回就是砸锅卖铁也得给妮儿治。……这一老一小的往后的日子可咋过呀。"老刘最后几句话，几乎成了哭腔。

雷总安慰他几句，打发老刘回去了。送走老刘，他抓起电话打了出去。"小王，你来一下。"

四

屋里没有灯光，孙有成听到屋里有响动，何志斌应该就在屋内，好啊，逮你了好几天，今晚总算把你逮着了，孙有成火了，他憋足了力气，腾地一下踹开了门，随即，打开手机上的手电筒。

灯光下，何志斌惊恐地一边用手挡着电灯光，一边去抄桌子上的棍子。孙有成一看，愤怒地冲上去，一把卡住了何志斌的脖子，吼道："何志斌！你他妈就给我躲吧，快还我钱！"

何志斌一听是孙有成，一下子松懈了下来。他一边掰着孙有成的手，一边说："兄弟兄弟，你松手，听我说呀，兄弟。"

孙有成住了手，要开灯。何志斌一边抚摸着脖子咳嗽着，一边紧紧地拉着他道："别开灯，别开灯兄弟，坐下来，听我说"。

何志斌坐在椅子上，又示意孙有成坐下。孙有成怒视着何志斌，吼道："说！"何志斌站起向门口走去，孙有成也蹭地站起。何志斌说："我不会跑，我去顶上门。"何志斌只好轻轻地关上门，又轻轻地拉一把椅子在门后斜顶着。回过头，坐下，又向门口扫一眼，对孙有成说："我是被雷洪那个狗东西陷害了，你都不知道他有多黑，吃人连骨头都不吐的！"

孙有成余气未消，艮着脸也不接话。何志斌看看孙有成，接着说："工地出事故是个偶然，不出事故，我也难逃一难，谁让我当初没长眼趟着雷了呢。唉，倒也是，要是不出事故，雷洪也许还不那么黑心把我舍弃，事故一

151

出，那家伙只得狠心地把我踢开。咳咳。"何志斌捂着嘴，憋着咳嗽两声，接着说："咱作为施工方，开始不知道啊，真正的投资方不是雷氏集团公司，而是有人借用雷氏公司的资质来做的项目……你知道这个投资方的后台是何方神圣吗？"

孙有成的怒火有点减弱，追问道："我哪儿知道这勾勾秧马齿苋里面的事儿？"何志斌接着说："是呀兄弟，说了你也不懂的。上面有人想整这个后台，交待给了雷洪，雷洪那得唯命是从。你想，能把雷洪像狗一样使唤的来头会小得了吗？……他奶奶的，结果，咱成了垫背的，真他妈的冤。你想啊有成，我多年的心血就这样不明不白地让他们给毁了吗？我不甘心呀！……所以，我拼了命也要自救，哈哈，真是苍天有眼啊，居然有人给我发了视频，让我彻底搞明白了他们私下的交易，也证实了我当初的怀疑。我不知道是不是有人故意把雷洪的把柄给我的，先不管它，但它对我很有利。这份重要的视频资料全在我的手机上，一旦公布，将会在全市乃至全省地产界地动山摇！有了它，让雷洪乖乖地找我，吃了我的给我吐出来，别把我当冤大头，休想把我当交易品，哼哼。"何志斌凝重的脸上闪出了笑容，随即，又谨慎地收敛住，说："……所以说，我把手机藏到了安全的地方。"缓一缓，接着给孙有成解释说："……你不知道雷洪神通有多大，他能调动关系通过手机把我定位……这个地方我也不常来，今晚是来取点东西，刚好被你碰上。"

孙有成又来气地说："你这些破事儿俺也帮不了，也没能力帮你。你不是说恁俩家有亲戚吗？"何志斌一听，脸一下子红了，激动地蹭地站了起来，呵呵地冷笑了起来："去他妈的亲戚！这年头就是父子也都成了利益关系！"停了停，孙有成说："斌子，你是干大事儿的主儿，可俺一个没成色人就会凭下死力挣钱……你也知道，俺闺女做手术要用钱，这钱可是救命的啊！"孙有成声调变成了哭腔："不管咋地，你把俺的工钱给我吧，就算我求求你啊。"

何志斌拍拍孙有成的肩膀说："兄弟，你在工地上干的咋样我全知道，也知道你为人实在，为了帮我一直没追着要工钱，是哥对不起你啊。……啥都要说了兄弟，钱，我给你准备的有，不过没法用手机银行转账，你这样吧，你给我个卡号，我一会儿下去在 ATM 机上转给你。一共多少？"

孙有成一下子有点感激了起来，他连忙掏出钱包，找银行卡，边找边说："一共八万，当中俺借支过七千，你给打过来七万三都中了。"何志斌接过银行卡，说，"兄弟，啥都别说了，我还给你转八万元吧，多那几千块钱是对闺女的一点心意。你先等着，我十来分钟后就上来。"何志斌又小心地带好门，走了。

何志斌悄悄地走出去后，孙有成心里堵着的坏抽了，一下子轻松了许多，他长长地舒了口气，心想：闺女啊，明天咱就去做手术。

孙有成掏出手机，想给家打个电话，一看时间，已经过了23点了，算了。就在这时，一个蒙面人闯了进来。孙有成还没反应过来，蒙面人抡起大棒呜地一下砸了过来。孙有成眼前满天飞舞着金星，一头栽倒在地……

何志斌悄悄地上了楼顶，走到门口，发现屋门大开，他心头一怔，急忙冲了进去。眼前的景象让他大吃一惊，他扑上去连忙抱起头上冒血的孙有成，大呼道："有成！有成！醒醒啊醒醒！"孙有成慢慢地睁开了眼，说："哥，你，你，有个蒙面人，应该是……"何志斌哭着说："兄弟，坚持下，我背你去医院。"

何志斌背着孙有成慌里慌张地往外跑，冲出门先往西跑，停了下，又踅向东边，朝有电梯的隔壁楼顶方向冲去……

五

爸爸，你咋还不回来啊，我和爷爷给你打电话，老是不接。对了，爸爸，昨天晚上我做了个梦，梦到你要回了工钱，红红的票子堆一大堆，我和爷爷坐在一旁呵呵地直笑。你说，闺女，明天就去省城给你做手术。我钻到你怀里，好好地亲了你一口，你那胡髭茬扎得我好痒痒，把我的好梦都惊醒了。我看到爷爷还坐在外边抽烟呢，我知道，爷爷又睡不着了。

那一天早上，村上的乡亲来咱家神色慌张地叫爷爷。也不知那个乡亲在院子里咬着爷爷的耳朵说些啥，爷爷一下子险些瘫倒。我出门去看，只见蹲在地上的爷爷抱着头，满眼是泪。我慌了，扑到爷爷怀里问爷爷是怎么了。爷爷紧紧地把我抱到怀里，终于憋不住了，"呕"地放声哭了起来。邻居们也都来了。隔壁的婶子把我拉到她家，我又大声地哭起来，抻着不走，要和爷爷一起。爷爷抹了抹眼泪，又给我擦擦泪，说："妮子啊，你要听话，你先到你婶子家玩着，我们去把你爹接回来。"爷爷说到这里，已经哭得说不成话了。我紧紧地抱着爷爷的腿，我也要去接爹爹。爷爷好说歹说，我才答应了他。

临近中午，爷爷真的是把爹"接"回来了！可爹躺在堂屋中间的床上一动不动了。我全明白了。我咬开婶子拦着我的手，扑到爹爹身上，大哭了起来。爹爹这是死了吗？这是真的吗？我要把爹爹喊醒。四周的人都憋不住放声地哭了出来。爹爹真的死了。我胸闷气喘，缓不过来气儿，我昏了过去。邻居们把我送到了乡医院。当我醒来，已经是近晌午了。我哭着喊着要回去，我要去找爹爹。医生跑了过来，他们劝我不让我激动。我想找爹爹啊。邻居和医生商量着，得让她给她爹送殡啊，不能下葬时连个下辈人都没有。医生也落了泪。最后，医生答应和我们一起回去，他要在我身边护理着我。医院开着救护车送我回来的，捎着氧气袋，还给我吊着点滴。

回去后，爹爹已经被安放到了棺材里。婶子给我穿了一身的白孝服，还戴了白孝帽，他们说，要由我给爹爹送殡。爹爹啊，那漆黑黑的棺材里应该有多冷啊。爹爹啊，你快出来吧，咱不躺在里面了。我要去用力掀那厚重的棺木盖子，爷爷拉住我说，妮子啊，不能啊，不能动了棺位，你爹在那边会疼的啊。我住手了，我抱着爷爷大哭："我要爹爹啊。"爷爷也大哭了起来。

响器声声地吹着，那声音吹得让人心痛。我现在才知道，那是世上最扎心的声音啊。

乡亲们都来给爹爹送行来了，还有爹爹的工友们，他们要给爹爹抬棺。刘爷爷也来了，他不停地劝爷爷，还不停地劝我，可我看到他背着脸不停地抹眼泪。

还有一个开着小汽车的叔叔也来了。他送来了一捆钱和一张银行卡，总共有三十万啊。爷爷吓坏了，说什么也不要人家的钱。那个叔叔和爷爷撕扯了一阵，他拗不过爷爷，最后，只好说，唉，没见过这么死心眼儿的人，这是爱心人士的捐款！这些钱一部分是让孩子做手术的，一部分是你们爷孙俩今后的生活费。快收好了吧，别辜负了好心人的一片心意。爷爷不再争执，只好接了袋子。爷爷抹着眼泪，非要让叔叔告诉他好心人叫什么。那叔叔无奈，只好苦笑着叹口气说，叫"雷锋"！爷爷拉着叔叔哭着说，感谢雷锋啊，感谢雷锋。那个叔叔把爷爷拉起，又安慰几句，急急地开上车，跑了。老刘爷爷挤到爷爷身边，悄悄地说，这个人他认识，雷氏集团公司雷洪雷总的司机小王。爷爷拉着我说："妮子啊，你记着咱的恩人的名字呀，他叫雷洪。"爹爹啊，我和爷爷遇到了好心人呀，你可知道吗？

爹爹的"头七"过后，爷爷领着我去了省城。省城里那么多高高的楼，我从未见过那么高的楼，和像彩虹一样的高架桥。那些可都是和爹爹一样的人一砖一瓦建起来的？

躺在手术床上，我迷迷糊糊地看到了爹和娘，他们俩手拉着手并排站在床前，冲我微笑着，目光充满了温暖和爱怜。我从未感觉到离他们是那么的近。我的爹娘啊，我想抱抱你们，可我怎么也动不了……

在医院，我恢复得很好，再也不胸闷气短了，嘴唇也红润了。出院前，我让护士姐姐教我首歌，叫《感恩的心》。我要把它全学会。爷爷说，出院了，第一件事儿就是去找恩人谢恩，要当面感谢恩人。护士姐姐还教我了"手势"。她笑着说，那是哑语。

出院后回到家里，我不再担心我会死了，可我还是高兴不起来。别人的话让我很生气。他们说，爹爹为要工钱和老板拼命的，不值当。不但毁了自己家，还毁了老板一家。我哭了，我相信爹爹绝对不是那样的人。我可怜爹爹，爹爹是为我而死的，我的命是爹爹换给我的。爹爹啊，他们说的不是真的，你能不能就在梦里给告诉我啊，我要让所有人知道，不是他们说的那样子的。

等我完全好了，爷爷和我来到了城里。老刘爷爷领着我们，来到了高耸的办公楼下。门卫很严肃，不让进。老刘爷爷探着腰，扬着笑脸，诺诺地给他们解释，门卫才松开了脸，口气也软了下来。他打电话往里通报。等了很久，里面才答应让我们进去。老刘爷爷没有上去，他微笑着示意我们，跟着那个下来接我们的漂亮的大姐姐走。大姐姐热情地要牵我的手，我很紧张，我紧紧地抓着爷爷的手，藏在了爷爷身后，寸步不离。大姐姐抚摸着我的头，咯咯地笑了。她笑的样子更漂亮了，我心里稍稍稳定了。

雷洪伯伯的办公室好大呀，和我们的教室差不多，大得让我感到恐慌。见到伯伯，爷爷感激地流着泪要下跪。雷洪伯伯连忙把他拉起，扶着爷爷坐在了沙发上。雷洪伯伯还拉住了我的手，问长问短的，我都一一作了回答。

我怯怯地对雷洪伯伯说："伯伯，我认识您的，以前您到俺学校做慈善活动，俺还给您唱过歌呢。"雷洪伯伯笑着把我揽到怀里，说："哦，是吗?"我回答说："是的，只是那时候我还不会唱整首歌，今天，我和爷爷没什么送给您的，我就给您唱首歌吧。"

我站起身，深深地给爷爷和雷洪伯伯鞠了个躬，稳了稳，清清嗓子，打着手势唱了起来：

我来自偶然　像一颗尘土
有谁看出我的脆弱
我来自何方　我情归何处
谁在下一刻呼唤我

天地虽宽　这条路却难走
我看遍这人间坎坷辛苦
我还有多少爱　我还有多少泪
要苍天知道　我不认输

感恩的心　感谢有你
……

唱着唱着，我看到雷洪伯伯和爷爷都流泪了。我哽咽着，最后几句我是断断续续地"唱"完的。泪眼模糊中，我看到爹爹正坐在我的前面，他，也流泪了。我扑到他的怀里放声大哭了起来。

雷洪伯伯紧紧地抱住了我……

（本文获北京《新工人文学》期刊 2020 年举办的第三届"劳动者文学奖"优秀小说奖；发于《作家天地》2023 年第 2 期实力文本小说头题）

16 有 病

一 借酒消愁

夜色沉了下来，城市的霓虹灯欢快地晃幻着各种形姿，四周的楼房和街上的行人都在来回地晃动着，闪得我眼花缭乱。

我从小吃摊处站起，从兜里掏出皱巴巴的香烟盒，还有一支。我拿起桌子上的打火机，"咔嚓、咔嚓"，不着。气儿不多了。我拧大气门，用手焐焐，甩甩，再打。"呼"！强劲的火头蹿出，险些烧住我的眉毛。人行背运，凉水会塞牙，火还会烧眉毛呀。

一瓶"老村长"，喝剩下的还有二指深。俺村的"老村长"也是个好人呀，他发动全村人给俺捐钱。虽说有的爷们儿也就捐了一瓶"老村长"的钱，可十元也是钱呀！我跪在地上给人家磕头谢恩。爷儿们把我搀起，脸上的泪比我的还多。我的眼泪差不多已经流干了。"起来吧孩儿！盼着小黄豆早点治好！可怜人啊！唉！"

一碟花生米所剩不多，可不能让老板给清理了。我冲老板嚷道："老、老板，俺去解个小溲儿啊，"又回头强调，"一会儿还回来。"

老板娘不耐烦地看看我。看啥看？老子也是上帝，咋了？不是优质客户，总还是客户吧，哼，啥人！倒是老板爽快地回道："中！"

路边道牙绊得我一趔趄。我摇摇晃晃地走着，尿尿的地儿可真难找。街上的银行所倒是不少，比厕所多了去了。看到银行所我就气不打一处来。钱！钱！钱！有啥都别有钱，有啥都别有病。医院就是个吃钱的怪兽。小黄豆让我给他讲怪兽的故事，我首先就想到了医院。小黄豆说不是，护士姐姐待他可好了，咋可能是怪兽？我无言以对。

实在找不到厕所，憋得受不了了，在昏暗的立交桥下找个柱子就地解决吧。酒是龟孙，谁喝谁晕，走路拐弯儿，尿尿划圈儿。行人骂骂咧咧地，很难听。我分明听到有人骂道："哼！农民工，没素质！"

热量排出让我剧烈地条件反射，不自主地抖擞了几下身子。一阵痉挛后很快恢复常态，我再晃晃手，边束腰带边骂道："老子就是农民工，咋了？开小车儿戴手表，老子不干恁吃啥，啊?!啊?!啊?!"

上一拨人已经走远，刚路过的人不明就里，惊惑地瞪大了眼睛看着我。几个女的向男人身后怵着。我感觉好笑极了，哈哈哈地大笑起来。我大声地喊唱道："开小车戴手表，老子不干恁吃啥！开小车戴手表，老子不干恁吃啥！……"人们如受惊的麻雀般倏地四蹿，我蹲在地上，又大哭了起来。有胆大的老者走近我跟前："喝大了吧，快回家吧孩儿！"

家？那个偏远山区的三间瓦房还是家吗？老父亲必定坐在破院子里唉声叹气。一旁瞪圆眼的鸭子"嘎嘎"地叫着，像疑惑地在问父亲，从他呆滞的目光里得不到答案。忠实的小狗卧在父亲身边，伸长了舌头喘着粗气。它不知道为什么父亲在抹眼泪，叽叽地哼两声。连狗都对这个家很失望，对我来说，更绝望。积蓄花玩了，粮食卖完了，给老父亲准备的"大棉袄"都拉出去换成钱了，老婆哭哭啼啼地收拾衣服，说是回安徽娘家借钱，却一去不复返了。

小洁，也就是孩子他妈，是我在广州打工认识的。做过小姐，跟我结了婚。娘家远，来来回回都要花钱。我俩也没领证。那东西在乡下不重要，只要拜过堂，就算事儿，以后再办证不迟。我这条件找个老婆就不错了，她以前干过啥管球哩，要是富二代谁去当小姐？没证，小黄豆的户口也没得上，就出现了这事。连个新农合也没有，唉。

电话打过去，感觉大舅哥眼珠子都快瞪出眼眶了，冲我恶狠狠地骂道："小洁没回来！窝囊废，不向你要人就算便宜你了。……以后别往这打电话了。"

小黄豆问我，我忍着没哭，说："恁妈给你挣钱治病哩。"走出屋，我憋不住痛哭流涕。老父亲不知啥时候站在我背后，通红的眼睛正喷射着一种悲壮。他拍拍我的肩，用沙哑而苍老的声音带着哭腔说："孩儿呀，唉——！"

又掩面蹲在了地上。接着一阵几乎缓和不过气的咳嗽。老父亲的肺病早该去看看了。他一直忍着。没钱。

……那还是家吗？

我摇摇晃晃地往小摊前走去。黑暗中远处医院病房楼依然依稀可见。小黄豆应该已经睡去。小黄豆并不知道他的"感冒"咋会这么难好，他希望能慢点好，这样就能在大城市住高楼了。还有电梯上上下下的，好玩。还有好吃的。治疗时很疼痛，他很坚强，能忍受。病友和护士夸奖他，他很自豪。

想到这些，我又哭了。钱！钱！钱！这么多钱除了医院就是银行能有了。走到银行所前，愣愣地看着自动取款机，我徒然有了个想法，它把我自己都吓一跳。我像做过贼一样四周看看，发现并没人注意我，才松了一口气。

我贼头贼脑地回到小桌前，把剩下的"老村长"咕咕咚咚抽下，把不多的花生米摘到嘴里，踉踉跄跄向租住处走去。

这是一条未拆迁的胡同，多租住着我们这些人。房东隔出很多小格子。人多，多收租。

街道上的门面，多是些按摩、足疗之类的小店。时间就是金钱，二十四小时营业。半老徐娘们不住地招揽着生意。一旦有人驻足，立刻像苍蝇般飞扑过来，恨不得把人给叮吃了。

"哥，回来了？进来喝杯茶吧"。按摩店的钱娟热情地招呼我。时间一长，自然就熟了。我始终感觉她和别人不同，说不上来哪不一样。我知道她不是做我生意的。喝多之后只想好好地睡上一觉，我迷瞪着眼，口齿不清地谢过她，回去了。

"哥，那你慢着点。"

新的一天和无数个愁苦的昨天一样，依然沉闷地开始。闷热使我醒来，我还想再回到那个无忧无虑没有烦恼的梦境里，一坠入尘世，想到医院里的小黄豆，想到我是儿子的爸爸，便激灵一下坐起。一看时间，不好，已经快九点了，护士昨天交待我早点去，说是医生有重要的事找我。

我急急忙忙地洗把脸，好在我昨晚是合衣睡下的，不用去手忙脚乱地穿衣服，我噌地冲了出去。

二　智子疑邻

我叫小黄豆。漂亮的护士姐姐和病房里的病友都说我的名字起得好听。我还告诉他们："我爸爸的名字更厉害，叫'皇帝'，哈哈哈，吓着你们了吧。我爸爸的名字是我爷爷起的。""那你爷爷一定叫黄天嘞？"护士阿姨摸着我的小脸笑着说。

"呃？你怎么知道我爷爷的名字？"我好奇地问。

"还真猜对了。"护士姐姐一脸兴奋。其他人也都为我和爸爸，爷爷的名字笑起来。那一定是觉着好。

"我妈妈叫小洁。"我又大声说。妈妈把我领来登记后，就再也没回来，我想妈妈了。我开始哭起来。护士姐姐一下子收住了笑容，开始劝我。"好孩子，不要哭了。你妈妈再回来，一定会带来好玩具的，就等着吧。"

哼！别认为我不懂了。医院外面的超市就有，买个玩具会去那么久？一定是妈妈不要我了，我听到过爸爸和妈妈争吵过，爸爸的脸色可吓人了。

"别哭了，好孩子。"他们都在劝我。其实我一哭闹大家就会注意的，来安慰我，有病友就会把好吃的好玩的送给我。我可从来没见过这么多好吃的，好玩的。

"你爸爸黄地不是一直都在陪着你吗？他多好，等会儿爸爸看到小黄豆在这哭闹会不高兴的。"护士姐姐一边抹去我脸上的泪，一边用手逗我的胳肘窝。我笑了，我怕痒痒。

"我爸爸叫黄地，俺村上的人说，当皇帝可得劲儿了，有很多金银财宝，天天吃油条喝胡辣汤。只是，只是我很少看到我爸爸吃过。"我扬起脸对阿姨说，"我是最爱我爸爸的，我要为他争气的。"大家都被我说乐了，哈哈地笑起来。

我是叫黄地，却不是"皇帝"！我来到病房，看到儿子正和大家欢闹在一起，松了口气。小黄豆见我来，高兴极了。

我刚站稳脚跟，护士小姐姐催着家属都出去，要整理病房，只能留一个在外面，待会医生还要查病房。

160

等这一切忙完，护士开始娴熟有序地给病人扎上针，差不多十一点了。我想到管床医生刘大夫说过让我去办公室，就先去等着。看着门一会儿开开关关，被医生叫到的家属，出出进进，我蹲在一边，等着。从门缝里看到医生们有写病历的、有在熟练敲击键盘的、有打着手势给家属形象地讲解的，我很木然。又过了好久也不见刘大夫，我有点急，难道他忘了？不可能，我始终认为医生是最严谨的。没办法，只能等着。

最后终于等到刘大夫探出了头，用目光搜寻着，那一定是找我的。我急忙起身示意，迎着走过去，他却没有让我进办公室里意思，我只好跟着他来到了消防通道里面。

这个戴眼镜的医生向来干练麻利，有什么说什么，不像有的医生扭扭捏捏、吞吞吐吐，今天是怎么了？他用目光仔细地端详着我，像是要在我脸上找什么东西似的。我也愣住了，一会儿我说："刘大夫，您？"

他回过神来，抽出一只抱着膀子的手又托着下颌，说，"你是孩子的亲爹吗？"

我大吃一惊，疑惑不解地瞪大了眼，"刘大夫，这，这，什么意思？"

从他猛一愣的脸色，我知道我的惊愕让他也吃惊不小。他稳稳神笑笑说："是这样呀，你是 A 型血，你爱人也是 A 型血，可小黄豆却是 AB 型血。"

什么 ABCD 的我一脸懵，他也看出来了，直接了当地说："就是说，这孩子不是你亲生的。"

我脑袋嗡地一下，下意识地蹲了下去。刘大夫扶一下我说："你没事吧！"

我没事，他又说了什么我没听懂，脑袋一片空白。最后，他拍拍我的肩，先走了。我知道，医生向来是不会开玩笑的，即便偶尔开个手术钳缝到患者肚子里的大玩笑，人家是要告医院的，那是医疗事故，会赔上好多钱的。刘大夫是不会给我开玩笑的。

傻掉的我呆在那里很久，很久。我在不停地思考着。突然，小洁那烘柿脸出现在我面前，挤眉弄眼地像是在嘲弄我。留下与我没有血缘关系的骨肉一拍屁股走了，弄得我倾家荡产，什么东西，我愤怒挥起拳头地向她砸去，拳头落在粗硬的消防管道上，我的手瞬间流血了。死死抓住我的手，小黄豆撕心裂肺地哭喊道："爸爸呀爸爸！他们是骗人的，别打妈妈了啊"。我恶心地将他甩开，大吼道："滚——!"小黄豆一下子"滚"得无影无踪，我急忙回身寻找。楼道门"吱"一声开了，送饭的家属抄近路从这里走过，我回过神儿来。愤怒让我产生的幻觉。

该给小黄豆弄吃的了，我下意识地夺门而出。

我失神地走着，机械地打了饭菜。上电梯时，我的脑袋嗡嗡嗡地乱作一团，想拼命地厘清这突如其来的一切。我恨小洁，进而又恨小黄豆。对啊，这个人与我没有任何关系，我没必要再在这儿做任何事情呀，我要一走了之，理所应当一走了之，而且，小黄豆……不中，不中，那样做还是个人吗？即便逃走，也得交待给小洁。差不多有了这样名正言顺的理由和想法，我豁然了许多，如释重负一般。一旦跳出了圈外，我又以另一身份开始替小黄豆考虑起来。我们父子相处的点点滴滴一幕幕地浮现在我的眼前。

小黄豆出生后，全家是多么高兴呀，当我看到他刚出生皱褶的小脸时，有一种想哭的冲动。不知何时起，小黄豆会叫我爸爸了，不知何时起，他会帮着爷爷挠痒痒了，会学着说大人话了，逗得我们哈哈大笑……我们穷，可我们是那样开心……

想到这里，我又开始恼那个刘大夫起来，是他给我塞了一肚子的"芝麻叶"，让我作心。我的脑袋开始嗡嗡作响。不行，我要找个地方好好静静地想想。

回到病房，小黄豆正在病床上玩得起劲儿，见到我进来，他放下手中的玩具，一蹦多高，紧紧地把我抱着。我的心一下子又化了。我轻轻地拿开他的手，让他吃饭。

"饭真香啊。"他一边吃着，一边夸张地大嚼着。我知道，他是在给我做样子。我的鼻子不由得一酸，但，瞬间又把这种情绪拉了回来。我仔仔细细看着小黄豆的脸，寻找着哪怕一点点我的影子，可是，还真是没有。我心里五味杂陈。

"爸爸，你在看啥?"

"哦，我在看你，在想，一个故事。"

"啥故事?"

"智子疑邻"，我怎么突然冒出这个我并不怎么明白含义的成语来。

"那你得给我讲讲。"

"古时候，有个人，下雨后院墙倒了，儿子说得赶紧修补，不然就会有盗贼趁虚而入偷东西了。而他的邻居也是这么给他说的。结果，没来得及修补，还真有盗贼晚上来偷东西了。事后，他认为儿子很聪明，却怀疑起邻居来……"

"哈哈哈，看来还是一家人待自己人亲。"小黄豆笑嘻嘻的话，却提醒了我，是要"疑邻"一下。不行，得再问问刘大夫，万一弄错了呢？

下午，我总算找到了刘大夫，巧的是就他一个人在。我吞吞吐吐地说了我的想法，他瞪大眼睛看着我足足有半分钟。最后，他不屑地笑了笑，从夹子里拿出化验单子，又麻利地从白大褂口袋拿出笔，伸手拉过桌子上的病历，详详细细地我普及起血液学和遗传学知识来。

他滔滔不绝之后，又不屑地看着我，这样怀疑一个有专业知识的大夫，简直是在开玩笑哩。我抱歉地说，"明白了，明白了。"我灰头土脸地从办公室出来，心里没处抓挠。

我掏出手机，恼怒地又给小洁打电话，电话那头依然不厌其烦地对我说：你所拨打的电话已停机，sorry！……

我怅然地坐着。医院开饭的时间真早且准时，又开饭了。我忙完了小黄豆的晚饭，走向了大街，把自己扔到茫茫人海中，随波逐流，走哪儿算哪儿吧。

三　同病相怜

我茫然地游走着，所有的想法在我的脑袋里进行着激烈的拼杀，左冲右突，死缠烂打。一会儿这个想法占了上风，一会儿那个念头又取得了胜利，反反复复的拉锯战不停地展开。它们在我脑袋里甚嚣尘上，轰轰烈烈，激荡起伏。

我又来到了昨晚上的那个小摊处，胖老板依然热情地对我打招呼，自顾默认了我是来吃饭的，忙崴着给我支小桌搬凳子。

"还来个'久战不退'，一瓶'老村长'？花钱不多，图个娱乐，谢谢捧人场啊。"

老板娘依然不冷不热，老板的话却让我理直气壮。

好酒"老村长"，能让人麻醉，好人"老村长"能让人宽慰。我算什么？喝！咚、咚、咚！酒的辛辣呛得我剧烈地咳嗽起来。咳嗽使我想起了父亲，他那可是病啊。但愿是个小病吧！唉！喝！咚、咚。

"老村长"使我俯首听命，拿得我低头不语。我歪着头朝下看着，余光发现小桌上又上了一盘菜，我惊恐地要喊"我可没让上呀。"抬头一看，是钱娟站在我对面。"我……是你呀。"

钱娟坐下来，笑着说，"闷酒喝着有啥意思？独乐乐不如众乐乐，呵，搭伙。"

人与人之间交往，要想快速融入对方，最直接有效的方法就是一起喝酒。酒，能让人脱下厚厚的"套子"和"面具"。

"切！还独乐乐？"我苦笑道，"愁死人了啊。"

"哦？严重了？"钱娟问。

"你，你不上班？"我岔开她的话反问道。

"例假，放假。"钱娟接过我给她倒的酒，喝下，又拿起小桌上的香烟，熟练地抽上，噘着的小嘴里吐出一个旋转的大大的烟圈来。

"唉！我要是个女的就跟着你干。"

"切！"钱娟不屑地说，"你以为这个钱是好挣的吗？"

"知道，我老婆以前也是干这个的。"我满不在乎地说。

"哦？"她很惊奇，拉了拉凳子挨近我，"有她干你还有这想法，挣双份呀。"

"跑了。扔下孩子跑了。嘿。"我喝下一口酒，轻描淡写得像讲别人的故事一样。酒辣得我龇牙咧嘴，自顾自地叨花生米。

我的话更惊到了钱娟。她愣愣地看着我，好久不说话。

一天的压抑让我迫切地想找个人倾诉，我索性把一切都一股脑地给钱娟全盘托出。我的语文是体育老师教的，表述向来粗枝大叶，不讲逻辑。语言组织能力远没有抽烟喝酒的能力强。经过我东拉西扯、啰嗦重复、断断续续地叙述后，我想她是听明白了。她不断地打断我"等等""什么、什么"地追问。当中我看过她的表情，她已陷入其中，时而瞪大了眼睛，时而停着筷子，时而又给我点上香烟。

　　我也不知道怎么会对她说这些，也许是好奇心迫使她想听个详尽，一个劲跟在话后不停追着；也许是我憋得难受，正想把它们释放出来遛遛，虽然遛完后它们仍旧会跑我肚子里作心；也许是一直感觉对方都是可信赖的人。我的脑袋成了空白，钱娟却开始不自觉地发笑、哀叹。我知道，它们已经开始在她脑袋里展开了轰轰烈烈的战争，搅得她不能平静。

　　我扬起脸呵呵地笑笑，又垂下头低沉地哭泣。

　　钱娟喝滞了的目光瞪着我，摇晃着还陪着我不停地干！干！干！

　　两瓶"老村长"喝完，我们的量也"老"到底了。我们相互搀扶着踉踉跄跄、摇摇晃晃地往回走去。我们横冲直撞，路上的行人怵怵地躲着，看着他们远远躲让的样子，惹得我俩哈哈大笑。

　　到钱娟的小店处，店门是锁着的。她搀扶着我绕过几个小弯，来到了她的住处。

　　门前一棵粗大的梧桐树掠去了屋顶上所有的阳光，屋内很阴凉。屋内有一股女人的体味。内裤、胸罩挂在狭小的空间，琳琅满目。一张床占据了很大一片地方。没有椅子，床是名副其实的沙发床。钱娟扶我坐下，我歪倒在上面，像是一床蒲席痛快地舒展开。钱娟又忙些什么，我一概不知。

　　就这样死沉沉地睡着，不知过了多久，我翻身摸到一团软绵绵的物体，那种奇妙而又舒服的手感唤醒了我强烈的欲望。

　　啊！我和钱娟……我大吃一惊，惊恐使我一下子酒醒，虽然头依然嚯嚯地疼着，我这是干了什么？

　　人与人之间的交往，最快捷的方法是一起喝酒；男人与女人的交往是赤裸裸地交给了对方；你中有我，我中有你，还有什么不是咱们的？

　　我看看手机，时间是凌晨三点多点。挨着床头边的柜子上有矿泉水，我伸手拿过来，咚咚咚地喝下。钱娟也醒了，我木然地看着她，不知道该是道歉还是感谢。她伸手示意我，又看看我手里的矿泉水瓶，我知趣地递过去。咚咚咚，完了。她把瓶子扔到门后，瓶子倔强地反弹几下，趴在那里不动了。

　　"对不起啊，你，你不会像扔瓶子一样把我给扔了吧。"

　　"那岂不太便宜你了？"

　　"可是，我，我没钱给你。"

"算我送货上门好吧，咱们，同病相怜，给你献爱心送温暖行了吧！"

我笑了，钱娟也跟着苦笑。笑着笑着，她却嘤嘤地啜泣起来。我不知所措。从她啜泣中，我知道了真是"同病相怜"：……她受不了家暴，好不容易离婚后才和现在的老公在了一起。现任是个焊工，很老实，能挣钱，但待她很好。现任有个女儿。那段日子是她到目前为止最美好的时光。但好日子没过两年，他查出了绝症……

"为啥不走？"

"想过，试了几试还是留下了……我们虽然卑贱，但得像个人一样活着。至少要等到最终结果，或者听从命运最终的安排。我知道，他的日子不多了，陪着他走完最后一程，权当回报前两年的……你为什么没放弃小黄豆？"

"我！我不知道。"我声音很低，似乎怕她知道我也有过的想法似的。"走哪儿算哪儿吧，走一步算一步。反正最坏的已经这样了，还能烂到哪儿去？"我不知道我哪来的底气这样回答她，也许这样说才能像个男人，不然，我真没法面对她，我好像我是坚定了信心似的，其实我还是在犹豫。

"那你往哪弄钱？那病可是吃人的怪兽。"

"我，我准备明天回老家，我一个同学在银行工作。"说这话纯属胡说八道，只是来来回回从街上的银行门前走过，都知道银行是不缺钱的。就是有同学在银行那又怎样？又不是个人开的。银行？喝醉后的那个想法不停地冒出来，出现几次之后，我并不觉得有啥可怕了，倒是应该好好筹划筹划。

"你还会要我吗？"

"会。可，可我真的没钱。"

"我是说以后。"

我明白她说的话什么意思了。我认真地看着她，沉默了很久看着她说："只怕，只怕是你不会要我吧。"

"还真是。到时我好好考虑考虑吧。不过，苦日子到头后也就是好日子的开始，不是说苦尽甘来嘛。……你很像他，说话、走式都像。……这么说，我要你的话，你就会要我了？"

"我想，应该，是，是的。我一早就回老家了，我得回去弄钱。"还有人看得起我，这真是我自己没想到的，面对她的抬举，我的回答不由得有了几分坚定。

　　四点多的城市已经醒来，渐渐喧闹起来。太阳从不会迟到，新的一天又要开始。我不想再回医院了，我心里有一种说不清的厌烦，不是因小黄豆，是因为小洁，其中的确有逃避的意思，越远越好。小黄豆啊，咱们有缘父子一场，没想到这一切都是假的。你也别怨恨我狠心呀，我只是没想好怎么面对突如其来的这些，我确实有逃避的意思，让我好好想想。我只想再哭一场，尽管那无济于事。

　　我茫然地走在大街上，心里又冒出那个想法来。那就认真谋划一下吧。我想，在这里当然不行，到处都是摄像头。街道不熟悉，也不好跑，就是做了，估计也拿不到手。镇上的邮政储蓄所倒是不错，环境熟悉，好整。是该回家瞧瞧了。

　　一路上，我把方案设计得好好的，火车咣咣当当，带我梦回故乡。那里没有烦恼，真好。

四　城市报道

　　我是省电视台的曹燕，同事们都叫我燕子。医院我不知来过多少次，有两次记忆特别深刻：一次是我母亲住院，十天的时间让我亲历了生离死别；一次是来看望卜老师。第一次让我对家人的生老病死有了扎心的认识。第二次让我对掏心摘肺的痛苦有了深刻的体验。老年丧子被称为"三不幸"之一，白发人送黑发人，特别是"失独"的家庭，送走的不是孩子，也是把自己连同对生活的勇气和信心一起埋葬掉了。

　　卜老师的独生子，卜益升，二十八岁，一米七八。来单位找他母亲，我们都见过，高大英俊，阳光帅气。有学识，懂礼貌，不笑不说话。人见人爱。上次还带着韩国女朋友一起来单位找卜老师，还给我们每个人都带了小礼物。他已接到某世界知名外资企业聘书，三个月后即将去工作，却再也没能回去。活蹦乱跳地进了医院，却躺在冰冷的匣子里出来。送走悲痛欲绝的韩国准儿媳，卜老师便住进了医院。唉！"卜益升"，"生不易"啊！活着，从来就不是一件容易的事情。

　　医院宽大的大门处向来是热闹非凡，熙熙攘攘，人来人往，无论风雨阴晴，白昼黑夜。人世间红尘在这里滚滚翻腾。医院实在是大，大到让我居然出来后找不到来时的路。路过这个病区，嘈杂的哭闹引起了我的注意：一个小男孩不停地哭着找爸爸，撕心裂肺。人们在纷纷攘攘地议论着。原来这个叫小黄豆的重症儿被遗弃在了医院。人们同情可怜这个小男孩，纷纷摇头哀叹。一个生命来到这个世上没几年，不但要饱尝病痛的折磨，还要遭受亲人遗弃。我愣愣地看着他，那双无助又充满渴望的眼睛，不忍直视。那悲伤的童声似乎是强烈的呐喊和哀怨的控诉——狠心的父母遗弃了亲骨肉啊。

职业的敏感让我发现了一个有价值的新闻线索，这是让人震惊的社会新闻。我甚至连报道的题目我都想好了：《白血病儿小黄豆药费"黄"了，狠心父母遗弃小生命跑了》。想到这里，我立马给主任打去了电话。

当我把详细的文案交到头儿那里之后，我坐到办公桌前，打开电脑，处理起手头上的其他工作。同事们各忙各的，忙而不乱，忙而有序。我拧开我的精致的小茶杯，摸摸水温正好，从抽屉里拿出袋装的洋槐蜂蜜挤到杯子里。轻轻地摇摇，小口小口地嘬着。

一会儿，头儿的办公室门开开了："燕子，过来一下。"

我匆忙地来到头儿的办公室。头儿拿着我的文案，赞许地看着我，他肯定了我的想法，又提出了更有深意的见解和指导意见："……不错，我看可以做个连续报道，分三期进行，充分挖掘一下……新闻的价值不仅仅是发现了某些表象，更重要的是它的背后和深层。各个层面的，社会的，人性的，道德的，法律的……好好弄吧。"

接下来的，我们马不停蹄地进行了电视报道，分三期推出：小黄豆的病情及现状，病友和社会群众的看法和观点，医院里对于此类事件如何采取人道主义救治的……

栏目播出，电视画面中小黄豆撕心裂肺地呼唤爸爸妈妈的镜头，使无数人动容。随后，让人想不到的是栏目组的热线电话都被打爆了，谴责亲生父母的，提供寻找亲生父母线索的，爱心人士的捐款也向栏目组汇来。最终，社会各界捐款达八十多万之巨。同时，报道也在全省引起强烈反响，爱心捐款救助的，良心道德人性方面激烈讨论的，医疗体制改革方面的等等……

这其中，我与小黄豆建立起了很深的情感，他的情况时时让我牵挂着，小黄豆就像溺水的人抓住了稻草一样，那种死命握紧的感觉，叫谁都会感到难受。他很乖很懂事。

　　我采访过刘大夫，私下里和他充分交流过。这个人有点怪。他向上推推眼镜，从专业的角度给我谈了这种病目前最先进的治疗方案和小黄豆的病情，和我们的激情相比，他倒是冷静得多，他不紧不慢地回答我道："……嗯，就算是吧，是的，我从不排除奇迹出现的可能性，但，好像奇迹在小说或是电视剧里出现的多一些，现实中……不过，我从未否认这是对社会爱心的亵渎和医疗资源的浪费……"

　　突然，他又反问我，"你是相信科学呀还是相信奇迹？"

　　我呛他道："我更相信科学里面有奇迹！不是吗？"

　　他一愣，不好意思地笑笑说："是的，科学，有时候在没有找出充分的依据来，就是奇迹。"

　　我不愿多听他说话，我的感觉是，这是一个见多不怪，冷静而略显悲观的人。当我问及他小黄地父母的情况是，他做了如下回答："……孩子没有新农合，连户口都没有，所以也不知道孩子家是什么地方的。不过从他父亲和他的口音中可以断定是原南人，具体什么地方，还真不知道。最初是由他的母亲办理的手续，母亲是安徽人，手机停机，其他信息不详。还有……"

　　"还有什么？"我问。

　　刘大夫看了我足有半分钟，又摇摇头说，"算了。"

　　"那你不能话说一半呀。"我追着不放。

　　"还有，我看你们再在电视上呼吁和谴责，孩子的父亲也肯定不会回来了。"

　　"为什么？"我急了，"难道他就没有一点人性吗？他的心不是肉长的吗？铁石心肠？我预测不仅他看到报道后会回来，小黄豆的母亲也会悔恨，也会回来。孩子需要他们，毕竟父爱母爱是任何人替代不了的。"我真有点急了。

　　"也许吧，父亲恐怕难再回来了，因为……"他被我怼得红着脸说。

　　"因为男人在重大事件面前都比较理性，很会取舍，能狠得下心是吧。"我穷追不舍。

　　"是，按你的理解，就算是吧。"刘大夫不好意思地回答，好像他就是我所说的那种男人似的。

五　父与子

小狗摇着尾巴蹲在我前面，鸭子和鸡也陆续地回来了，"嘎嘎嘎"，像是在向我报告。晚饭很简单，一个人的饭就更简单。我把涮锅水和上麸子倒到破瓷盆里，它们围上来抢食。环视一下这个家，就这一个多月里，原来的欢声笑语消失了，这个家不像家了，它真的破败了。这一切，都是从我那小孙子的病开始的。要是没它，俺是多幸福的一家人啊。

夕阳已经躲到了西山后，黑夜漫了上来。对孙子的挂念，也如同这沉沉的夜一般浓厚。

我叫黄添，人口普查时文书图省事，把"添"写成了"天"，也就成了"黄天"。年龄也搞错了，六十五岁的我身份证上却是五十六岁。有的人身份证连照片都不是自己的。错了就错了，也懒得去跑这部门跑那机关改过来。可到我要去领每月八十元的养老金时，才发现问题严重了，看着别人一年能领千八元的，我干着急，没办法。

这不算什么，比起小孙子的病来，都是小事。唉，小黄豆的病啊。

想想当年，我还是个年轻，精力旺盛的小伙子，浑身有使不完的劲，转眼间，老了。长辈们常发的感叹，现在成了我和老伙计的口头谗——"日子过得真快啊"。八几年的时候，我和老伙计，也就是现在的老村长一起，走西口去陕西，当师傅烧砖窑。吃得好，挣钱多，还受人尊重。人啊，体体面面活着是一件多么荣耀的事儿呀。也就是蒲县的红石崖，才娶到了黄地的母亲，兰兰。

那是多么美好的时光啊，我同情经常挨丈夫打骂的兰兰，我知道，兰兰也爱着我。那天晚上，我和兰兰连夜逃了出来，一口气跑了六十多里地，直到第二天的早上。我问和我一样满头大汗的兰兰："你后悔不后悔？"兰兰拱到我怀里："跟着哥哥好不容易才逃了出来，咱们的好日子才刚刚开始，咋会后悔？"

可苦了俺伙计老村长了，兰兰丈夫讹上了他，非要往他要人，最后，还是在当地镇上当干部的老乡的协调下，俺伙计赔了他三千元钱才算了事。俺觉着对不起老伙计啊。后来我拿上钱找老村长赔不是，老伙计笑笑拍着我的肩膀说:"谁跟谁啊这是,算不得啥,曼你和兰兰过得好,都中了。"

好日子总是那么快,生下黄地,兰兰就害上大病了。钱花光了人也去了。唉,好不容易到了如今,孩子结婚生子,孩子都有了孩子,没成想孙子却又害上了大病。真的撵着瘸子使棍敲啊。不行,我就是拼上这老骨头也得把他救下……

一阵咳嗽让我头晕目眩。我知道,它不是啥好病。前几天老村长非拉上我去镇子上的卫生院检查检查,看着老伙计脸色,我全明白了。老伙计避重就轻地安慰我,我倒笑着说:"咱不是想不开的人,……只是苦了儿子和孙子。"说到这儿,我止不住流泪了。不是为我,是为这个家。老村长一旁唉声叹气。

回到家里,小狗跑到我跟前,它冲我摇着尾巴,好像是来安慰我。小狗也可怜它这个穷家和它的病主人。

躺在床上,我想了很久,孙子看病需要钱,我这病也需要钱,尽管我有新农合,孙子没有,恐怕就是有,也济不了多少事。我的病最坏的结果无非就是一死。想到了死,我不怕。兰兰花了那么多钱也没有保住命,我不能再像她那样了。要死,就得找个好死法,正好去陪我的兰兰了。兰兰走时我流着泪,说是让她等着我。我想,是时候了。

村里人得了病不想连累孩子,有上吊走的,有喝农药去的。都太笨,脑壳壳里是浆糊。就是死,也得给子孙换些钱来。村东头那个老黑死得就很值,在工地上干活掉下来摔死的,他六十来岁,人家赔了六十多万。

想到这儿,我有了好主意——这样死才有价值。

嗯,就为样……

黄地我从县城出发,已经是傍晚,最后一班车也早已停发。我只好沿着通往家乡山区的这条"小铁路",走了三十几里的路。踩着枕木走,间距太小,不能大步超开,只能走成快频的小步;走道轨下面吧,乱石硌得脚疼。在庞大的黑夜中茫然望去,依稀分辨出前面不远处就是村子了,我累坏了。

又过了一个小岭,转过弯儿,熟悉的村庄出现了。我坐下来喘口气,黑暗中辨识着家的位置。前面有个微弱的亮光,那应该就是家,那盏灯应该是老父亲亮着的。仔细看看,果然就是。父亲应该是彻夜难眠呀。我看看手机

171

上的时间，此时正好凌晨一点多。我注视着家里昏暗的灯光，那灯光尽管拼尽了全力，在这深沉的黑夜里依然显得身单力薄，微弱不堪。它多么像我那心有余而力不足的父亲啊，与其对黑夜做无为而又无力的争斗，倒不如好好休息吧。此时，灯关掉了，父亲应该在叹气声中睡下了。我起身向家走去。

近村时，犬声吠成一片，我能听到我家的狗跟随众犬的叫声。到了院子前，狗认出了我，它低压着声音地"嗯嗯"叫着向我跑来。

父亲的咳嗽声音更长更深，几乎缓不过来，让人紧紧地揪心。好一阵后，才止住。我松下心来，似乎咳嗽的是我而不是父亲。

父亲呀父亲，妈妈去世得早，把我拉扯大，上学，结婚，生孩子，你操了多少心啊。可儿子没本事，没能让你过上好日子。我外出打工，你天天挂念小孙子的事儿，又让你寝食难安。我知道，你的咳嗽那是病呀，要看的，你固执，怕花钱，消瘦得让人心疼呀。

我轻轻地推开门，一贫如洗的家是从来不怎么叉门的。"吱扭"一声，在寂静的深夜很响亮，唤醒了床上的父亲。我听到父亲起床要去拉灯，连忙过去按住父亲的手说："是我，爸，霎开灯，刺眼。"

父亲住了手，坐起来，我忙把他摸到外衣给他披上。症了一会儿，父亲说："你咋回来了？"父亲边说边向焦急地我身后看去。他在找孙子小黄豆。"黄豆呢？病好了？人呢？咋了？"一问比一问声音高，一问比一问语气急，到最后，几乎是勉强缓着气，扯着嗓子在吼了。

"你先别急，黄豆在医院里。没钱了，我才回来的。"

"你就把他一个人撂那儿了？啊！"

"我，我，我交待好了，有病友先招呼着"。我只好撒谎了。但父亲一听就知道我是在胡说。

"你！你！你好狠心呀你。没钱把我卖了也得治。"

我暗想，有拐卖妇女儿童的，那是人家买回去当老婆当儿子的，从来没听说买个老头当爹的啊。父亲也觉着自己是不值钱的，长叹一声道："钱，我已经想下办法。过三天你找老村长去拿钱就是了。"说到这儿，父亲几乎要哭了。我知道，他作难得不轻，却不知道，他往哪儿弄到钱。

"爸，我，我想回来给对你说件事，咱爷儿俩好好合计合计。"

"哦？"

"唉！我都不知咋给你说。"我沉默了。

"那就捡让我明白的说。"显然父亲等急了。

我拐着弯把大夫关于血型的 ABCD 对父亲慢慢说起。

"呃！急死了，拣我能懂的说。"

"黄豆不是我亲生的！"我陡然大声快速地把它撂出来，把我自己也吓一跳。

一下子，两人都沉默无语了。像夜一样黯沉。夜虫似乎都静音了。死一般寂静。

很久，父亲像我刚知道后不死心问刘大夫一样，低声问我道："可真？"

"爸！我……"我不再说话，但分明比回答更让父亲肯定。

很久，很久。很久，很久。我觉得时间过了很久很久。

"那你是咋想哩？"父亲问道。

"我，我，我想……爸爸，你的咳嗽，你的病也要……"我想先绕开这个问题。

"别给我拐弯儿，回我话。"他坚定地把我扭回来，像逮着一只想跑掉的小鸡。

我小声地嗫嚅道："既然，他亲娘都撒手不管，跑了，我也不想……"

父亲"叭"地一耳巴打到我的脸上，猝不及防。我脑袋"嗡"地一下，无数金星在眼前烟花般绽放，一下子让我晕头转向。打我记事起，父亲从来没有骂过我，更别说打了。我一下子愣在了那儿。紧接着，炸雷般的吼声骂道："畜牲。"

我看不到，应该想像到父亲那张因愤怒而变形的脸，和因无奈无能而满含怒火的眼多骇人。

"你也是……"父亲话说到这儿又停顿了一下，声音明显变低了许多，似乎要改口，但没有，仍旧接着上句说，"……多大的人了。孩子生在咱家，就是咱的！"

好一阵子，又说："钱，钱的事我想好了，三天后你去找老村长拿钱就中了。"

父亲的话让我弄迷瞪了，老村长发动全村已经捐了两次款了，他哪还有钱？保不齐他欠咱钱？不可能。

"他那儿会有啥钱?"我疑惑地问。

"你别管!按我说的去就是了。"他很坚决而且很有把握似的。

我说:"你甭操心了,钱的事儿我已经想好了,我一个同学在银行,已经说好了,他借给我。"谎话重复多了便成了真的,我把它又拿出来说给父亲。声音很低。显然,父亲知道我是在说谎。"听我的吧,"他说,"睡觉去吧。"

躺在床上,我翻来覆去地推演着我缜密的方案:我是干电工的,经过农民工技能培训后有证的那种。电,我懂的。下手前我先把镇上变压器的"铃壳"给捣掉,这样镇上就会彻底没有灯亮。

把我做的爆炸装置放到两个自动取款机中间,爆炸的威力足以使它们外壳炸开,而不会炸飞。这样,我就用錾子和撬棍把自动取款机轻松地撬开。里面的现金会完好无损。准备两个鱼皮袋子,好装钱。

具体是这样做的:柜子里有装被子防潮的大塑料袋,是别人洗衣机上的内包装袋。我打工时曾自己做过饭,那个小燃气瓶子还在。明天用鱼皮袋子装上去外县隔壁镇上充满天然气。要悄悄地去,悄悄地回。

深夜行动时,我要戴上摩托头盔,穿上雨衣,不然自动取款机里面的摄像头会把我录上像。穿上单薄的球鞋,外面再穿一个四十四码的皮鞋,这样即使留下足迹,他们也判断不出我的身高。当然,还要戴上手套,不会留下指纹。

把父亲原来在矿上拿回来的十几个"雷管"缠在燃气瓶身四周,然后把它们放入塑料袋中,将燃气瓶拧开,放气,把塑料袋口扎死。气不能放太快了,快的话会把塑料袋撑破。也不能放太慢了,不然塑料袋的燃气不够多。一切弄好,我跑到五十米外的公厕里,两根导线分别戳上电池的头尾。这当中不能抽烟,公安人员会从烟蒂里找到我的"DNA"。公厕里人迹混乱,他们找不出我的印迹来。

瞬间,瓶身的"雷管"爆炸引爆塑料袋里燃气爆炸,进而引爆向外放气的燃气瓶爆炸,"嗵!"一声巨响,一起爆炸。我便冲到自动取款机处整钱。两分钟后,逃跑。路线我已经揣摩很久了,从放置"炸弹"到整钱跑掉,最多费时五分钟。到时,一切问题解决。再也不用为钱发愁了。

小黄豆,等着爸爸,爸爸马上就能把你的病治好了。恍惚中,我睡着了。

当我醒来时，父亲已经做好了饭，很简单。爷儿俩默默地吃着饭，各自想着自己的心事。

吃罢饭，我忙着刷碗，从破灶房里出来，父亲叫上了我。我来到了堂屋，看到父亲正襟危坐在那把祖上留下来的破旧的太师椅上，换了一身干净的衣服，扣子一丝不苟地扣着。里面套了什么，也看不出来，鼓鼓囊囊的。衣服很厚实，很不合时宜。换了新鞋子，脚上还穿了新袜子，袜子上的标签还没揭掉。我诧异地看着他，问："爸，你这是干嘛呢？要出远门？"

父亲抬起头，消瘦的脸上一脸肃穆，眼圈红红的，翕着嘴，动了动想说什么，又没说。我坐下来，父亲拉上我的手，我心情沉重地看着他的表情，沉默着。很久，很久，感觉像是过了一个世纪般，父亲终于开口了，拐摸着吭哼了好一阵子，又停了下来。像是有很多话要说，却又不知从何开始一样。

最后，他坚定而果断地说："一定要给黄豆治，我和老村长一起去弄钱去。"说罢，拍拍我的手，费力地站起，决绝地向外走去，头也不回。

小狗蹿起来急躁地"唧唧"叫着，在我和门外的父亲之间来回地徘徊着，看看我，又向走出院子的父亲，"汪汪"地叫着。对于两个主人的决定，它无所适从了。最终，它抵抵我的腿，飞快地向父亲撵了出去。

我无话可说，呆呆地坐在那里，愣了很久。"爸是怎么了？"我自言自语道。我脑袋一片混乱，好一阵子，缓了过来。对，是时候实施我的行动了。我关掉手机，扔到桌子上，弄好鱼皮袋，装上燃气瓶，骑上破电车，悄悄地驶去。

六　解溲丧命

我走出院子，找伙计老村长去了。

"老村长，"我站在他大门外叫他。

他披件衣服趿拉着鞋子出来了。

"走，咱老哥俩出去走走。"

老村长又转身回去，"好，等下，我拿上烟。"他烟瘾大，和我一样，咳得厉害。

已经不在村委做事的老村长平时也没多余的事，只要逮着机会，他还是会跑前跑后。我知道他并不是显摆。孩子们都在外面打工，除去春节住上几天，很少回来。老伴儿也不在了。回到家就是一个孤独，他是在用这种方式进行着顽强的对抗。陪我走走，正好。

翻过那道"山"，其实也就是道土岭，那边就是小火车道。这条小铁路已经有几十年的历史了，还是当年日本人强征沿途百姓修建的。时至今日，它还发挥着作用。据说要改成大铁路线与其他铁路网并轨。我们这里既无煤炭也无其他资源，有的只是土岭和并不肥沃的岭地。还是要感激它，当年，我和老村长就是扒小火车出去的，又从终点辗转到了陕西，省了一些路费。

小火车一天两趟。咣当咣当的巨响和喘出来的粗烟会暂时把这里的静谧撕裂一个口子，一会儿，火车过去，口子自动缝合严实，如同这土岭一样沉寂着。

我和老村长坐在轨道上，小狗在不远处撒欢儿。我们追忆着往昔，咀嚼着老旧的时光，一遍又一遍。年轻多好啊，回味千万遍也不厌烦，那是一生中最珍贵的东西。

"人呀，总要往好处想，这日子才有盼头，活着才有希望。最近，新的村委正在搞退耕还林，搞新农村建设，搞新农业合作社……我是老了，那些年轻人干劲十足，好日子在后头呢……老哥，你家的情况大家都知道，因病返贫，公家也不是不知道，要解决，也需要个过程不是？老哥，挺住。"

老村长觉悟高，跟着他总能让人看到希望。可惜的是，恐怕我再也不能和老伙计一起迎接好日子的来到了。

我把话题扯到了生死上，扯到了我去后我那即将支离破碎的穷家上，希望他能到时照顾照顾俺儿孙，那样，我也就安心了。我想，他是会的。

老村长打住了我，尽说好的宽我的心。他站起来去一边抽上香烟，他怕影响到我。我还在乎这？我喝住他，向他要一支，也要抽。

老村长极不情愿地看着我。

我说："就这一支，木事儿。"

"一支也不中！"语气很坚决。

"那你也别抽，"我有点要赖了。

"我！我！唉！"噎得老村长瞪眼结舌了。

我不容他说，趁他怔着的时候，快速地从他兜里把香烟抢了过来。他无奈地给我点上，说："好吧，抽完这支咱俩从此都不再抽了。"我知道他说到做到。

我长长地吸上一口，又长长地吐出。烟圈悠悠地向上飘去，我感觉我的生命随着它一同飞了上去，飘散到天上化为无形。

时间差不多了，小火车该来了。我已经听到远处有它的响声，我感觉它在向我召唤着，我有点亢奋了。我对老村长说，该回了，你先走，我解个溲。黄金唤着"快点儿"先走下了。

当它风驰电掣地开过来，我是那样激动，我浑身颤抖着，仿佛看到了兰兰向我微笑，向我招手，看到儿子，孙子向我跑来……

小狗死命地向我冲来，它看到这个庞然大物把它的主人吞噬了下去，疯了似地怪叫着。

我眼前一道金光，绚丽而耀眼，如烟花般炸开……

老村长看到这一切时，已经为时晚了，他拼命地向坡上跑去，摔倒又爬起，到了眼前，一屁股坐在地上，大嚎一声："天啊！你咋会想不开啊！"

火车滑行很远一段距离，才停住了。司机好久才来到老村长跟前，骂骂咧咧地道："厕屎也不会挑地方。"

老村长说，"是啊，他聋啊，别说火车叫了，就是原子弹爆炸也听不见。"

黄添在铁道上解溲而丧命，成了事实。

俺村离邻县最近的镇子也不过二十里，路不太好走，早上出发，也很快就到了。为避免碰见熟人，我选择了一条更崎岖的小路。七拐八弯，到了镇上，找到了加气站，不急，傍晚时再充上，先找个网吧吧。又一想，不中，有监控，算了吧。那就找个小旅馆开个"临休房"。镇上的小旅馆管得也不严，管你有没有证件的。

旅馆的胖娘们儿打开客房门，甩下一句"超时按整天"，走了。我算算时间，除去当中吃饭外，足足可以睡上好几个小时。把衣服一脱，钻到被窝里睡去。我想起了钱娟，等把一切弄好，就去找她。

连着几天没有休息好，躺下便像死了一样，醒来后，看到四周漆黑一片。我噌地跳起，拉开窗帘一看，哦，天色还不晚。看看时间，下午四点多。我匆匆退了房，来到街上，要了个烧饼夹豆腐片，骑上破电车去充气。

天色已晚，我才按原路返回。到了村里，我蹑手蹑脚地向家走去。走到屋后，院子里有嘈杂的说话声，这可把我吓一跳。最好不要让人们知道我回来了，以免我今晚的行动有人怀疑。我连忙把电车扎到小树林里，找个背地儿躲起来，仔细盯着。从他们的谈话中，听到了父亲被火车碰死的噩耗，我一下子懵了，我立刻明白了父亲早上穿戴整齐是什么意思了，我的父亲啊……

我顾不得多想，发疯似的冲向了院子。

父亲被放置在堂屋，屋里一切都已经按葬俗准备妥当，一床新被子蒙着他瘦小的躯体，我大嚷着要去揭开被子，看看我那可怜的父亲，老村长伸手拉住，严肃地说："不中，不能冲撞了魂魄，让逝者走好。"

我一屁股坐在地上，长嚷一声："爹啊——！"

呜呜咽咽的唢呐声中，我木然地披麻戴孝，安葬了父亲。老村长和老少爷们儿帮着办丧事，又去和地方铁路局谈赔偿事宜。按规定，火车撞死人只赔几千元钱，最终，在老村长的苦苦哀求下，他们才发善心赔了个整数，一万元。凑个整。

当夜，老村长把钱交到我手上，看着红红的一捆票子，就像见着父亲的乌血一样让我心疼。我木然地看着它，心在滴血。

夜色浓重，院子里的白炽灯挑着黑沉的夜幕，显然力不从心，苦苦地强撑着，如我一样，疲惫不堪。乡亲们陪我坐着，时间很晚了，我劝大家回。看看老少爷们都走完了，老村长才衬衬摸摸地咳了咳，吞吞吐吐地说出了一个惊天秘密：我不是父亲的亲生子。母亲怀着我和父亲一起回来后，生下了我。这件事只有父亲、他和母亲知道，现在，两位亲人都不在了，他觉着是时候给我说了，他曾答应父亲永远要烂到肚子里。这几天我已是昏昏沉沉，初听他讲仿佛是在听别人的故事，当老村长的目光上下看着我时，才意识到故事的主人公是我。我一下子惊呆了，简直不敢相信。老村长又开始一个劲儿地劝我了。想想父亲的点点滴滴，我无论如何也不相信这是真的。从老村长肃然的表情上看得出，千真万确。他后悔对我说出来了这一切，本来答应我父亲了的。"我，我就是管不住我的嘴了，原谅我吧老伙计，是该让孩子知道了。"他在不停地埋怨起来。

如此好久，老村长看着我，感觉我情绪平静了，才说："拿上钱去给小黄豆治病吧。"他拍拍我的肩说，"这也是恁爹最牵挂的。唉，……正给镇上说着哩，给小黄豆上户口，特殊情况特殊对待，上了户口办上新农合，解决不少问题哩。……也给恁报上特困户，能帮多少算多少吧。"

我打心里感激老村长，感激上面的人。我笨，不会表达。我低着头，心情很复杂。他们不知道我准备去干一件一迈出就万劫不复的"大事"，想想真后怕，冥冥中是父亲拉住了我啊。小黄豆是不是我亲生的已经不重要了，无论如何也要给他治病，这是父亲的遗愿，也是我的想法。父亲的事办完就赶紧去医院，小黄豆，爸爸马上就会来。

七　子与父

逝者的第一个七天、第三个七天和第七个七天，叫做"大七"。葬后三日为"祭坟"，七日为"小期"，二十一天为"三期"（也称"三七"），三十五天为"五期"，四十九天为"断七"……

不知怎么的，在我心里根本没觉得这个人不是亲生父亲。小黄豆还在医院，实在不能再按常理行丧事，大伙儿都很理解。"头七"过后，又等了三天，老村长已经跑好了小黄豆的户口。我拿上户口本，匆匆地向省城赶去。

走在病房的走廊里，我心里一直在想，小黄豆呀小黄豆，对不起呀对不起，爸爸把你撂下这十几天，你是怎么过来的呀。你哭喊爸爸，却难觅亲人的影子。妈妈跑了，爸爸也不辞而别，孩子，该有多么无助啊。想到这里，我懊悔不已。泪水流了下来，想抽自己几个嘴巴。

他们纷纷投来莫名其妙的目光，身后的人在小声地议论着，让我感觉自己像是从动物园跑出来的黑猩猩一样，我好生诧异。有人在身后指指点点，背上像是有无数只蛐蜒在乱哄哄地爬着，有人隐约地骂着。

"哼！不是人。"

"不是人？那就根本不是个东西！遗弃自己的亲骨肉。"

"简直就是畜牲，虎毒尚不食子。"

"……"

……

我越听越不对劲儿。回头看看，那些人急忙把目光从我身上倏地转走。他们应该是针对我的。就算是吧，连我自己都觉得是该骂。我只想急切地见到小黄豆。

推开病房门，看到床位上躺着一个新病号，让我一下子懵了，惊诧地大声问，"俺哩小黄豆呢？俺儿子，小黄豆。"

家属们厌烦怒视着，示意我小声点，又不耐烦地指指护士站。我急了，难道小黄豆已经……我惊悚地"呼"一下起一身鸡皮疙瘩，转身向护士站跑去。

"你别激动，小黄豆已经转到了别的病房。"护士忙手中的活儿说。

"在哪个病房？怎么样了？我要见到他。"我连珠炮地追问。

"切！什么意思，报道了，良心发现了，有人捐款了，又露面了，什么人啊。"她鄙视地说着，弄得我一头雾水。

"什么意思？你。"我急头怪脑地，要跟她急，她却转身拿着一把东西撅撅地走了，很不屑的样子。

"我！你！"我转过头朝向其他几个护士，"你们，小黄豆到底怎么样了？快告诉我。我有钱了，看看，有钱！"边说，边把钱摔到工作台上。

"你去问医生吧。"她头也不抬地回道。我，我！

对，找刘大夫。我刚一转身，发现刘大夫正在不远处看着我，抱着膀子微微地晃着，很吃惊的样子。不知道他为什么是这样的表情，我心里十分忐忑，双腿在微微颤抖。顾不得这些了，我鼓起勇气冲上哀求道："刘大夫，黄豆他，怎样了？在哪里？我有钱了，看看。"我可劲晃着手里的钞票。

刘大夫拍拍我说没事，让我冷静点，又说，正在重症监护室治疗，目前暂时脱离危险。他示意我去他办公室，我老老实实地跟着他走了。

从刘大夫那里我才知道了我走后这十几天，《城市报道》栏目做了几期节目，一边发起寻找孩子父母的呼吁，一边发动社会捐款，到目前为止，捐款已达八十多万元。医院也积极组织专家进行会诊治疗，小黄豆病情时好时坏，总体趋向不太乐观……我大吃一惊，我明白了病友们为什么用那样的目光来看我了。刘大夫又盯着我看了很长时间，当我小声喊他，他才缓过神来，怪怪地对我说："真没想到你还会回来。"

连刘大夫都这样想的，我更站坐不是。

我流着泪哽咽着把回家后的事说了一遍，刘大夫愣住了。许久，他肃然地把手按在我肩上，用力摁了摁说："兄弟，够爷们儿，好样的。不过目前你还不能见孩子，走，我带你从玻璃墙外看看吧。"

站在外面，隔着玻璃看到小黄豆，我忍不住泪流满面。很快，刘大夫把我拉了出去。

"我了解你，知道你的心思，医院会尽最大的努力的，请你放心。病情稳定之后，最好的办法是骨髓移植，你肯定是不行的。等待配型时间较长，也许……你先去休息，有什么情况会及时通知你。"

刚走几步，他又停住了，说，"那个曹燕可能会采访你。"我一愣，他补充道，"电视台的，《城市报道》的女记者。"

当曹燕和摄像师围上我，这阵势让我惊恐万分浑身发怵。我哀求道："恁先别录哩，我，我害怕。"

曹燕示意摄像师，那人从肩上把摄像机卸下，关了，摄像机红点不再亮。我摸出烟盒，想抽支烟，发现这里是禁止吸烟的，就对曹燕说："能不能找个能抽烟的地方。"她耸耸鼻，犹豫一下，同意了。

我们来到病房楼外的一个转角处，这里没有人，很静。

她说："你放松一下，我有很多问题要问你，这不是你一个人的事，这是全社会有爱心有良知的人都很关心的事。作为新闻人我们有责任对公众报道真相，对他们要有个交待，对孩子施以援手……"面对她连珠炮地提问，没想到我成了公众人物，成了一个遗弃重症孩子的没良心的恶人。我只想救儿子，至于人们是怎么想的，我管不了。我抽着烟，烟草的刺激让我头脑晕乎乎的，想飞起来的感觉。

记者们最经典的一句问话是"你当时是怎么想的?"曹燕面对形象猥琐的我，我想，她该是认为我是一个自私、狭隘、狠心、无良知的人。她接着质问："嗯，你，你当时是怎么想的?"又补充道，"对于遗弃孩子这件事儿。"

"我，我，唉，我没有! 我只是回家筹钱去了，家里出了大事儿，唉!

181

怪我没安排好就急着回去了……"

"家里发生什么变故?"她惊问道。

"老父亲被火车撞了,"我低声说,泪水又流了出来,没等她往下问,就接说,"死了——"

我蹲在地上抹眼泪,显然这件事是她始料未及的,她俯下身给我纸巾,又安慰起了我。

情绪稳定后,我坐在地上,目光呆滞。我把户口本和特困证明一股脑全掏了出来,我想,她是记者,也许会帮上忙。人家的确已经帮了不少忙了。她接过来一边翻看着,一边试图想接着问一些她感兴趣的话,诸如日后怎么打算等等。连我都在听天由命,我实在无法回答。我低着头,一言不发。

我看到她的脚在挪动,一抬头,她已经走了出去,发现刘大夫站在外面招呼她。两人见面后窃窃私语,不知道刘大夫对她都说了些什么,只见她不时地回头看看我。

稍后,刘大夫走了。停了好一会儿她走过来,目光充满了崇敬,沉重地说:"对不起啊,我刚知道孩子不是你亲生的……你是个好父亲!……咱们一起努力,希望孩子早日康复。"

"孩子就是我亲生的。"我有点急了,俺付出这么多,连父亲的老命都搭上了,出生在俺家,孩子就是俺的!

曹燕一下子意识到了自己的话有点不恰当,连忙给我道歉,她依我的要求,保证不向外透露这件事儿。

最后,她把一个银行卡拿出来,说是这里面有爱心人士的捐款,希望把他们的爱心能对小黄豆施以援助。她给我留了手机号码,说她随时关注事情的动态,也随时会来找我。

我拿上卡,心里沉实实的。

经过医生的全力救治,当中有两天小黄豆状态很好,我和孩子相拥而泣,我们享受了这难得的父子深情,之后,小黄豆的病情急转直下……他是天使,把爱、感恩、遗憾和思念留下,自己却飞走了。

儿子失去了父亲,父亲又失去了儿子,一个月内,只留下曾经为人子为人父的我了。我知道,这是天灾,命运使然,与其他无关。让我感到慰藉的是,在灾难来临时,总有那么一群人,他们没有袖手旁观,奉献出了人间大爱。我应当感恩他们——老村长、病友们、护士们、刘大夫、曹燕、电视台以及所有奉献了爱心的人们。

我眯着眼睛抬头望望天，太阳当午，晴空万里，阳光灿烂。

大街上，车水马龙，川流不息，滚滚红尘，依然一派沸腾景象。我陡然想起李宗盛的《凡人歌》——

你我皆凡人，

生在人世间；

终日奔波苦，

一刻不得闲；

……

人生何其短，

何必苦苦恋，

爱人不见了，

向谁去喊冤。

问你何时曾看见，

这世界为了人们改变

……

我再次泪流满面。

八　到西安去

人都不在了，要钱还有什么用？我叫了快递小哥，把它送给电视台的曹燕。卡里应该还剩余三十多万元。

走在大街上，再看看行色匆匆的人们，恍如隔世般。车鸣、叫卖、呼喊、哄笑……阳光、红绿灯、大楼玻璃强烈的反射光……这是个有声有色，丰富多彩的世界，而我好像游离于这苍茫的人潮人海之上，悠缓地翔飞，飘泊，漫无目的。

我没有亲人了，一个都没有。我自己都可怜自己。我慢悠悠地走着，来到了钱娟租住的地方。我下意识里感觉她也许应该是我最亲近的人了。

门是锁着的，我不惊也不喜，也不知道究竟该怎么着，靠着墙角抽起烟来。

"你，你，过来了？"

我一抬头，发现钱娟不知何时已经站在了我身后。手里拉着个旅行箱，一脸的困倦。

"你，你是？刚，刚回来还是要出去？"我站起身，挠挠头。

她想说什么，犹豫了一下，先打开房门，我随她进了屋。她低声说，回来收拾一下东西，要走了。

"到哪儿去？"看着她那悲伤的表情，我急问。

她坐下来，眼泪从她眼里流了出来。我挨着她坐下，她抱着我闷声恸哭起来，身子不停地抽搐着。我没有制止她。好一阵子，她扬起脸，抹去了眼泪，笑了笑说："好了，埋葬过去，开始新生活。"

她老公死了。她的苦难、情感、付出和他都化作了一缕青烟，消殒而去。她答应了他，把他的女儿照顾大。

"完了？你……你的事儿？"

"完了。""……""我父亲和儿子和你老公一样，找了个好地方享福去了……愿天堂里没有疾病，没有痛苦。"

她起身紧紧地搂住了我。

"你不是当真的吧，那夜曾说过的话。"她扬起脸，郑重地问。

我反应过来，肯定地说："是当真的。如今我也是孤身一人了。"

"有啥打算？"她说："咱们以后。"她说是咱们。

"带上他女儿，不，是咱女儿，随我去西安吧。修建地铁时我在那儿干过电工，在那儿两年，那儿房子相对便宜，而且……"我拍拍她的肩说。

"而且什么？"她扬起脸，目光中闪着希望。

"我，我还是陕西人。"

……

（本小说获《新工人文学》2021年第四届"劳动者文学奖"优秀小说奖）

17　绝情刀

一

民国九年（公元 1920 年），豫中腹地，古桥镇。

古桥镇，因镇门前有一座青石古桥而得名。

桥面宽阔，驱马行车，驷驾宽松；长百尺余，徒步疾行，老者气喘。桥上有蛟龙、麒麟、鹿鹤、莲花等浮雕。蛟龙潜渊，鹿鹤呈祥；麒麟送子，莲花吐香。精雕细刻，巧夺天工。活灵活现，栩栩如生。敦实厚重，威风堂堂。

桥建于宋，距今久远，遂称古桥。

镇旁有石梁河绕镇穿桥而流，河不算大，属颍河分支。淙淙潺潺，因时缓急；摇舵行舟，桨声灯影。镇外沃野一片，良田万顷；农歌互答，牧笛悠悠；耕夫唱晚，炊烟袅袅。

好一派田园美景。

镇内有个相国寺，年久失修，败破不堪。偶有香客还愿，尚有一丝香烟缭绕，略有些生机。

寺旁有家已近败落的大户，就三口人。祖父薛谦之，六十多岁，字礼让，号知达员生。一个清末老秀才。颡宽面阔，清瘦矍铄。一头银发，一绺长髯，一袭长衫，一身傲骨，读得一生好书，写得一手好字。

父亲薛贵，四十多岁，字宝珍，号福禄寿享。虽相貌堂堂，却是个浪荡公子。一表人才，一身恶习。一世独尊，一意孤行。一句不听，一向不改。一无是处，一生无为。吃喝嫖赌抽，无一落下。家业几近被他败光。

生下薛愉婉，母亲就因难产而死，全由祖父薛谦之照看长大。满腹经纶的祖父从《礼记》中"……有和气者必有愉色，有愉色者必有婉容"中取"愉""婉"两字，为其取名愉婉。

祖父视薛愉婉为掌上明珠。薛愉婉眉清目秀，聪明伶俐，漂亮可人，常跟以教私塾糊口的祖父伴读。薛愉婉过目不忘。《四书》《五经》等等，常常是一些年龄大的学生还读不通，她已是背得滚瓜烂熟。

邻居张屠户，是饥荒年馑流落至此的外乡人。当年薛家尚有些钱财，薛谦之救助了张屠户。扎根住下，重操旧业。

张屠户苦心经营多年，才有了些积蓄。有些闲钱，即送儿子张兴旺跟薛老先生上私塾。

设案焚香，拜罢孔圣，再拜先生。天地君亲师。张屠夫给薛老先生深深地鞠躬："……感谢礼让先生（薛谦之字礼让，号知达员生）救助之恩，今又收子为学生，大恩大德，永生不忘……"

薛谦之笑笑："君子应有好生之德，不言谢，邻里之间，互助为是，但愿令郎是读书之才。"

令人失望的是张屠夫儿子张兴旺，虽生得肩宽体壮却不是读书的料。他比薛愉婉大六岁。到了十六岁还不能"开讲"（先生开始对其讲解经典）。

但张兴旺人很实在，憨厚。他对薛愉婉亲如妹妹，有好吃的先想到她。时常从家里偷些猪下水给愉婉拿来。

有年九月。祖父考学生，要从"待到秋来九月一……到九月九"开头让学生作首诗。到张兴旺这儿是"待到秋来九月四"开头。张兴旺难为得抓耳挠腮。一边的薛愉婉帮他写道：

> 待到秋来九月四，
> 青帝宣告无花事。
> 抗旨不尊披金甲，
> 唯我菊花有胆子。

交上以后，薛老先生一看大惊，疑问兴旺。兴旺只好如实说是"愉婉妹妹作的"。

薛老先生赞赏地看看一旁只有十岁的愉婉，此诗虽然仄平有问题，但诗的意境透出的叛逆和豪气让人赞叹！继而又摇了摇头，轻叹口气，低声说："可惜不是个孙子呀。"

薛贵，一个败家的逆子。原先只是吃喝嫖赌，后来，又染上了抽。祖上原是方圆几十里挑着尖的大地主，北边二十里的许都城里也有些生意。

薛谦之的父亲溺爱自己的孙子，衣来伸手，饭来张口。逗子如杀子，果然应验。

爷爷去世后，生意无人打理。薛贵先是输尽了许都城里的生意，继而，又开始偷卖自家的庄田。当债主追到薛家时，一心只读圣贤书的薛老先生才如梦方醒。"……眼看他起朱楼，眼看他宴宾客，眼看他楼塌了……"

亲见家产尽被儿子败光，薛老先生抚摸着紧抱着自己腿的愉婉，长叹一声"唉！败矣！败矣！"又给债主交出地禊说"百无一用是书生啊。"

日子还要向前过。为生计薛老先生开私塾；为孙女，薛老先生求镇上的巧妇教愉婉女红。薛愉婉心灵手巧，别人两年要学的剪样，配线，纺织，穿针走线，刺花绣鸟等等，她月余即会。半年即超过老师。

当时有首儿歌是这样唱的：

小枣树，弯弯枝儿，
上面坐个花闺女。
穿里花鞋谁做哩，
薛家愉婉学做哩。
一包针、一包线，
薛家的闺女好手段。

渐渐，镇内镇外嫁闺女娶媳妇的都来巧妇这里，点名要愉婉来做，巧妇凉那了。

当巧妇把愉婉转辞回薛老先生这儿时，薛老先生喜极而泣："我死后，孙女饿不死了。"回头低声说："可惜呀不是孙子。"

愉婉为爷爷擦着泪说："爷爷，莫哭，爷爷不会舍下愉婉。"自己也哭了起来。爷孙俩紧紧地抱在了一起。

爷爷油尽灯枯时最挂心的就是孙女薛愉婉。他知道，愉婉虽柔弱似水，但又性烈如刚，自古红颜多薄命啊。

通晓《周易》的祖父就怕她命里五行犯"火"，"火"旺性"烈"，易损易折。所以平时更是有意调教。气若游丝时，他对趴在自己嘴边的孙女说：恪守妇道，凡事忍让。

气绝身亡。

二

五年后（民国十五年），年方二八的薛愉婉已经出落成了妖媚娇艳、楚楚动人的美少女。两眼会说话，眉目似传情。浅语如嘤，朗笑如歌。腰身若玉塑，手腿比莲藕。一颦一笑，一动一处，一静一起，一仰一俯，举手投足，转眼顾盼，明眸善睐。简直让人魂飞魄散。

张屠户的儿子张兴旺，也长成了二十出头的大小伙，不仅肩宽体壮，而且孔武有力。一头浓密青发，一张红泛黑脸，一幅好身板，一身好力气。

他头脑简单，不好说话。看不惯不平事，爱助人，认死理。总是沉默寡言，很犟。遇事只管莽撞蛮干，认定的事不碰南墙不回头。而且脾气不好，转不过弯来。

有外事、干粗活儿时，父亲薛贵只知道在外逍遥快活。他已经吸大烟吸得，目光呆滞，枯瘦如柴。哈欠连天，精神萎靡。且手无缚鸡之力。薛愉婉也只能让张屠夫和兴旺哥撑着。

张屠夫很感恩薛老先生，对薛家多有照顾，比自己家的事还上心。

干活时，每当看儿子兴旺直直地走神发呆，张屠夫就会狠狠地拍儿子一下，说："想啥哩！……赶明儿托'赵巧嘴儿'给你说个媒……"

"赵巧嘴儿"古桥镇的媒婆。此人三十多岁。徐娘半老，风韵犹存。一顶油头，一张粉面。一副滑腔，一口蜜言。一躯小身板，一肚弯弯肠。凭三寸巧言之舌，一手牵姻缘，两腿跑两家。好行"走马观花"之障目法，爱骗喜结良缘两亲之财。好事也做得，坏事却更多。

兴旺说："爹，我不，俺要照顾愉婉一辈子。"

张屠夫说："别瞎想了孩儿，人家是大家闺秀，看不上你，再说你那笼子小，装不住仙鹤呀，唉。"

兴旺说："那也不要，就当照顾亲妹子一样，一辈子。"

张屠夫无奈地摇摇头。说："干活。杀猪。"

先烧好一大锅开水，把猪赶来，由几个人帮忙把猪抬上台案。有兴旺在，他身强体壮，力大无穷，仅一人即可。把猪头和猪颈朝外，下面放一大盆等猪血，然后张屠夫使刀向猪的颈部插去……

稍许，汤身，刮毛，开肚，清理内脏……张屠夫动作干练流畅、娴熟老道。有时，张屠夫让兴旺来。兴旺更是如庖丁解牛，游刃有余。

薛贵自父亲去世后，将家产悉卖馨尽。最后，只剩下镇外石桥边河岸旁，临着张屠户家旁边两间破旧的房子，供父女二人栖身。这原是他们家的长工房。柴米油盐等日常生活所费，由愉婉靠女红收益勉强度日。

这一年的入冬，抽大烟的薛贵卖无可卖。他打着哈欠来找媒人"赵巧嘴儿"。

"赵大嫂耶！您那月下老人，牵线红娘，好成人之美，配上好姻缘，结恩爱夫妻，组和睦家庭。功高无量呀，赶明儿相国寺里给您竖一牌位……"

"赵巧嘴儿"抽着旱烟袋急急从堂屋走出门来，她怕薛贵这个"腌臜菜"给屋里带来秽气。一边抽着旱烟，一边抿着轻薄的朱唇，不屑地说：

"哟！是宝珍（薛贵字宝珍，号福禄寿享）大兄弟，来还我那五块大洋哩？头两句还像人话，老娘还没死，竖什么牌位？你才竖牌位呢，赶快还钱。"

薛贵笑笑抽着自己的嘴吧说："你看我这嘴，说着说着就下路了，嘿嘿，您老别生气呀，魏忠贤生前还让人立功德祠呢不是？您那实在是功高，我才这么一说。您不爱听，就当我放了个屁。"

"放屁回恁家放去，不来还钱，赶紧滚蛋。""赵巧嘴儿"举起烟袋驱赶薛贵。

"大嫂莫打，有事要说。事成之后，您那五块大洋算啥，我再多给您加五块。"薛贵把手举得高高的，五个手指夸张地在"赵巧嘴儿"脸前晃着。

"有屁快放，狗嘴叫不得人话，猪嘴吐不出象牙来。"

"您看呀大嫂，俺家愉婉年方二八。男婚女嫁，全凭媒妁之言。劳您给俺愉婉提门好亲，有了好亲家……事成之后，您的跑腿儿费，磨鞋底儿钱自然少不了……"

薛贵贴身近前，仰着脸看着"赵巧嘴儿"的脸色，挤眉弄眼使着笑哈哈地说。

"赵巧嘴儿"眼珠一转，计上心头。长叹一声说："唉！不中呀！要是搁前些年，依恁家的条件，门当户对，愉婉必定能找个好人家。只是现在……你急着用钱，可远水解不了近渴呀……想要现的，办法倒是有一个……"

她摇了摇头假装推辞地说，"不中，不中，我说大兄弟，你还是另请高明吧，别难为老娘了。"

薛贵死乞白赖，"赵巧嘴儿"故弄玄虚。一来二去，薛贵烟瘾犯了。最后咬牙说"'桃花春'就'桃花春'，那里价钱高，中，您着手办吧。"

"赵巧嘴儿"说："宝珍大兄弟呀，你别难为我了。道有道路，行有行规，我不能坏了规矩，毁了名声。我可以帮忙介绍走'牙婆'这行当的客官儿……这么着……"

当天晚上，薛贵以 210 个大洋把女儿私卖给了许都城的"桃花春"。薛贵拿到手了 200 块。还了"赵巧嘴儿"五块账，又给她加好处费五块。"赵快嘴儿"笑得合不拢嘴，薛贵又去快活了。

三

许都城，古称"许"。源于尧时，高士许由牧耕此地，洗耳于颍水之滨而得名。东汉尤盛，三国魏都。一马平川，豫中腹地。民国，属河南省豫东道。民国十五年（1926 年），废道治州。京汉铁路入境而过。漕运、官道四通八达。

许都城位于腹地正中，交通便利，九州通衢，商贾云集。城内店铺林立，灯红酒绿，歌舞升平，一派繁盛。

"桃花春"处在许都城最繁华地段，在青楼中可谓为首屈一指。富家子弟，社会名流，文人骚客，无不趋之若鹜，挥金买春，风流快活。隔壁有一灯塔饭店。老板孙复开，五十多岁，字东起，号腾达飞黄。一抹大背头，一副圆眼镜，一身白西服，一脸富贵相。大腹便便，脑满肠肥。八字走步，趾高气扬。同时他还兼荷兰东印度公司许都烟棉麻收购业务的卖办，也是"桃花春"的股东之一。为人奸诈，老奸巨猾。

儿子孙梅友，名字取"梅、兰、竹、菊"四君子之首，以"梅"为友之意，标榜君子品行。年方二十，一身得体时尚的花达尼西装，更显得风度翩翩。看上去玉树临风，文质彬彬。他刚从燕京大学毕业，举止大方，谈吐儒雅。青年才俊，意气风发，读新学，尚新风，有文化，有理想。思想开放，崇尚自由，胸怀大志，忧国忧民。

这几日，在孙梅友的要求下，父亲孙复开正安排他去日本留学。安排妥当，孙梅友准备好了行装，穿过"桃花春"长长的中堂，前来后院的隐蔽处，和正在豪华会议室开董事会的父亲请辞。

父亲语重心长地嘱咐孙梅友："……在异国他乡，张扬的个性要收敛点，不比在家有父亲照着。遇到困难到日本东印度公司神户办事处找他的朋友。管家行程车票安排好没有？怎样安排的？"

孙梅友说："放心吧父亲，孩儿谨记您的教诲。行程安排很好，晚上的火车到汉口，乘轮船顺江而下到上海，在上海和同行汇合结伴出发……"

孙复开又让随从从自己公文包里取出五百个大洋交给儿子："出门在外，学会自己照顾好自己。多带些钱去，宽备窄用……"

孙梅友推托："母亲已经安排得够多了，儿子此去不是游山玩水，抱定吃苦磨炼的决心读书求学……"

在孙复开的佯喝下，孙梅友只好收下。父子两人辞别。孙复开依依不舍，千叮万嘱。孙梅友憧憬前程，志满兴高。

下午，薛愉婉被"赵巧嘴儿"骗说去城里找生病了的父亲。薛愉婉本想叫上兴旺哥一起去，怎奈兴旺哥家中没人。

"赵巧嘴儿"骗她说："等不及啦，你父亲要是有个三长两短，你就成孤儿了。孤苦伶仃，日子咋过？赶紧的吧。"愉婉连门都没来得急锁，便匆匆跟"赵巧嘴儿"走了。

到了许都城里，才发现上当受骗。她大喊"赵巧嘴儿"，可"赵巧嘴儿"早已脚底抹油——溜了。怎奈一个弱女子，任凭她如何反抗挣扎也无济于事。

她被老鸨五花大绑，锁在了"桃花春"后院的柴房。

张屠夫和兴旺外出收猪回来，按例兴旺去薛家给愉婉担水劈柴。一刻不见愉婉妹妹，他就像没了魂似的。

还没把家伙收拾停当，兴旺就急着向薛家跑去。张屠夫一边自己摆弄，一边不住摇头。

兴旺满心欢喜地来到薛家，却发现连个人影都不见。兴旺着急了，天色将晚，愉婉妹妹会去哪儿呢？看到屋门连锁都没锁，他一下子慌了，直觉告诉他有不祥之兆。他大声呼唤"愉婉！愉婉！"。里屋也没人回答。

他立刻急出一身的汗，拔腿向镇街面上跑去。边跑边找，心急如焚。

跑过"悦客来"饭店，看到喝得酩酊大醉的薛贵，正在那里发酒疯："老子、老子有的是钱，谁、谁敢看不起我薛贵薛宝珍……"一会儿哈哈大笑，一会儿又疯癫着嚎啕起来。

一群人在一旁围着轰笑。有几个女客在一边指指点点，小声咕嚅道："……看把他给烧的，卖闺女的钱，花着能安心。"

"可不，心里要是好受了，他能喝醉大哭？"

兴旺隐约听到，他上前追问，几个人四散回避。他上前抓住薛贵两眼冒火地大吼："薛叔，愉婉妹子呢？"

"卖了！卖了！许都城里'桃花春'享福去了。"他倒是酒后吐真言。

张兴旺一把推开薛贵，转身如飞向家中跑去。

回到家中，取了把杀猪刀往腰中一别，顾不上向父亲辞别，向外冲去！张屠夫吓一跳，急忙拦住追问。听儿子边跑边说后，张屠夫在后面喊道："兴旺！不要莽撞！"然后，拿上家里所有准备给儿子娶媳妇的大洋，追了出去。

兴旺来到许都城，找到"桃花春"，推开在门口拉客的青楼女子的纠缠，纳头便向里面冲去。他站立院中急不可耐地高声大喊："愉婉！愉婉！"

几个大汉冲将过来，上前便打！被随后赶到的张屠夫死死拦住。拳打脚踢在了张屠夫身上。

老鸨洋腔怪调地说："……乡下来的泥腿子也敢来这儿捣乱。我们是花大价钱从她父亲手中买来的，关你们什么事？给我打！给我狠狠地打！"

兴旺擦着嘴角上的血激愤地大吵着争辩道："我妹妹根本不同意！你们

这是抢人，逼良为娼。还有没有天理……不交出妹妹，我给你们拼了！"说着恼怒地从腰里拔出了杀猪刀，要与这些恶人拼命。

几个大汉不敢近前，缩了回去。老鸨气急败坏地大怒道："你们腰里的家伙是烧火棍呀，都是吃干饭的货？掏枪崩了他。"

几个大汉掏出了手枪，指向了张兴旺。被张屠夫死死护住。他哭喊道："老板啊，您行行好吧。……我们来赎身中了吧。"

众人暂开。老鸨嘲笑道："哈哈哈！你个泥腿子赎得起吗？"

张屠夫拿出了所有的大洋，一百一十六块。

老鸨笑笑道："这点小钱也想赎人？没有五百个大洋休想。把他们打出去。"

这时，正巧被从后院出来的孙梅友碰到。心怀正义的孙梅友驻足观望，听明情况后，他喝住了众人。老鸨一看是孙家的大少爷，急忙点头哈腰地近前向他说："孙少爷，您别管这种事了……"

孙梅友叫她把愉婉放出来。见到愉婉，兴旺急忙用自己高大宽阔的身躯护住了她。他怒目圆睁，寒光闪闪的杀猪刀朝向众人高高地举着。孙梅友一看薛愉婉，她的丽质美貌、天然纯静惊住了他，顿产怜香惜玉、恻隐之心。

他毫不犹豫地从皮箱中取出四百块大洋，加上张屠夫的一百块，交给了老鸨。

老鸨面有难色，但又无可奈何。

张屠夫叫上兴旺和愉婉，跪向孙梅友稽颡道："孙公子，贵人啊，好人啊，大恩大德永生不忘啊！"并追问孙公子名字，以便以后谢恩还钱。

孙梅友急忙把他们搀起，把张屠夫余下的十六块大洋塞到他手里，又从老鸨那拿过身裸交给他们："在下孙梅友受不了老者大礼，余钱您拿上，那钱不用还了，带上身裸回家去吧……"

孙梅友又捎送他们到火车站，挥挥手，向他们告别，进站而去。

孙复开他们听到了刚才的吵闹声，开完会，他叫随从去问明了情况。孙复开生气得大骂道："逆子，逆子！"怎奈儿子已经走了，也无可奈何。

张屠夫他们三人默念着"孙梅友"的名字，感恩地目送火车开出了站台。直到火车哐哐哐地驶出视线，才依依不舍地向家回去。

四

当年（民国十五年，公元 1926 年）深冬。

薛贵死于花柳病。临死总算做了一件人事，他把女儿愉婉许配给了张兴旺。

三年孝期过后，二十四岁的张兴旺和十八岁的薛愉婉举行了婚礼。

结婚当晚。送罢客人张兴旺坐在里屋不敢上床。他激动得不知所措。美貌如花的愉婉如愿成了自己的新娘。如果不是薛家家道中落，如果不是自己痴心死等，这样的好事怎么会落到自己头上，同时，他心里也有稍稍的不安和愧怍。

他想，这对愉婉妹妹太不公平了，自己真的是配不上愉婉妹妹呀，可命运弄人，一个弱女子她没有主宰自己的命运和更多的选择权……

想着想着，张兴旺哽咽了起来。

聪惠心颖的愉婉看出了兴旺的心事。她取下盖头，轻声细语对张兴旺说"兴旺哥，今天是咱们大喜的日子，莫哭了，能嫁给疼我爱我的哥哥，我还有何求？知足了，你就是我的亲哥哥……"

"对不起啊妹妹，委屈你了呀，从今往后我要加倍疼你，不让你受一点委屈……"

俩人相拥而泣。哭过之后，又笑了起来。他们为过去的苦难而哭，又为即将开始的幸福甜蜜生活而笑。

兴旺把愉婉轻轻地抱到床上……

一年后，他们的女儿出生。女儿长得如同她妈妈小时候一样，把张兴旺高兴得抱着女儿亲了又亲，说道："……老天保佑啊！相国寺里诸神保佑得好啊，真的像她妈，不像我那丑样，哈哈哈。"

张屠夫去世前看到了小孙女，安心地走了。

张兴旺子承父业，屠猪卖肉，拼命死干。薛愉婉教夫相子。日子平安而幸福地过着。

五年后，他们的女儿已经快六岁了。薛愉婉不顾"女子无才便是德"的说道，力挺女儿上新学。上学要有学名，不能"妞妞，妞妞"地叫着。

薛愉婉据郑板桥的《吟雪》诗，给女儿取名"雪梅"。一是雪与自己薛姓谐音，二是感恩救命恩人孙公子孙梅友。

"张雪梅。"兴旺高兴得抱着女儿一边亲着一边直呼道："还是你妈有学问啊，名字起得真好听。我的宝贝女儿有学名了。"

民国二十年（1931年）。日本入侵中国东三省。狼子贼心，昭然若揭。

孙梅友愤然从日本回到了家乡。他没有听父亲孙复开的安排，接手经营灯塔饭店。而是当了教员。他认为：中国之落后，皆因国人之愚昧。……欲振兴中华，需开启民智。父亲无奈，只好放手由他。

古桥镇里的相国寺，被国民颍川县政府改造成了古桥学校。孙梅友来这当了国文老师。

孙梅友把满腔热情投入教学工作中，他希望通过自己的努力能让更多的学生明白救国救民，爱国图强的道理。他为学生自编了校歌，并带领学生高唱：

天地泰，日月光，
听我唱歌赞学堂。
中华史，最辉煌，
文明源远又流长。
…… ……
论乡贤，屈原尚，
忠言力谏楚怀王。
…… ……
岳鹏举，是忠良，
含冤屈死保宋疆。
…… ……
中国圆，日本长，
同在东亚地球上。
…… ……
国人们，当自强，

除去兴学别无方。

一次上课，为了激发学生们的兴趣，他给一年级的学生讲起了地理："同学们，我们的中华民国在地球上的什么地方，国土形状是什么样子的？……而侵占我们东北三省的日本又是什么形状？"

张雪梅举起了小手说："先生！中国是圆形的，日本是狭长的，校歌上说的'中国圆，日本长，同在东亚地球上'。"

孙梅友赞扬道："回答很好！真聪明！可大家知道地壳（ké）和地球的结构吗？"

"先生，那不念地壳（ké），念壳（qiào）。"小雪梅又举起了手纠正。

孙梅友大惊，点点头边查字典边问道："这位同学知道的真多，谁教你的？"

"我妈妈教我的。"小雪梅回答。

孙梅友惊喜地看着小雪梅心想，如此乡下还有这么厉害的能识文断字的女性，想不到。查完字典后，他走过去抚摸着她的头他说："很对，是读'qiào'字，老师改正，不过以后不要叫'先生'，应当叫'老师'。"

小雪梅说："我妈说就传道授业的人都应尊称'先生'。"

孙梅友更是大惊失色，这是什么样知书达理的女性呀，放学后一定要亲自见见小雪梅的母亲。

中午，孙梅友和小雪梅一起放学回去，他要以家访的名义，拜访这位让他惊奇的女性。

初春的古桥镇万物复苏。此时已是阳光明媚，和风习习。经过和煦的东风饱满地送暖，灿烂的阳光热情地普照，大地已是冰融雪化，悄悄地脱去掉了冬衣，渐渐地披上了绿装。人们在春耕，小鸟在歌唱。镇前的河水似乎也在欢快地跳着舞儿，奔放地跑着，来迎接新春的到来。

孙梅友欣赏这美好的春光，大发感慨地想：祖国的大好河山竟是如此地多娇啊！为保家国，古往今来，有多少英雄豪杰、仁人志士，献出了可贵的生命，自己也要为她出一份力，建一份功，实现自己"修身齐家治国平天下"的鸿志。

想到这里，他不觉诗兴大发，随口吟出《早春图吟》一首：

> 阳光明媚春色好，
> 小草含羞初探芽。
> 杨柳情急先争春，
> 才吐黄叶巧作花。
> 和风善舞恰如笔，
> 江山万里尽作画。
> 吾辈岂非画中人，
> 躬身善施图愈华。

"看，我家就在前面，镇门外石桥旁第一家就是。"小雪梅高兴得一蹦一跳指地给他说。

五

两间房屋不大，土坯草顶。草顶篷厚，墙坯敦实。看得出主人在上面下了工夫，付了心血。

小院也很浅，但围墙高大宽厚，看得出主人为保护自己领地，捍卫自己私权着实费了心机。

小雪梅打开了门，先请"先生"进去。家里没人。她说："先生先坐，爹爹集上卖肉去了，妈妈在不远的河边洗衣服，我去叫她。"说完蹦蹦跳跳地向外跑去。

环视小院，孙梅友看到院子里干净整洁，物件摆放整齐。整个环境虽然清贫，但整体向外透出一家人的能干、勤俭、和睦和向荣。

目光走到窗户上，上面火红的剪纸立刻吸引住了他：只见上面剪龙是龙，剪凤是凤。荷花、牡丹，虫鸟走兽，栩栩如生，活灵活现，画面寓意深刻，耐人寻味。

孙梅友正在入迷忘我地欣赏剪纸，认真仔细地分析着寓意，剪者独运的匠心令他拍手赞叹，后面小雪梅喊他几声，他才回过神儿来。

他转身一看，立刻愣住了。只见眼前这位少妇，因干活而汗浇身衣，柔美的线条更加突显，脸上浸出细细的香汗，脸蛋光泽红润，透出的成熟干练更加迷人。一定就是小雪梅的母亲。

比他想像中的还要完美，眼前这位少妇似曾相识，但一时又想不起来。

薛愉婉听女儿说先生来家了，草草收拾了衣服，端上木盆拉上女儿的手回家了。

当她看到眼前的先生竟然是九年前救自己于火坑的恩人时，常年默念的名字脱口而出："孙梅友！"然后急忙改口道："不，不，是孙少爷。"

她急忙按着小雪梅的头，和小雪梅一起，激动得跪向孙梅友叩头谢恩。

孙梅友赶紧上前把两人搀起，他想起来了，当年在青楼"桃花春"曾救过她，但他不知道薛愉婉的名字。

"快快请起，快快请起，现在已是民国多年了，不搞封建礼数。……真想不到啊，聪明伶俐的小雪梅竟是你的女儿。其母其女，原来如此……"

两人坐定，小雪梅高兴得去写作业去了。两人热情高涨，争相诉说，他们要把这几年各自的情况悉数说完，似乎这话怎么也说不完。

不觉已是日过中午。张兴旺拉着肉架子回来了。听到院里有男人的谈笑声，他顿生不满。火急地连肉架子都没拉入院，便推门进来。

薛愉婉见兴旺回来，起身站起，拉着兴旺哥的手激动地说："兴旺哥，你看谁来了。"

兴旺正有些无名和纳闷的气火，并没仔细看。紧走两步，上前仔细一看，不由得惊呼起来"哎呀，相国寺的诸神显灵了吧，是大恩人来了呀。失礼，失礼。"然后要稽颡行礼。

他被孙梅友急忙搀住："是兴旺大哥吧，刚才听愉婉说起你……大哥，再不要搞封建礼教，国父孙中山先生提出的自由、博爱、平等，人人生而平等，没有高低贵贱之分。我们要身体力行……"

三人畅谈，忘了时间。小雪梅出来吵着饿了。三人大笑着站起。孙梅友请辞告别，被薛愉婉伸手拽住："今天中午无论如何要留下吃饭，我亲自下厨，表达恩意。"并招呼兴旺准备食材。

兴旺说："对对对，请客不如等客，孙少爷的大恩大德无以回报，粗茶淡饭还是有的。……还有些大肉和猪杂碎，今天吃个痛快。"

薛愉婉怪他道:"孙少爷是尊贵的客人,既是恩人也是雪梅的先生,怎么能用杂碎招待?要用上好的里脊和排骨。"

张兴旺笑笑搔搔头说自己不懂道理,还是愉婉知情达理。忙活去了。

饭熟上桌,四人边吃边聊。薛愉婉不停地给孙梅友往碗面夹菜,孙梅友又不住地给小雪梅转加夹。小雪梅一个劲儿地谢先生。孙梅友一再夸小雪梅聪明伶俐,懂事可爱,赞薛愉婉调教有方。

张兴旺又从屋边的地窖里,拿出了尘封已久的颍河大曲,不顾孙梅友的劝阻,给孙梅友满上,自己也开怀畅饮起来。

饭罢。孙梅友说来时仓促,没带礼物。然后从西服口袋掏出五块大洋来,直接说:"不要推辞,还望收下,权作给小雪梅的奖励。"

薛愉婉和张兴旺相互看看,愉婉非常生气地说:"以前恩情还没报答,无论如何不能收下。……盼你以后常来做客,你要是以后不来了,那你就留下。"

兴旺也在一边附和着。

薛愉婉把大洋装入孙梅友西装内衣,又用力按住不放,生怕他再往外掏。她温暖纤细的手如有电一般,让孙梅友有一种麻麻的幸福的感觉。

孙梅友不再推让。领着要去上学的小雪梅,告辞了。

六

此后,每逢周日,孙梅友成了她们家常客。常常来辅导小雪梅写作业。他从未把自己当外人。在他看来,薛愉婉就是自己梦寐以求的难得知音,志同道合的红颜知己,情投意合的良师益友。

张兴旺早上杀猪,上午去市集卖肉,下午又要游乡收猪。白天在家的时间很少。即使杀猪,也不在张家院里。

当初,愉婉曾说过他"君子远庖厨"。她见不得现场的血腥,也听不得那种凄惨的哀嚎。兴旺听她的话,也更为小雪梅着想。把屠宰场设在了古桥镇的"东后"(即镇子的东北方,现在还这么叫)。好处是,一是远离住处,愉婉她娘儿俩看不到;二是石梁河自西向东流,在河下游,做活时不污染水源。

孙梅友见多识广，常给薛愉婉和小雪梅说外面的世界。更多的是给她们讲家、国、社会，讲"五四"新文化运动，讲孙中山的"三民主义"……

孙梅友给她书，俄国列夫·托尔斯泰《安娜卡列尼娜》，法国雨果的作品等，中国鲁迅的《伤逝》，柔石的《为奴隶的母亲》等等。

有时，薛愉婉拿朱程理学来说自己是个女儿身，不能像他那样抛头露面，走南闯北，增长见识，施展抱负。

孙梅友给她讲女权、讲男女平等、妇女解放：

"……法国女性主义是世界妇女运动的第一声，它是在法国大革命中发展起来的。

1789 年妇女和男子一起攻克了巴斯底狱。这次斗争是法国历史上第一次妇女大规模行动，它标志着法国妇女运动的兴起和法国妇女的觉悟，进而影响世界……

在中国，1905 年孙中山与黄兴携手组建了同盟会，吸引了将近20 名女性加入，包括秋瑾、唐群英、张汉英、何香凝、吴木兰等人。

古有花木兰，巾帼不让须眉；今有像秋瑾为革命赴汤蹈火……"

并教她当时流行的一首诗歌：

吾辈爱自由，
勉励自由一杯酒。
男女平权天赋就，
岂甘居牛后。
……   ……

薛愉婉不仅有很深的古文功底，而且有敏捷的反应能力。两人相互交流心得，沟通观点和见解。

孙梅友见解独到，薛愉婉聪明颖惠，两人常常为所见略同而击掌互赞，相互欣赏。

他们无话不谈，兴高采烈时，竟到了忘我的境地。忘却了环境，不知身处何处；忘却了时间，不知今昔何昔；忘却了身份，不知少爷村妇；忘却了性别，不知男女雄雌。

兴致勃勃时，思想开放的孙梅友激动不已，竟得意忘形地拥抱起她，活像拥抱热恋中的情人，又似拥抱久别重逢的故交。

恍过神来，孙梅友抱歉地说："太兴奋了，对不起，对不起，失态了。"

薛愉婉的手想推而无力，脸红红的，心跳得突突的，羞羞地低下了头，但另一种感觉却从心里抬起了头：那是种和兴旺哥在一起不一样的感觉，她难以名状，既幸福，又羞怯；既外露，又隐讳；既热情奔放，又舒缓浅流……

薛愉婉性格中的另一面正被他开启，这种性格是他祖父早就看到，并临终嘱托她"凡事忍让"，这也是祖父最不放心的。

"抗旨不尊披金甲，唯我菊花有胆子"。她想起了自己判逆而激昂的诗作。沉睡的火山就要和志同道合的知音一起爆发了。但她心甘情愿，义无反顾。

随着交往的频繁，镇上的流言蜚语便像长了腿一样，满大街奔跑！张兴旺早就听说，开始他并不在意，自信地认为，别人都是在瞎说。薛愉婉自然也有所耳闻。

无风不起浪，空穴岂来风？三人成虎呀。慢慢地张兴旺越发相信孙梅友和自己老婆的传闻是真的。

集市上支架子的张兴旺慢慢地开始心虚发毛。切肉时，一旁人的窃窃私语，甚至别人不经意的笑声，似乎都是在对他指指点点，背地嘲笑。

有了"是真的"这种主观认识，他的想法在认为是真的前题下顺着往下思考：或许愉婉是无辜的，愉婉绝不是那样的人呀。或许是孙梅友仗势在勾引、纠缠愉婉，得寸进尺？或许是愉婉为感恩委屈难言，忍气吞声？他不敢往下想。

一次的偶遇，让张兴旺彻底断定是孙少爷在勾引、纠缠他家愉婉。

孙梅友每次从许都城回来，都会给小雪梅带在乡下难得一见的洋货：有时是精致的头卡，有时是洋铁皮文具盒，有时是乡下闻所未闻的美国进口的洋罐头……每次回来，都会把小雪梅高兴得一蹦三跳。

小雪梅天天盼着孙先生能来。一次吃饭时，她天真地对你爹娘说："让孙先生住咱家吧"。

薛愉婉脸一下子红了，吵她道："小孩子懂什么，别瞎说……"

一旁的张兴旺止住了吃饭。他愈发相信那些传言。沉默了一会儿，什么也没说，站立来走了。

薛愉婉想：清者自清，浊者自浊。越解释越没用，岂不是此地无银三百两？她麻利地收拾完碗筷，送小雪梅上学去了。

一个周末，刚好是小雪梅的生日，孙梅友又给她们带来了礼物。

薛愉婉婉转地说："往后……唉！"她不好拒绝孙梅友亲友般的热枕。不知如何开口。改口说："……唉！往后别再给她捎东西了，你都把她宠坏了，现在小雪梅待孙老师比待她爹还亲。"

孙梅友边带笑说边打开自己的皮箱："是吗？能'收买'小雪梅的小芳心，我太荣幸了，兴旺哥哥别吃醋啊。来小雪梅，看'叔叔'这次给你带来的什么生日礼物？"——他改"老师"为"叔叔"了。

小雪梅惊呼道："哇，裙子！漂亮的裙子。"

孙梅友给她穿上。一个丑小鸭瞬间变成了美丽的白天鹅，在乡下，清贫的家庭，农村的娃娃什么时候会有生日礼物呀，顶多煮个鸡蛋，吃碗长寿面而已。小雪梅兴奋得又唱又跳，让他们说漂亮不漂亮。孙梅友又从皮箱里拿出一个包装精美的纸盒来："看看，给你伟大的母亲也有，这是我从许都城南大街隆贺祥专门请上海的师傅订做的。"

"旗袍。"当孙梅友打开礼盒时，光滑柔软、色泽鲜艳、华丽美观的绸缎旗袍让她娘儿俩惊呆了。"快回屋里穿上试试，看合身不合身。"孙梅友迫不及待地说。

爱美之心人皆有之，何况薛愉婉正是风韵卓姿的少妇。她难以抵抗美丽的诱惑。况且孙梅友如兄长般纯洁的盛情使她无法拒绝，她不好意思地回屋换穿起来。

当她再次出现在孙梅友和小雪梅面前时，她的妩媚，她的娇艳让孙梅友几乎晕厥。小雪梅嫉妒而又兴奋地一旁惊呼："妈妈太漂亮啦！妈妈是仙女。"

孙梅友情不自禁地要去拥抱她，他心中的维纳斯。

晌午。好像是自己做错事了的张兴旺，看着架子上的猪头，心里莫名地生出火来。想象着它就是"情敌"，拿起刀用力向猪头砍去。之后，他呆呆在站在架子旁。别人要排骨，他心不在焉，割成了后腿。气得客官骂骂咧咧地走了。

张兴旺恍过神来，一个劲儿地给别人说："对不住呀对不住。"然后又重重地抽自己一嘴巴。

已过午时，大肉仍没卖完。心烦意乱的张兴旺收拾架子，找了个小酒肆。他大气不顺地大声吆喝小二道："小二，给爷爷我来个茴香豆，一个烧茄子。"他只点了俩素菜。

小二一边上茶一边撺掇道："张大客官，就要俩素菜呀，您也不来点荤的？"

"啊呸！天天宰猪，大肉都吃腻了。"张兴旺说道。

又自言自语道："啥时候也尝尝人肉啥味"。

小二开玩笑地暗暗讥讽道："张大客官，您虽说是宰猪高手，想吃人肉啊，哈哈！就是仇人在你面前，恐怕您也不敢屠呀！有胆您屠一试试？枉废了您的好刀法呀。"又接着说，"英雄无用武之地呀！您就像朱泙漫一样，您也是空有屠龙之术呀！"

小二含沙射影地这么一说，噌地激起了张兴旺久压在心头的怒火。他无处释放，更无法诉说，在这一刻爆发了。

"谁说我不敢？谁说我不英雄？"张兴旺瞬间暴怒起来。

他用力死死地抓住小二的后脖子，运用自己娴熟的捆猪手法，毫不费力地抓起粗矮短胖的店小二。想象着小二就是孙梅友，举手便做屠宰状。

他变了调地大叫道："你敢笑话我是窝囊废，不是大丈夫，吃老子一刀！"

他力大无穷，疼得小二哇哇直叫："张爷饶命呀！饶命呀！您有气也不能拿我练手啊……"

众人拉劝下，他恍过神来。一把甩开店小二。小二重重地摔倒在地，呲牙咧嘴地揉着脖子哟哟地大叫起来。

张兴旺坐在櫈子上，气呼呼地抓起酒坛，咕咚咕咚闷头大口吃起酒来。

心情不悦，半斤即醉。

张兴旺摇摇晃晃、口中含糊不清、骂骂咧咧地回到家里。他正好看到了他不愿看来的这一幕。

孙梅友见他回来，喜不自禁地要拉他宣泄和分享自己那无与言表的欣喜，他简直忘却了兴旺是愉婉的丈夫，而他从心里想当然地认为兴旺和他一样，只是愉婉的哥哥。

多少时日的郁闷、憋屈、嘲笑以及他想当然地认为愉婉受到的屈辱、无奈等等，在酒劲儿的催化作用下爆发了，他要像个大丈夫、大英雄、男子汉一样来保护他的愉婉妹妹，更要捍卫作为男人的尊严。

他一言不发，怒目圆睁，双眼通红。转身从架子上取出寒光闪闪的杀猪刀，啊！地大叫着向孙梅友砍去。

"住手！"愉婉大声喝：“孙少爷是雪梅的先生，是咱的恩人。”她护住了孙梅友。

一边的小雪梅紧紧拽住爹爹的衣服，吓得大哭"不要！不要！"地哭喊。

张兴旺立刻酒醒了。他无处发泄，朝院中胳膊粗的椿树上砍去，椿树一下拦腰而断。他痛苦地哭了起来。

孙梅友这时才恍然大悟，原来自己真诚、无邪、开放的表达方式在乡下是多么不合时宜！甚至无意中对兴旺哥造成了深深的伤害，他为自己没考虑别人的感受而愧疚起来。

孙梅友上去拍拍张兴旺的肩膀，抱歉地说：“对不起，兴旺哥，我，这，你，唉！不是你想的那样的！你难道不知道我的为人……”

张兴旺余气未消，他头也不回地大声喊道：“滚——！”震耳欲聋，吓得小雪梅又哇哇地哭起来。

孙梅友尴尬得不知所措。薛愉婉示意他快走。他想，这时候解释也确实不是时候，等兴旺哥消完气再说。

孙梅友只好无奈地蹲下身，给抽咽不止的小雪梅擦擦脸上的泪，抚摸扶摸她的头，以示安慰地一步三回头地走了。

七

是夜。小雪梅哽咽着睡去。

薛愉婉合衣躺下。已经酒醒的张兴旺，一直坐到深夜。他在那里傻傻地呆着。一言不发，但心潮澎湃。

他为当着心爱的老婆和女儿几乎酿成人命而后怕，也为自己和妹妹受的委屈无处发泄而懊恼。更为不能像孙少爷那样给妹妹带来阳春白雪的精神沟通而无奈。更为自己的冲动、鲁莽、没有好好筹划而自责。

很久，他心情复杂地躺在床上。伸手拉被子给自己盖上，被生他气的愉婉拽回。

他长叹一口气，又低声问愉婉："妹妹，你受委屈了，……我不怪你，都怨孙少爷主动勾引纠缠你……"

薛愉婉为兴旺哥不能理解自己和孙梅友之间真实纯洁而又高尚无邪的，胜于亲情的情感而委屈，她嘤嘤地哭了起来。

张兴旺的心被愉婉哭碎了。他暗暗发誓，一定要想出办法，来除掉孙梅友。

时间会冲淡一切。事情很快过去。只是孙梅友来的次数少了，而且他一定要在张兴旺在家时来。省得兴旺哥疑神疑鬼，瓜田李下。即便张兴旺对他冷面以对，他依旧不顾。他认为，君子坦荡荡，身正不怕影子斜，脚正岂怕鞋子歪？

但他想错了，一把置他于死地的无形刀正在张兴旺手中高高举起，张兴旺经过深思熟虑，一个精密完美的计划正在形成。

民国二十三年（公元 1935 年）。国民政府与日本签订《梅何协定》。

由民国大员何应钦和梅津美治郎往来的备忘录和复函达成的共识。这个协定实际上放弃了华北主权。国民党当局在日本的淫威面前又一次屈服。

1935 年何应钦在蒋介石授意下签订《梅何协定》，消息传开，举国哗然。

一向关心国家大事的孙梅友这几天非常忙。没有时间来张家。

张兴旺这两天一直在考虑他的除情敌计划。他不动声色，更加沉默寡言。

屋边茅厕南有一个很深的地窖。窖旁有垛一人高的土墙，为茅厕隐背墙。初见孙梅友招待的颍河大曲酒就藏在那里。

地窖挖有半丈长，宽三尺，深五尺，平时冬储红薯等。上面用木板和藤条铺盖，其上封土。仅留一尺入口。

　　地窖处在如厕的必经之路旁。一次，小雪梅不小心掉将里面，摔得不轻，哇哇大哭，把兴旺和愉婉心疼得不得了。愉婉曾多次催他把地窖填平了，再在大门口旁边挖个。

　　计划就在此实施。天赐佳境，只欠绝机。

　　当天中午，愉婉洗衣未归，张兴旺问放学回来的女儿道："……梅妮儿！孙先生这几日怎么不来辅导你写作业了？"

　　小雪梅道："嗯，孙叔叔这两天有重要的事，放学时对我说，今晚一定找妈妈，有重要的事找妈妈……"

　　张兴旺甚是激动，绝好机会终于来了。

　　吃午饭时，他故装镇定地对愉婉说："吭！吭！下午和大奎一起去漯城牛行街一趟，看看那里的猪市行情……漯城途远，快则三日，慢则五天！……"

　　他开始一遍又一遍地磨他那把已是很锋利的杀猪刀。愉婉问他："你那刀都磨一千遍了，还嫌不快。"

　　他用手手试霜刃冷笑道："哼！哼！在家防贼，外出防盗"。

　　又反复交待愉婉母女早上锁，莫要与生人开门等等。

　　想到即将开始一场残酷的杀戮，毕竟是杀人不是宰猪，而且这个人既是恩人，也是她们母女除他之外最喜爱的人……当报复的时候到来，他心里也在隐隐作痛。

　　他深情地抱上女儿亲了又亲，小雪梅看到爹爹情绪异常，关心地摸着爹爹粗浓的胡子问："爹爹！你是咋了？"

　　他恍过神说："你是爹爹的小心肝呀，爹爹一天也不愿离开我的好梅妮儿啊。"然后又隐喻地说："唉！这一去就好几天啊，咋不挂念我的梅妮儿？离别是痛苦的啊……生离死别，人生最大痛事呀。"

　　薛愉婉并没想多想，怨他不该给孩子说这些不吉利的话。她一边给他准备东西，一边交待早去早回，免得母女挂念操心。兴旺说记下了。走了。

　　《梅何协定》签订的消息也在古桥学校教职工中传开，大家都在议论纷纷。

有的说："蒋委员长这分明就是卖国偏安呀，华北不保，咱河南危矣。"

有的说："偏安一隅，暖风熏得游人醉，只把杭州当汴州呀。"

有的说："百无一用是书生呀！咱们有何办法？教书匠而已。"

有的说："两耳不闻窗外事，一心只读圣贤书，莫谈国事。莫谈国事。"

孙梅友气愤不已，他陈辞激昂地说道："同事们！小日本虎视眈眈，欲全侵我整个中华，狼子野心，昭然若揭！……正是有一些人事不关己，高高挂起，一盘散沙，不能团结一致，才使小日本得寸进尺，胆大妄为。……只有大家有钱出钱有力出力，同仇敌忾，才能御敌于国门之外。……如果一再忍让，使小日本胃口越来越大，终将欲壑难填。河南失守是迟早的事……"

"……同胞们！我们不能坐以待毙，我们要团结一致，我们要奋勇杀敌，要像咱老乡吉鸿昌将军一样，'恨不抗日死，留作今日休。国破尚如此，我何惜此头。'"

他情绪激动，情不自禁地高声咏唱吉鸿昌将军的诗文来。

这时，校长起来，揶揄地说："有本事你上战场去。……小心镇公所的人把你当赤化分子抓去坐牢，到时家父孙老板恐怕也不能保你。学校乃清静之地，不是政治舞台，莫谈国事，莫谈国事，快快住口。"

孙梅友气愤不已，他怒气冲冲地走出了学校。

这时已是夜幕降临，天色已晚。月上西头，倦鸟归林。沉沉的夜色使孙梅友心情十分压抑，他要找薛愉婉来宣泄自己的失望、无奈、忧伤和激愤。

孙梅友疾步走着，他壮怀激烈，心潮澎湃，为校长和部分老师们的麻木而痛心不已。有文化的知识分子尚且如此，国真的将不国了。

他急急匆匆地来找薛愉婉。路上他考虑，要把《梅何协定》事件等等及自己的想法对愉婉谈谈，并决定投笔从戎。去投奔许都城东扶沟县的老乡吉鸿昌将军（当时已经被蒋介石关于牢中，孙夫人庆玲先生已营救未成）的余部。

见到愉婉，他义愤填膺，日本人杀我同胞，侵我国土，还不能排斥，难道还要热烈欢迎吗？岂有此理。

他为老乡吉鸿昌将军"恨不抗日死，留作今日羞"那种气贯长虹的英雄气概而跪服，更为吉鸿昌将军的冤屈而激愤不平。

说到自己对以前看好的蒋委员长失望时，他竟失声痛哭，谈到吉鸿昌将军的抗日壮举，他又慷慨悲歌。

薛愉婉深知孙梅友心中燃烧着一团烈火，一种胸怀大志，治国平天下的英雄豪气，那种失望的痛苦，那种男儿当自强的激昂让她和他同悲共喜，琴瑟合乐。薛愉婉支持他投笔从戎，奋战沙场。

她握住他的手，仿佛自己火热的心跟他一起远走，拼搏沙场、奋勇杀敌；他握住她的手，似乎这温暖而纤细的手，却给他传导着力拔山兮的无穷力量。两人毫无困意，愈谈愈烈，不觉中已是东方大白。

而此时的张兴旺一直在等待着最好时机。有几次他想拿出已是磨了千万遍的杀猪刀冲将过去，但他还是咬牙忍住了。其实，在心里，他已经把刀举起无数次向孙梅友砍去。不行，不行，小不忍则乱大谋。

是的，那样太血腥。而且真到孙梅友面前，他可能真下不了手！即便是弄伤了他，不致他死，愉婉和女儿怎么能看如此惨烈的场面？一个在女人和孩子面前大开杀戒的人，还怎么为人夫、为人父？

直到天色放亮，他用力哐、哐哐地砸门。

直到这时孙梅友和薛愉婉才大吃一惊，怎么办？上一次张兴旺余气尚未销尽，让他看到岂不是更加误会，有口难辨。

情急之下，薛愉婉叫孙梅友藏到了地窖，等兴旺哥出去后再让他走。孙梅友本不想下去，他要当面跟兴旺哥说清楚。薛愉婉知道他书生意气，而她更了解张兴旺的鲁莽性格和犟驴脾气。她不容分说，把他拉到地窖里了。

这一切都被张兴旺从门缝里看得清清楚楚。

他暗自庆喜：真是天赐良机，如果在一夜对计划实施与否的思想斗争中，他还犹豫不决，举棋不定，而这绝佳时机的出现更坚定了他行动的决心。

孙少爷若要我性命尚且不惜，夺妻之恨，断不答应。人不为己天诛地灭，这都是老天安排好的，我只是替天行道，并为自己私有的爱情而斗。大丈夫，真英雄，干！

盖好地窖口，薛愉婉将捋散乱的头发，慌忙地、紧张地前去开院门。她神色慌乱地惊问兴旺哥怎么又回来了。

张兴旺费劲地故作镇静，他尽力压着舌根，让紧张的呼吸放缓，仍略显不安地说："哦！那，那，颍河开口，路途不通，改日再去。"他不敢正视愉婉的目光。而愉婉因有心事也没太注意他。转身急回。然后，他急忙转脸背对着已经快走到屋的愉婉，无所抓捞地弯腰去拾地上的东西。其实，地上什么也没有。他只是让自己舒缓一下。他又深吸一口气对回到屋里给小雪梅准备早饭的愉婉说："咳！咳！刚才回来时大奎、狗剩、福生一会儿来咱家借石碾，……正好搭把手把隐背墙推倒，也该把地窖填了，省得让我的梅妮儿再掉进去……"

薛愉婉点水滴动，她一下子明白了兴旺哥的全部心事。怪不得兴旺哥出发时对小雪梅说出那一番离别的话来，原来他蓄谋已久，早有准备。她手中取水的葫芦瓢一下掉在了地上。

实在太突然了。她心里激凌一下，立刻六神无主，心中既愤怨又生出无名的气。啊！兴旺哥呀兴旺哥，你怎么如此作吧呀。

就在愉婉不知所措时，大奎他们几个人紧跟着进院了。嚷嚷着说："这么垛墙，兴旺哥一人就能推倒，还用叫上俺几个？"

这正是张兴旺的绝妙之处。是的，凭他一人之力就绰绰有余，这几个人实际对他来说就是自己无罪、不知情的证人。

最毒不过无形刀。无形的刀比锋利无比的杀猪刀更厉害。它透出的闪闪利光比杀猪刀更寒冷，更逼人。它是无形刀，更是一把绝情刀——随着墙垛重重地砸在地窖里，它斩断了薛愉婉对他的所有情感。

张兴旺啊张兴旺，你安排如此巧妙缜密，简直天衣无缝。薛愉婉应声瘫坐在屋里，她的内心十分矛盾：出去，一个妇道人家，一整夜和孙梅友在一起，孤男寡女，别人会怎么说？街坊邻居会怎么看？这分明是"养汉""偷汉"，不守妇道。

她想到因追求自己爱情而与情人约会的本镇少妇刘春花，被族人和族长沉塘。儿子哭得疯了似的。她想到自己如果没了母亲小雪梅怎么活，她是那么深爱自己的女儿。

她对兴旺哥既爱又恨，他对自己一片诚心，可他怎么不理解自己，不相信自己的清白。

他分明是知道的，他是故意为之，而且比用杀猪刀还歹毒的手段，他怎么就不和自己沟通？他怎么这样犟，这样死劲儿？杀人于无形，为了自己认定的，出于维护自己的私权，也名义上为了她，他竟然如此下此毒手。

她想到了爷爷临终前的嘱托：恪守妇道，凡事忍让。一条人命呀，一条多么阳光，有正义，有爱心的人命啊，而且是救自己于火坑的恩人。

她不能沉默，她顾不上别人的流言蜚语，她冲了出去。

她拼命地哭喊着，挖着，手流出了鲜血，她不顾一切，在所不惜。

站在一旁的张兴旺这时也呆住了，虽然他曾犹豫不决，虽然他曾举棋不定，虽然不忍心这样做。

用这如此歹毒的手段，他也是为自己心爱的人着想，孙少爷再不会来纠缠不清。这样才能让愉婉死心，彻底断了愉婉给孙梅友的来往和念想。同时也是为保护自己独享的爱情。

他曾经无数次地问自己：是为什么偏偏这个人是孙梅友，为什么是恩人？为什么是愉婉崇拜的人？为什么是女儿的先生？直接用杀猪刀来做不是在杀孙梅友，而是在割她娘儿俩的心。

自己巧妙的安排是多么完美啊，简直就是老天爷要让孙梅友去死。上苍安排、替天行道、神机妙算、天衣无缝、细致缜密、自投罗网、事发偶然、神鬼不觉。

既不让自己担罪责，又让愉婉无话可说，更不会伤害到女儿对先生的尊爱之心。一举多得。当时但他唯一没有考虑到的是事实的真相和自己的曾上下波动、左右摇摆的人心。

在决定之前他是下了多大的决心啊，他暗地里曾抽自己多少次嘴巴，他痛恨自己的阴险、卑鄙、无耻、狠毒。他觉着自己简直不是人，只是这种无形杀的念头稍占了上风。

为她们母子着想，难道不是减轻自己罪责的冠冕堂皇的理由，推卸责任的借口。心里面暗自拉上她们母女，站到自己的一边，简直是对她们意愿地强奸。

看到愉婉如此痛苦，他后悔了，他像是做错了大事的孩子，不知所措。稍许，他反应过来，他立刻叫人挖地窖，自己也拼命地挖起来。

孙梅友被挖了出来，好在有棚木支撑，他闷昏死过去了，尚存一丝气息。

大家明白不明白的全明白了：薛愉婉"养汉"，亲眼所见，千真万确。

薛愉婉不顾一切扑上去，她一边抱着满头是血的孙梅友，一边大声地哭喊着"梅友！梅友！"，又发疯般命令张兴旺快去叫郎中。

张兴旺从不知所措中恍过神来。他飞也似地冲了出去。

郎中进行急救后，孙梅友有了气息，来了心跳，又被张兴旺和学校老师们用镇公所的马车送到了许都城基督教教会开办的信义医院。

八

张兴旺失魂落魄地回来家里，他在院子里坐了很久。

当他喊"梅妮儿！梅妮儿！"时却没有人回答。他转过身去，却发现屋门是锁着的。

他急忙打开门进屋，屋内空无一人。他环顾四周，依旧没人。他发现了桌子上的纸条，是愉婉留下的。

> 兴旺哥：
>
> 我带雪梅走了，离开古桥镇了。你也别找，也找不到！孙梅友是清白的，他是个顶天立地的大丈夫！即使我两有什么，我也配不上他！你不该下此毒手，你用的不仅是无形刀，更是绝情刀。
>
> 自己保重。
>
> 别了。
>
> 妹子：薛愉婉
>
> 民国二十三年

张兴旺发疯似地满街寻找，整整一个下午，一遍一遍地，找遍了古桥镇的每一个角落。没有。

最后，他站在古桥镇高高的桥楼上向远方眺望，很久、很久……

从此，张兴旺把明晃晃的屠刀藏起，再也不杀生了。

后　记

薛愉婉带着女儿张雪梅远走他乡，辗转到了洛阳、西安等地。

在西安，母女受尽磨难。薛愉婉在爱国资本家的家中做佣人。女儿张雪梅生病，被送往到外国人开办的医院救治。

在医院，小雪梅哭着想爸爸和孙梅友叔叔，被已是中共党员的，沈苇苇听到。沈苇苇是孙梅友燕京大学的女同学。沈苇苇从小雪梅那里知道情况后，收留了薛愉婉母女。

在沈苇苇的引导下，薛愉婉积极帮为沈苇苇做工作。并争取爱国资本家为延安刘志丹部筹备奇缺的药品。解决了沈苇苇因下线被捕而断了的渠道。重新建立网络。

在斗争中，薛愉婉经过严格的考验和锻炼，光荣地加入了中国共产党。积极投身轰轰烈烈的伟大革命运动中。

由于她有知识、有文化，很快成为革命队伍中的中坚力量。1940年，被党组织派回许都做地下革命工作。经地下党安排，她任孙复开的东印度公司作总会计。

工作中与孙梅友相遇。在孙梅友的掩护下，她与孙复开斗智斗勇，出色地完成了党组织交给的光荣任务。

孙梅友从古桥镇回到许都城，抗战时期迫于父亲孙复开的压力，当了日本人的翻译。从日本早稻田大学同学那里，掌握了日本鬼子的大量军事机密。为薛愉婉提供了大量的情报。经过残酷的斗争洗礼和考验，由薛愉婉介绍下，也加入了中国共产党员。

张兴旺痛定思痛，藏起杀猪刀，不再杀生。在老家古桥镇给地主当长工。

抗战爆发，两个日本鬼子进村，奸污没来得及逃走的妇女，被忍无可忍的张兴旺用杀猪刀砍杀，后日本鬼子来了一个中队，活埋村中没有逃走的几十口人。

场面惨不忍睹！逃出去的张兴旺无路可走，只好投奔了土匪的队伍。成了二当家的。

后共产党人给他做工作，通过他又说服土匪队伍开始反蒋抗日。他们主要活动在古桥镇和豫东一带。

后来，张兴旺在一场激烈的战斗中受重伤。

身负重伤的张兴旺在八路军卫生院，认出了自己已是八路军卫生员，酷似薛愉婉的女儿张雪梅。父女终得相见，可惜张兴旺伤势太重，最后还是牺牲了。

消息传到薛愉婉那里，知道张兴旺情况的薛愉婉悲喜交加，失声痛哭。孙梅友极力安慰，继而又展开了猛烈的爱情攻势。从复杂情感中走出来的薛愉婉和孙梅友最终结合。

我家祖上是大地主。由于家道中落，1947年我祖父通过许昌生意上的朋友，把只有十三岁的我父亲，送到了许昌荷兰东印度公司作小伙计。后当机要员和通讯员。

在工作中遇到了老乡连秀贞（小说薛愉婉的原型）。一年后，十四岁的父亲经她介绍，参加了革命工作。父亲用自己年龄小不被人注意的优势，帮助连姨出色地完成了多项任务。由父亲所送出的情报，为许昌地区解放、黄淮战役胜利以及新中国的成立做出了贡献！

1990年父亲在中国农业银行离休。现属建国前老干部。享受很高的工资待遇。

他在许昌工作的经历很少对我们兄妹说起。

1994年，中国农业银行农总行要编纂"中国农业银行离休干部录"，当时要求对每个离休干部要有二三百字的简介。我在办公室欣受任务，有幸看到了父亲的档案。

他的自传用毛笔繁体写就。虽纸质发黄，但字迹清秀，蝇头小楷，笔法遒劲，详细叙述了个人经历和那段尘封的历史。

我理解，父亲不愿多说，是他认为比起牺牲的那些革命烈士，自己已经非常幸运了。

父亲年龄大了，非要回老家生活。无奈作为儿女只好顺从他的心意。现居石桥镇西双庙王村。

我知道，父亲不仅有深深的故乡情怀，他更想陪伴逝去的老同志，追忆那激情燃烧的岁月。

有时，我常回老家和老父亲聊天。和八十八岁高龄的父亲谈起他的峥嵘岁月。父亲感慨地说："……连秀贞是我生命中的贵人啊，是她把我领上了革命道路……儿子啊，用你的笔写下老一辈革命者的光辉岁月和光荣事迹吧，让后人永远铭记他们……"

（原发表于《花城·爱花城》繁花榜 2018 年第 9 期）